"Lloro porque, siendo muy español y muy mexicano, siento que a la postre me he quedado sin identidad".

—Emerio Payá Varela
—Niño de Morelia

"Para la niña que compartió el hambre y el frío, los zapatos rotos y la ropa casi harapienta, el miedo, el silencio de sus mayores, en los tristes años cuarenta…".

—Laura Falcón

"Machado nos enseñó que la risa era sin duda una de las pocas fuentes de vitalidad para el ser humano, que el humor era uno de los grandes aliados de la cordialidad y por tanto de la solidaridad".

—Francisca Aguirre

# RECUÉRDAME

# RECUÉRDAME

*El barco que salvó a casi medio millar de niños*
*republicanos de la Guerra Civil Española*

## MARIO ESCOBAR

HarperCollins *Español*

Los libros de HarperCollins Español pueden ser adquiridos para propósitos educativos, de negocio o promocionales. Para información escriba un correo electrónico a SPsales@harpercollins.com.

PRIMERA EDICIÓN

Editor en jefe: Edward Benitez
Diseñado por: Kara Klontz

Se han solicitado los datos de catalogación de la Biblioteca del Congreso.

ISBN 978-1-41859-938-6

19 20 21 22 23   LSC   10 9 8 7 6 5 4 3 2 1

*A mis hijos, que son de edades parecidas a las de estos
Niños de Morelia, que la vida no los lleve al exilio
y, que, si lo hace, sean tan valientes como fueron
los niños republicanos de la Guerra Civil.*


*A Elisabeth, mi amada esposa, mi patria y mi bandera.*


*A mi abuela Ponciana y a mi abuelo Tomás, que sufrieron
las garras de la guerra y el odio entre hermanos.*


*A mi madre, Amparo, que vertió tantas lágrimas por los
sueños perdidos y sembró mi corazón de estrellas.*

"Hay hombres que luchan un día, y son buenos. Hay otros que luchan un año, y son mejores. Hay quienes luchan muchos años, y son muy buenos. Pero hay los que luchan toda la vida, esos son los imprescindibles".

—BERTOLT BRECHT

# CONTENIDO

# INTRODUCCIÓN

Una novela emocionante, tremendamente humana y real, que
describe las peripecias de un grupo de niños en un barco hasta
su llegada a México. La ayuda prestada por el pueblo de México
y el presidente General Cárdenas del Río a los niños republicanos fue un gran ejemplo en un momento tan turbulento de la
historia.

LA GUERRA CIVIL ESPAÑOLA FUE UN río de lágrimas y sangre.
Puede parecernos que cualquier guerra es terrible, pero cuando
es entre hermanos, un conflicto bélico se convierte en una verdadera tragedia, ya que las heridas quedan abiertas durante décadas
y nunca llegan a cicatrizar del todo. ¡No hay guerras justas! Las
víctimas son siempre las mismas, la población civil, las personas
de a pie que no deseaban luchar y que se vieron avocadas a morir
o perdieron a sus seres queridos en medio de la barbarie y la bru-
talidad del conflicto, que sirvió de ensayo para la Segunda Guerra
Mundial.

El golpe de estado del 17 de julio de 1936, que devino en una
guerra larga y cruenta, comenzó como una fiesta. Así lo contaba

don Juan Ramón Jiménez en una carta leída en Nueva York ese mismo verano, en busca de apoyo a favor de la República:

*Madrid ha sido, durante estos primeros meses de guerra, yo lo he visto, una loca fiesta trágica. La alegría, una extraña alegría de una fe ensangrentada rebosaba por todas partes; alegría de convencimiento, alegría de voluntad, alegría de destino favorable o adverso.*

La fiesta terminó pronto, en cuanto el pueblo comprendió con las duras lecciones de las bombas y las balas que lo que le estaban arrebatando era el futuro.

Antonio Machado se dio cuenta de inmediato de que la Guerra Civil era mucho más que un conflicto entre españoles, y por eso dijo:

*La Guerra Civil, tan desigual éticamente, pero al fin entre españoles, ha terminado hace muchos meses. España ha sido vendida al extranjero por hombres que no se pueden llamar españoles… De suerte que ya no hay más que una España invadida… por la codicia extranjera.*

Para mí, escribir este libro ha sido un largo y difícil viaje interior y exterior. Desde mi infancia estuve marcado por la Guerra Civil. Mis padres fueron niños de la guerra y mis abuelos sufrieron mucho en el conflicto, en especial los maternos. Mi abuelo Tomás Golderos luchó y desapareció en el frente, dejando huérfanos a cuatro niños y viuda a su esposa, que sufrió la dura represión franquista. Tanto me impresionaron en mi infancia las consecuencias del conflicto que cada año, durante la Noche Vieja, oraba para que nunca más hubiera una Guerra Civil en España.

*Recuérdame* es la historia de tres hermanos que, enviados por sus padres a México con la esperanza de que al finalizar la guerra vuelvan a reunirse con ellos, tendrán que enfrentar el peligroso camino del exilio. Es la historia de miles de niños que dejaron su tierra para no volver jamás, pero que además tuvieron que abandonar su hogar, esa pequeña patria que es para todos nuestra familia. Es también la historia de niños que se encontraron solos y perdidos en el mundo, sin nadie que los abrazara o les indicara el camino que debían tomar.

*Recuérdame* es la historia colectiva de los Niños de Morelia. Unos 456 menores de edad, de entre cinco y doce años, enviados desde España a México, para intentar escapar de los terribles estragos de la guerra. Los niños viajaron en condiciones muy duras durante una larga travesía hasta Veracruz en el verano de 1937. El Comité Iberoamericano de Ayuda al Pueblo Español fue el que realizó las gestiones para sacar a los niños del país. Las señoras Amalia Solórzano y la esposa del presidente Cárdenas, Carmela Gil de Vázquez, fueron las impulsoras del proyecto.

La aventura de Marco, Isabel y Ana Alcalde es en el fondo un homenaje a los Niños de Morelia, pero también a los niños de las guerras en la Unión Soviética, Bélgica, el Reino Unido, Francia, Argentina y Chile, que tuvieron que dejar lo que más amaban, a sus padres, en muchos casos para siempre.

*Recuérdame* puede parecer una novela de perdedores que tuvieron que dejarlo todo para huir, pero es ante todo un homenaje a los exiliados de todas las guerras y a aquellos que han perdido su patria por la barbarie de la violencia humana.

# PRÓLOGO

*Madrid, 20 de junio de 1975*

Aquel día recibí una carta de México que me hizo temblar, como si los recuerdos del viaje emocionante y triste que realicé en mi infancia, regresaran para recordarme que en el fondo no pertenecía a ninguna parte. Me sequé las lágrimas con el puño de la camisa y miré el nombre del remitente: María Soledad de la Cruz. Aquella niña me había robado el corazón casi cuarenta años antes. Durante mucho tiempo había tratado de convencerme de que era español. Que aquel tiempo en México había sido una especie de ensoñación de la que desperté con tanta brusquedad como del estruendo que causaban las bombas sobre Madrid en la primavera de 1937. Me había acostumbrado de tal forma al país en blanco y negro que habían gobernado, como si se tratara de un cuartel, los franquistas durante casi cuarenta años, que los recuerdos vividos en Veracruz, la Ciudad de México y Morelia eran simples fantasmas lejanos e imaginarios, como las visiones locuaces de Don Quijote desde su lecho de dolor, después de que tapiaran la entrada a su biblioteca. Durante ese tiempo había rehecho mi vida y me dedicaba a un oficio que amaba y que había heredado de mi padre, el de impresor, pero de alguna manera la Guerra Civil, que a muchos les había arrebatado la existencia, la hacienda o la salud, a mí me había arrebatado el futuro.

Pensé en los ojos de María Soledad de la Cruz que continuaban iluminando aquellos años perdidos como eclipses. Tan negros que la luz parecía desaparecer en sus pupilas, para regresar por sus labios carnosos hasta el primer beso furtivo en la puerta de la escuela de Morelia.

Abrí el sobre y leí con un nudo en la garganta aquella breve carta. Después miré la foto pequeña en blanco y negro que parecía esconderse dentro del sobre color mostaza. Era la misma niña de trenzas negras y dientes perlados, la que me robó el corazón y que me recordaba una vez más que siendo muy español y muy mexicano al final me había quedado sin patria. Una vez más no podía olvidar. Estaba obligado a recordar, como me dijo mi madre aquel día en Burdeos, el último de mi antigua vida y el primero de una aventura que jamás hubiera imaginado.

# Parte 1

# UNA BOMBA EN MI VENTANA

# CAPÍTULO 1

# EL REGISTRO

*Madrid, 14 de noviembre de 1934*

PARA LOS NIÑOS, LA GUERRA ES siempre como un juego. No tienen la noción de que, tras los disparos y los uniformes, los desfiles y las canciones entusiastas, la muerte se pega como el lodo en los zapatos, dejando una huella de sangre y carne, marcando para siempre la vida de los que toca con su infernal dedo.

La Guerra Civil española comenzó mucho antes de que los militares se levantaran en armas el 17 de julio de 1936. Al menos para nosotros, los hijos de la pobreza y la miseria.

Aquella mañana, escuché los golpes en la puerta de nuestra casa en el barrio de La Latina a primera hora de la mañana. Aún estábamos todos en la cama, mis dos hermanas, mis padres y la chica que nos cuidaba mientras mi madre trabajaba en el teatro. De una manera instintiva, mis hermanas y yo corrimos a la habitación de nuestros padres. Isabel, con su camisón blanco de algodón, temblaba y gritaba mientras abrazaba a mi madre. Ana lloraba en mis brazos, mientras mi padre disimulaba su miedo con un rictus y nos decía que no iba a suceder nada.

María Zapata, la chica que teníamos en casa, lloraba mientras seguía a mi padre como un perrillo asustado hasta la puerta. El resto de la familia se quedó encerrada en la habitación principal, pero cuando escuché las voces y los golpes en el pasillo, dejé a mi hermana pequeña en brazos de mi madre y, sin pensarlo dos veces, me dirigí a la puerta. No era muy valiente, pero quería ayudar a mi padre. Me encontraba aún en la edad en la que tu progenitor es el héroe mítico e invencible al que deseas imitar. Me asomé temblando al umbral de la puerta de la pequeña habitación que todos llamábamos estudio, que apenas era un cuartucho de dos por tres metros, forrado de libros y con montones de papeles por todas partes. Aquella sala, a pesar de tener las paredes desconchadas y los estantes desportillados, era para mí el sagrado templo de la sabiduría, aunque en aquel momento parecía la entrada del mismo Hades. Los papeles revoloteaban mientras las manos enguantadas de la Brigada Social sacaban de los estantes los libros de lomos de vivos colores. Casi todos eran ejemplares de la Editorial Cervantes que, a pesar de radicar en Barcelona, la imprenta de mi padre fabricaba en ocasiones. Mi padre levantaba las manos desesperado, parecía que cada libro deslomado y cada papel arrugado le dolieran como un latigazo en la espalda.

—¡Aquí no tenemos libros ilegales!

La voz de mi padre interrumpió el estruendo de las botas militares y los bramidos de los policías, hasta que el sargento se giró y le pegó un puñetazo directamente en la boca. Enseguida la sangre comenzó a manar del labio partido y miré horrorizado la mirada asustada del hombre que imaginaba ser el más valiente del mundo.

—¡Rojo de mierda! ¡Sabemos que eres uno de los líderes sindicales del gremio de impresores! El día 5 de octubre fuiste de los que asaltaron el Ministerio de Gobernación y formas parte del

Comité Revolucionario Socialista. ¿Dónde están los malditos libros? ¡Queremos los papeles del sindicato y los nombres de los miembros del comité!

El sargento zarandeó a mi padre, que vestido con su pijama de rayas parecía una marioneta entre sus manos. Yo sabía que los libros de los que hablaban no se encontraban allí. Unos días antes había ayudado a mi padre a esconderlos en el palomar que teníamos en la azotea del edificio.

—Soy un trabajador honrado y leal a la República —contestó mi padre, con más aplomo del que esperaba. El cuello del pijama y parte de la pechera estaban teñidos de sangre, pero sus ojos habían recuperado el valor que guiaba cada uno de sus pasos.

El sargento le dio un puñetazo fuerte en el estómago y mi padre se dobló hacia delante. Después, lo empujó a un lado y los guardias lo golpearon con sus porras hasta que cayó al suelo gritando y agitando los brazos como un ahogado que busca el aire en el fondo del océano.

—¡Niño! Vente conmigo —me dijo el sargento y, por primera vez, me fijé en su cara.

Parecía un perro rabioso echando espumarajos por la boca. Su bigote negro y espeso lo hacía parecer más fiero. Me tomó de la solapa y me sacó a la fuerza del estudio. Me arrastró hasta el salón y me empujó hacia una silla. Me senté de golpe y el hombre se puso en cuclillas, pegando su cara a la mía.

—Mira niño, tu padre es un rojo, un comunista, un enemigo de la paz y el orden. Si nos dices dónde están los papeles no le pasará nada, pero si nos mientes, tus hermanas y tú terminaréis en el Asilo de los Huérfanos del Sagrado Corazón. ¿Quieres que a tu madre le rapen el pelo y la metan en una celda de la cárcel de las Ventas?

—No, señor —contesté temblando, y con unas ganas terribles de orinar.

—Pues entonces, lárgalo todo antes de que me agotes la paciencia —dijo el hombre echando espumarajos por la boca.

—Mi padre no tiene más libros que esos. Es impresor, sabe, y por eso hay tantos en casa.

El hombre me sacudió con fuerza, me levantó por las solapas y mis pies se quedaron agitándose en el aire un rato, antes de que me soltara con fuerza al suelo. Después se dio la vuelta y a grandes zancadas se dirigió de nuevo al estudio.

—¡Vámonos! ¡Nos llevamos a los señores! —gritó con un rin tintín.

—¿Qué hacemos con los críos? —escuché que le preguntaba uno de sus hombres.

—Al asilo, que se llenen de piojos y chinches.

Corrí hacia la entrada del salón. Uno de los policías sacaba por la fuerza a mi madre de la habitación. Me lancé sobre él, me aferré a su cuello y comencé a morderle el lóbulo de una oreja. El tipo soltó a mi madre y comenzó a gritar e intentar zafarse.

—¡Por favor, Marco! —exclamó mi madre, asustada al verme detrás del policía.

El hombre logró deshacerse de mí y me empujó contra la pared. Sacó la porra y estaba a punto de darme con ella, cuando mi madre lo agarró del brazo.

—Es un crío, no le haga daño —suplicó entre lágrimas.

El sargento apareció por el fondo del pasillo, mientras dos de sus hombres sacaban en volandas a mi padre, que tenía el rostro amoratado y cubierto de sangre, los ojos hinchados y gemía de dolor. Mis dos hermanas pequeñas corrieron hacia él, pero el sargento las apartó con el brazo.

—Agarra a ese maldito niño —dijo mientras se abría camino, pero antes de que pudieran atraparme, abrí la puerta de la calle y salí corriendo escaleras abajo.

Lo último que escuché mientras corría a toda prisa fue la voz de uno de los policías y los gritos de mi madre que inundaron las escaleras del portal, como los relámpagos de una tormenta, antes de romper en un llanto apagado. Mientras corría por la calle aún a oscuras, sentía un fuerte dolor en el pecho. No paré hasta llegar a la Plaza Mayor, donde algunos barrenderos limpiaban con sus mangueras el suelo adoquinado. Me apoyé en una de las columnas de la plaza y lloré amargamente. La guerra se inició mucho antes de 1936, para ese momento ya estaba enquistada en la sangre de la nación entera. Aquel día comprendí que se puede tener la razón y aun así, ser derrotado, que el valor no es suficiente para vencer el mal y que la fuerza de las armas destruye el alma de los hombres.

# CAPÍTULO 2

# MARÍA ZAPATA

*Madrid, 25 de noviembre de 1934*

No recuerdo cuánto tiempo estuve caminando. Tenía frío, pero ni siquiera había reparado en que llevaba puesto el pijama y unas alpargatas. Me parecía estar viviendo una pesadilla de la que no podía despertar. Las escenas ocurridas en la casa se repetían en mi cabeza una y otra vez. Mi madre gritando, mis hermanas llorando aferradas a su falda y mi padre con la boca partida y la sangre goteando de su barbilla sin afeitar. No podía borrar de la mente a aquellos policías con sus porras y al sargento que nos habían amenazado con llevarnos a un orfanato. Al llegar a las inmediaciones de la Ciudad Universitaria me di cuenta de dónde me encontraba. Era la primera vez que estaba allí, pero había oído hablar de sus edificios de ladrillo rojo y sus hermosos jardines. Levanté la vista y contemplé en el horizonte la sierra nevada. Parecía al alcance de la mano, aunque estaba tan lejana, como la paz que reinaba en mi hogar hasta aquella mañana. Me senté debajo de una estatua ecuestre y agaché la cabeza, quedándome profundamente dormido. No sé el tiempo que pasó hasta que una voz femenina y una mano suave me despertaron.

—¿Qué haces aquí? ¿Te encuentras bien? ¿Te has perdido?

Una chica de ojos verdes y una hermosa cara ovalada me sonreía a pocos centímetros de mi rostro emborronado de lágrimas y polvo. Al principio, no supe qué responder. Claro que no me encontraba bien. Me sentía aterrorizado, fuera de mí, pero a esa edad no era fácil expresar los sentimientos y mucho menos explicarlos.

—¿Quieres que te acompañe a casa? ¿Dónde vives?

Un grupo de amigas la esperaba a pocos metros. Algunas insistían en que me dejara y se fuera con ellas.

—Lo siento, no lo puedo dejar aquí —dijo, dándose la vuelta.

Su talle estaba apenas disimulado por un abrigo corto de color morado. El pelo suelto no podía ocultar sus bellas facciones.

—Me llamo Ana. Ana Sánchez. ¿Cómo te llamas?

Levanté la vista y comencé a llorar. Me parecía que era de cobardes, así como el haber huido dejando a mi familia con esos salvajes, pero no lo pude evitar. Cuando uno es niño las lágrimas son, en cierto sentido, la única forma de aligerar de pena el alma. Al crecer nos prohíben llorar. Nos dicen que no debemos mostrar nuestras debilidades. Por el contrario, que debemos soportar el dolor, la pérdida y la tristeza sin permitir que las lágrimas laven nuestra alma y nos ayuden a arrancar de nosotros aquello que nos presiona el corazón.

La muchacha me ayudó a levantarme con la mano izquierda, en la derecha llevaba una carpeta y unos guantes negros. Sus amigas la dejaron por imposible, y ella y yo caminamos hacia la ciudad, que quedaba a un par de kilómetros.

—Te pagaré el tranvía, pero tienes que decirme dónde vives. Tus padres tienen que estar muy preocupados.

Al mencionarlos sentí de nuevo un fuerte dolor en el pecho, pero me contuve y, con una voz ronca producida por el llanto, le dije que era del barrio de La Latina, muy cerca del Colegio de San Ildefonso.

—Yo vivo, bueno, no cerca, pero me pilla de camino.

Esperamos en la parada abarrotada de gente, sobre todo de estudiantes universitarios. En mi barrio no había ninguno, los hijos de los obreros aprendíamos un oficio y a los doce o catorce años nos metían de aprendices para que trajéramos algo de pan a casa.

Me fijé en el libro que la chica sostenía junto a la carpeta, era de leyes. En ese momento un compañero se le acercó. Llevaba un traje de rayas, como los de los gánsteres de las películas, el pelo engominado y un bigotito corto, que le quitaba la expresión aniñada del rostro.

—¿Qué haces con ese cantamañanas? No sabía que ahora cuidabas a vagabundos.

—No es ningún vagabundo, es un niño perdido.

Nos subimos al tranvía. El chico me miraba con desprecio, como si estuviera viendo a un apestado.

—Es el hijo de algún rojo —dijo, quedándose a nuestro lado—. La policía está persiguiendo a todos los que participaron en la huelga general de octubre. Esa gente está destruyendo a España. Son como las ratas, hay que exterminarlas para que no se extiendan como una plaga.

La chica frunció los labios. Fernandito era uno de los amigos de su hermano mayor. Un crápula que por tercer año repetía el primero de la carrera y un falangista recalcitrante.

—Métete en tus asuntos.

—Eres la hermana de un amigo y tengo que protegerte de niños sarnosos. No es buena idea que viajes sola en el tranvía, en un par de horas se hará de noche y Madrid está lleno de maleantes y criminales.

—Sé cuidarme. No me hace falta que me protejas de nada.

—Las chicas de ahora os creéis muy independientes. Podéis estudiar y llevar esas faldas cortas, pero muy pronto las cosas van a cambiar. Esta República atea y sacrílega no va a durar mucho —dijo el chico repitiendo un discurso aprendido en los mítines de su líder José Antonio Primo de Rivera, un señorito andaluz que intentaba imitar las ideas fascistas de Benito Mussolini, pero al que había superado un alumno aventajado, un austriaco llamado Adolf Hitler—.

Mi padre me contaba todas esas cosas después de oír la radio por las tardes, tras regresar del trabajo. Me gustaba escucharlo sentado en la alfombra de la casa, era el único momento del día en el que estábamos juntos. Después se recostaba en el único sillón ajado que teníamos y con la mano me invitaba a que me acurrucara a su lado. Me encantaba apoyar la cabeza en su pecho y escuchar su corazón, mientras en la radio ponían alguna canción de Gardel, que le gustaban mucho. Mi madre escuchaba la radio por las mañanas, pero ella prefería a Imperio Argentina.

El chico me empujó, y en una curva casi me sacó del vagón.

—¡Deja al niño! —le gritó Ana.

Un hombre vestido con un mono de trabajo se giró y atravesando al chico con la mirada le preguntó a la estudiante.

—¿Los está molestando este tipo?

El estudiante cambió su semblante chulesco y se alejó de nosotros con el rabo entre las piernas.

El tranvía llegó a la Plaza de España y después subió por la Gran Vía hasta la Plaza del Callao.

—Yo puedo ir desde aquí —le dije a la chica cuando el tranvía se paró frente al cine Callao.

—No te preocupes. Todavía es temprano. Te acompaño.

Bajamos por la calle de Preciados y nos paramos frente al café Varela.

—Ven que te compraré un bocadillo, seguramente llevas todo el día sin comer.

Entramos en el establecimiento. El calor del local me hizo recuperarme un poco del frío de la calle. La gente nos miró al entrar. No les pasaba desapercibido un chico con un pijama sucio y una chica universitaria, sin decir cuál de las dos cosas era más extraña en aquel Madrid provinciano.

El camarero con una chaquetilla blanca con más galones que un general nos atendió de mala gana, no quería que molestáramos a los demás clientes. Un par de minutos más tarde la gente volvió a sus monótonas vidas y yo me comí un increíble bocadillo de lomo caliente.

—¿Tenías hambre? —me preguntó la chica con una sonrisa tan reluciente, que me pareció que estaba delante de un ángel.

—Gracias por todo —le contesté con la boca llena.

—No tienes por qué darme las gracias. A veces un encuentro fortuito es un regalo del cielo, ¿me entiendes?

No la entendía. El único cielo en el que creían mis padres era el que se pudiera "tomar por asalto". Conocía la frase del filósofo Karl Marx porque mi padre me la había mencionado. La utilizó una vez cuando regresaba del trabajo y el párroco del barrio lo amonestó por no llevarnos a la iglesia.

—No sé qué te ha pasado, aunque estoy convencida de que debe de haber sido terrible. Salir en pijama de casa y recorrer todos esos kilómetros —dijo la chica.

Quería confiar en ella, pero mi padre me había dicho que no debíamos confiar jamás en los que no pertenecían a nuestra clase. En aquel entonces aún no sabía que en ocasiones los hijos tienen que enseñarles el camino a los padres, porque estos a veces se equivocan.

—Vino la policía y se llevó a mis padres. Buscaban unos papeles. Mi padre es impresor. Bueno, tiene un pequeño taller cerca de casa. Mi madre es actriz. Trabaja para la Compañía de Jacinto Guerrero.

—Nunca he ido al teatro, mi padre es muy moderno, pero no tanto. Me deja ir al cine algunos domingos, pero ese dramaturgo creo que dirige revistas y musicales —comentó la chica con cierta timidez.

—Pues yo he ido muchas veces. Mi madre nos lleva a los ensayos y en ocasiones a merendar. Los actores son muy caprichosos y siempre hay chocolate y otras delicias —le conté, con la cara manchada por la grasa del lomo.

La chica me limpió y pagó la cuenta. Salimos a la calle fría y oscurecida por las nubes, que amenazaban nieve.

—¡Que frío! —exclamó la chica, después se abrió el abrigo y me tapó un poco.

Unos minutos más tarde estábamos en la entrada de mi edificio. No había mucha gente por la calle y yo no sabía qué hacer. La policía se había llevado a mis padres y posiblemente también a mis hermanas.

—Adiós. Ha sido un placer conocerte, pero no me has dicho aún tu nombre.

—Me llamo Marco Alcalde, para servirle —contesté, como mi madre me había enseñado.

La chica extendió su mano y apretó la mía, fría y frágil.

—Espero que todo te salga bien. Te voy a regalar una frase. Yo memorizo una al día, para aprender a vivir. La gente piensa que la existencia no es una improvisación, pero en verdad es un ensayo. La frase es del filósofo Ortega y Gasset: *La lealtad es el camino más corto entre dos corazones.*

Ana se dio la vuelta y caminó de nuevo hacia la calle Mayor, yo me quedé observando cómo se alejaba. Había logrado mitigar mi pena y que me olvidara de lo que había sucedido aquella mañana, pero mientras caminaba por las escaleras a oscuras, mi mente volvió a recrear todo lo sucedido. Al llegar al rellano de la puerta estaba temblando, pero más por miedo que por el frío que se había apoderado de mis huesos. Llamé a la puerta con poca esperanza. Después lo hice con desesperación. Aquella casa era mi refugio, lo que me separaba del mundo feroz y salvaje que había fuera. Al final escuché unos pasos que se acercaban, alguien abrió la mirilla, pero el descansillo se encontraba en absoluta penumbra.

—¿Quién es? —preguntó nerviosa María Zapata.

—Soy yo —le contesté con una voz que parecía reavivada por la sorpresa y la esperanza de no estar solo en el mundo.

La muchacha abrió temerosa, como si no se terminara de creer que se trataba de mí. Me abrazó y me acarició el pelo.

—Mi niño, que preocupada me tenías.

Me hizo entrar, me preparó un baño calentándome el agua en una olla grande y después me dio ropa limpia.

—¿Has comido? Al final el sargento me dejó a tus hermanas, están durmiendo; las pobres han pasado muy mal día. A la mayor no la he llevado a la escuela, no he tenido arrestos. Todavía hacen pucheros en la cama, como si el llanto se les hubiera quedado atravesado en la garganta.

Aquel día aprendí dos lecciones que nunca pude olvidar: En

el camino siempre hay alguien dispuesto a echarte una mano y, a veces, hay que mentirles a los malvados. Mi profesor siempre me decía que la mentira tiene el paso corto y la verdad la zancada larga, pero debía proteger a mi familia, para mí era lo más importante que tenía en el mundo. Mi padre ya me había advertido que los que debían velar por el orden público muchas veces eran lacayos de los poderosos.

CAPÍTULO 3

# LA VICTORIA

*Madrid, 18 de julio de 1936*

RECUERDO QUE ERA SÁBADO, NO SOLÍA recordar los días de la semana cuando estábamos de vacaciones de la escuela y apenas teníamos nada que hacer, además de jugar y vagabundear por las calles. Unas semanas antes había cumplido los trece años y mis padres se encontraban ante la tesitura de intentar que siguiera estudiando, aunque no tenían recursos económicos para pagarme el bachillerato. Quizás podían pedir una ayuda al partido, que estaba necesitado de abogados y otros profesionales, o que fuera de aprendiz al taller al terminar la canícula. Mi madre quería que estudiase. Ella era tan simpatizante del partido como mi padre, pero no estaba dispuesta a rechazar la ayuda que le había ofrecido el director de su compañía para pagarme el primer curso de bachillerato. Siempre decía que el orgullo era un lujo demasiado caro para los pobres. Mi padre veía los zapatos rotos de mis hermanas, la poca comida que lograba llevar a casa y se decantaba por meterme en la imprenta para que aprendiera un oficio o llevarme a alguna obra para que aprendiera albañilería, que siempre era mejor pagada.

Aquel verano en Madrid el calor era casi asfixiante. Los tranvías circulaban a toda velocidad por la calle Mayor y la gente caminaba relajada, intentando evitar el sol en las peores horas del día. Estábamos en guerra, pero nadie parecía preocupado, tal vez porque llevábamos luchando hacía mucho tiempo. El 14 de julio había sido el funeral del dirigente de extrema derecha José Calvo Sotelo y el ambiente estaba muy caldeado.

Hacía unas cuantas semanas la ciudad olía al chocolate y los churros del invierno, pero ahora dominaba el aroma de las gallinejas y los entresijos, las tortillas españolas y el jamón recién cortado. Se veía a los señores en los cafés en su tertulia habitual. Algunos hablaban del atropello de una niña el día anterior, otros elogiaban las piernas de la vedette Tina de Jarque, que triunfaba en el Teatro de la Zarzuela y, los menos, del asesinato de Pepe el de los perros, en la carretera de Húmera a Pozuelo. Las beatas se agolpaban a las puertas de la Iglesia del Jesús de Medinaceli, para pedir tres deseos. Aquel día no había huelgas en la ciudad, algo casi excepcional, ya que en los últimos meses la gente no dejaba de manifestarse casi por cualquier cosa, desde los obreros del sector de la madera, los funcionarios o los mecánicos de los ascensores. Por la tarde ya se había extendido el rumor de que unos militares se habían sublevado en Ceuta o Melilla, pero a todos eso nos sonaba tan lejano, que apenas nos ponía nerviosos. Esa noche, mientras estábamos cenando en casa, un hombre llamó a la puerta.

—¡Francisco, les están repartiendo armas a los obreros! El presidente de gobierno ha dimitido. La Guardia Civil está del lado de la República, pero el gobernador civil teme que los militares asalten la capital esta noche.

Mi padre estaba vestido con un pantalón ligero y una camiseta sin mangas. Se fue a la habitación y se puso una camisa de manga corta y su sombrero. Después tomó la pipa de la repisa y le dio un beso a mi madre en la frente.

—Francisco, ten mucho cuidado —le pidió mi madre temblando, a pesar del calor asfixiante.

—No te preocupes, mujer, que esto lo arreglamos con cuatro tiros. No hay nada más cobarde en este mundo que un fascista.

Antes de que mi padre se diera cuenta, lo seguí escalera abajo.

—¿Dónde crees que vas, gañán? —me preguntó el amigo de mi padre, tirándome de la camisa.

—Quiero ir con vosotros. Ya soy casi un mozo.

—¿Piensas que matar a un hombre es un juego?

—No vamos a matar a nadie. En cuanto peguemos cuatro tiros esos militares se rinden. ¿No te acuerdas de lo que pasó en África? A esos cobardes de cuartelillo se les llena la boca de patria y honor, pero son unos malditos traidores —contestó mi padre, y me pasó el brazo por la espalda—. Además, Marco ya tiene trece años, es un hombre. Tiene que ver con sus ojos como al final los fascistas nos regalan la revolución que llevamos años esperando. Se les han atragantado las urnas y saben que esta vez vamos en serio, no permitiremos que nos quiten de nuevo la libertad.

Los tres nos dirigimos al Cuartel de Monteleón, donde unos activistas de la CNT repartían fusiles a los obreros y los saludaban con el puño en alto. La gente parecía entusiasmada a pesar de que eran casi las once de la noche. Nos fuimos con las armas hasta la calle de la Luna, donde se encontraban la mayoría de las sedes sindicales. Me sorprendió ver a una multitud que bajaba por la calle alegremente y con los brazos en alto. La gente pedía armas a gritos.

—Vámonos a la sede del partido en el puente de Segovia. Ellos sabrán qué hacer. Estos anarquistas no son capaces de organizarse —dijo el amigo de mi padre.

Llevábamos toda la noche caminando por la ciudad, que parecía celebrar una verbena. El domingo nos encontró bajando la calle de Segovia. Entramos en el círculo socialista. La gente corría de un lado para el otro, la alegría y los gritos de júbilo parecían celebrar más el levantamiento militar que temerlo.

—¿Dónde está Largo Caballero? —le preguntó mi padre a una chica que llevaba varias carpetas con papeles.

—Está reunido —le contestó la chica sin detenerse.

Mi padre conocía a Largo Caballero desde que ambos eran niños. En ese entonces, el dirigente socialista vivía cerca de su casa, en Chamberí. Entró en la sala sin llamar. Media docena de hombres discutían alrededor de una mesa.

—Señor Alcalde, pase, no sea tan comedido —dijo Largo Caballero con cierta sorna y, a continuación, levantó el puño y exclamó—: ¡Compañeros!

Todos contestaron al saludo con entusiasmo.

—Los fascistas nos han abierto las puertas del paraíso. Fracasamos en el 34, pero esta vez no nos para nadie. Vamos a quitar al cubanito de la presidencia del gobierno y poner a alguien con cojones. Es la hora de los audaces —dijo Largo Caballero.

Yo no entendía por qué todos estaban tan alegres, pero su optimismo era contagioso. La gente cantaba y se abrazaba. Decían que íbamos a crear un mundo nuevo, sin injusticias ni clases. Un mundo en el que todos los hombres fueran iguales y, el que no quisiera, encontraría la muerte.

# CAPÍTULO 4

# EL CUARTEL DE LA MONTAÑA

*Madrid, 19 de julio de 1936*

ME QUEDÉ DORMIDO SOBRE UN BANCO. Alguien me tapó con una manta y, antes de que despuntase el alba, mi padre me estaba sacudiendo para que me levantase. Lo miré aturdido, no recordaba dónde me encontraba ni qué había sucedido aquella noche extraña.

—Vete a casa y dile a tu madre que estoy bien.

—¿A dónde va, padre?

—Al Cuartel de la Montaña —me dijo, con las ojeras rodeando sus ojos azules.

—Pero madre, ella…

—Las mujeres tienen el don de crear vida, por eso siempre la protegen y la cuidan, como lo más sagrado que existe en este mundo. La guerra es cosa de hombres. Tenemos que destruir el mundo para construir otro nuevo. ¿Lo entiendes? Son ellos o nosotros. No hay más que dos realidades, la que quiere imponer el fascismo y el paraíso socialista. Ahora vete a casa.

Salí a toda prisa y tomé el primer tranvía. Se notaba que la ciudad no había dormido aquella noche. La gente caminaba por las calles como hipnotizada. Por un lado estaban los obreros en grupos armados, y por otro, la gente corriente que, al ser domingo, no tenía que trabajar. Muchos se paseaban por las avenidas o los parques, y todos los cafés estaban abiertos. Parecía como si la ciudad estuviera dividida entre los que vivían la guerra como una aventura y el resto, tan impasibles como siempre, ignorando que todo estaba a punto de cambiar y ya nada sería lo mismo. En el camino me crucé con unas camionetas que arrastraban cañones hacia el Cuartel de la Montaña. También vi algunos grupos de guardias civiles corriendo hacia el frente improvisado.

Mi madre me esperaba despierta mientras el resto de la casa dormía plácidamente. Al verme, me dio un abrazo y se echó a llorar.

—Gracias a Dios que no te ha pasado nada. Me habéis tenido toda la noche en vilo. He estado escuchando la radio y las cosas se están poniendo feas, los militares han triunfado en Sevilla, Zaragoza y otras plazas. Esto es más que un golpe de estado. ¿Dónde está tu padre? —me preguntó mientras me llevaba a la cocina y preparaba el desayuno.

—Están rodeando el Cuartel de la Montaña.

Mi pobre madre se puso las manos en la cara y, sin perder el control, calentó la leche, me la sirvió con café y después se sentó a mi lado.

—Los hombres creen que pueden cambiar el mundo a tiros, pero lo único que es capaz de transformarlo es la ternura. Si les dejaran a las madres los hijos cuando comienzan a descubrir la vida, nosotras les enseñaríamos que la única forma de que todos seamos hermanos es empaparnos de ternura. El odio nunca ha cambiado nada. Los cementerios están llenos de envidia y codicia.

El verdadero problema del hombre se encuentra en su corazón. ¿Lo entiendes, Marco?

—No sé, madre. ¿Cómo podemos convencer a un fascista de que debe amar? Eso es imposible, ellos quieren matarnos a nosotros. Al final, todo consiste en quién mata primero y quién muere primero —le dije, repitiendo de memoria las cosas que había escuchado mil veces decir a mi padre en la sede del partido o durante los juegos de cartas en el café.

—Anda, vete a dormir, que seguramente no has pegado un ojo en toda la noche.

Me lavé la cara y estaba a punto de acostarme, cuando desde un lado de la habitación observé intrigado a mi madre. Sacó del armario una pequeña cartulina, en aquel momento no sabía que era una estampita, la besó y pareció rezar en voz baja. Después la volvió a esconder y llamó a mis hermanas, para que fueran a desayunar. Aquel gesto me asustó más que los fusiles y los gritos de guerra de la noche anterior; para que mi madre acudiera al viejo dios de sus antepasados, debía pensar que aquella alegría no iba durar mucho y que las calles pronto se teñirían de sangre.

No sé cómo logré convencer a mi madre de que al día siguiente me dejara llevar algo de comida a mi padre. Los obreros llevaban todo el día custodiando el Cuartel de la Montaña y los sitiados no parecían dispuestos a rendirse. Los rumores de que vendrían fuerzas rebeldes desde Zaragoza, Valladolid o Burgos los alentaban a seguir resistiendo. Me encaminé hacia el cuartel en uno de los tranvías atestados de gente y escuché los rumores que circulaban. Al parecer el golpe de estado había fracasado en casi toda España, en especial en las grandes ciudades, con la excepción de Sevilla y algunas capitales de provincia de Castilla la Vieja.

Me bajé de un salto al final de la Gran Vía y después caminé con paso lento y las manos en los bolsillos hasta Príncipe Pío. Lo cierto es que hasta ese momento apenas había reparado en aquel edificio robusto, gigantesco y de forma cuadrada. Su aspecto era corriente, casi parecía más un hospital que un cuartel. A medida que me aproximaba, el número de personas que me rodeaban crecía, como si me estuviera adentrando en una feria, pero a unos cien metros, los obreros, algunos soldados y guardias civiles se agazapaban detrás de barricadas improvisadas. Varias piezas de artillería y ametralladoras apuntaban a la fachada principal, pero de no haber sido por las armas y los cañones, nadie hubiera imaginado que en aquel lugar se desataría una de las primeras batallas de la guerra.

Logré localizar a mi padre junto a unos obreros socialistas que cubrían uno de los cañones. Cada grupo sindical y cada partido llevaba sus distintivos al cuello o en brazaletes de colores. Al acercarme, uno de los amigos de mi padre me golpeó en la nuca y me quejé.

—Agacha la cabeza o te la volarán de un disparo. ¿Se puede saber qué haces aquí? —preguntó el hombre, muy serio.

Yo no entendía por qué se había enfadado. En aquel momento la guerra era para mí una especie de juego. No entendía el peligro y el sufrimiento que era capaz de arrastrar a su paso.

—Traigo la comida de mi padre —dije, mientras me agachaba.

—Tu padre está junto al cañón. Dale lo que tengas que darle y márchate. Este no es lugar para niños.

Caminé entre los hombres agazapados. Unos pocos apuntaban a la fachada principal del cuartel, pero la mayoría charlaba en corros mientras fumaba cigarrillos o bebía cerveza fría.

—Marco, ¿qué haces aquí? —me preguntó mi padre con el semblante cansado. Tenía grandes ojeras alrededor de los ojos y la piel algo tostada por el sol del verano contrastaba con su pelo gris y su gorra negra.

—Le traigo la comida.

Mi padre frunció el ceño al principio, aunque el disgusto se le pasó en cuanto le enseñé el pan blanco, el salchichón y el chorizo. Después saqué una bota de vino y varios de sus amigos acudieron en tropel, para intentar comer de aquellos manjares.

Mi padre los apartó a codazos y se acercó a un hombre de pelo oscuro.

—Toma Orad, que esto nos ayudará a reponer fuerzas.

El hombre sonrió y alargó la mano para tomar las rodajas de pan y chorizo. Lo saboreó todo como si se tratara de un manjar y después tomó un trago largo de la bota de vino. Entonces se escucharon algunas ráfagas de fuego y todo el mundo se echó a tierra, menos el tal Orad y mi padre, que parecían inmunes al miedo.

—¡Otra vez esos malditos fascistas! —gritó mi padre, que se dio la vuelta, apuntó con el fusil y disparó varias veces.

Cuando se hubo calmado, se sentó al lado del cañón y siguió comiendo. Me ofreció un poco de comida, y yo me sentí la persona más feliz del mundo.

En ese momento, unos aviones sobrevolaron la zona. Todo el mundo comenzó a correr esperando que cayera una bomba, pero el cielo comenzó a nublarse y, unos segundos más tarde, miles de octavillas revolotearon por todas partes. Mi padre alcanzó una al vuelo y vio que era una advertencia para los que se resistían en el Cuartel de la Montaña. El panfleto licenciaba a los soldados en nombre de la República si se rebelaban y desobedecían a sus mandos.

Me quedé con el resto de los hombres algunas horas más. Muchos de ellos mataban el tiempo jugando a las cartas o cantando canciones, hasta que un grupo de soldados se acercó a la barricada y se dirigió a Orad, el hombre que parecía a cargo del cañón.

—Hay que atacar. No podemos dejar que llegue la noche —dijo uno de los soldados.

—No creo que salgan por unos bombazos —le comentó el artillero.

—En unos minutos les lanzarán unas bombas desde el aire, esa será la señal.

En cuanto los soldados se alejaron, mi padre se volvió hacia mí.

—Márchate antes de que se líe la marimorena.

—Sí, padre —respondí obediente, pero apenas había recogido la bota de vino vacía, cuando el sonido de los aviones me sobresaltó.

Escuché unos silbidos y después un fuerte estruendo que me hizo taparme los oídos instintivamente. Las bombas cayeron en su mayoría en los patios del edificio, pero una impactó en la fachada, que se derrumbó en parte sobre la doble escalinata.

Orad dio la orden de cargar el cañón y lo disparó. La explosión que produjo fue tal, que me lancé al suelo y metí la cabeza entre las piernas, como si eso pudiera protegerme del fuego. Los tiros de las ametralladoras silbaban sobre nuestras cabezas y por unos minutos todo fue un caos. A mi lado cayó un hombre herido. Levanté la vista y mis ojos se cruzaron con los suyos, parecía más un niño asustado que un miliciano.

Al poco rato, otro soldado se derrumbó a mis pies. Su cuerpo rígido y ensangrentado no me dejó la menor duda de que estaba muerto. Nunca había visto un cadáver. Su rostro estaba medio deshecho y había perdido en parte algo de su humanidad, parecía un guiñapo de carne arrojado a la calle.

Me sentía extrañamente emocionado. El olor a pólvora y el

estruendo de los cañones hizo que la adrenalina comenzara a bullir en mis venas, fue entonces que decidí levantar la cabeza. Mi padre disparaba sin cesar mientras les gritaba a sus hombres que lo imitasen. Otro grupo, sentado en el suelo, se encargaba de cargar los fusiles y dárselos a los tiradores.

Desde una de las azoteas del edificio que estaba a nuestra espalda se escuchaban disparos de ametralladora, mientras que en el cuartel los destellos en las ventanas mostraban la respuesta al ataque.

No sé cuánto duró el tiroteo, posiblemente unos minutos, pero a mí se me hizo una eternidad. Vimos una bandera blanca en el edificio y los milicianos corrieron alegres hacia la escalinata. La mayoría de ellos con los fusiles en alto en señal de victoria. El grupo de mi padre se les iba a unir, cuando él les hizo un gesto y les gritó que se agacharan.

Las ráfagas de las ametralladoras de los fascistas dispararon a los milicianos que avanzaban a pecho descubierto, y varias decenas de ellos cayeron heridos al suelo. Los que no habían sido alcanzados corrieron de nuevo hacia las barricadas, y nuestro bando respondió a tal vileza con todas sus armas. Observé a mi padre, parecía furioso por el engaño de los fascistas y la ingenuidad de sus camaradas. Había sido un golpe de canallas, no de caballeros.

Al mediodía, cuando el sol pegaba con más fuerza, se vieron de nuevo banderas blancas. Esta vez nadie se movió hasta que se abrieron las puertas del recinto y los primeros soldados lanzaron las armas afuera. Algunos defensores del cuartel salieron corriendo tirando los cascos y las armas mientras gritaban vivas a la República. Los guardias de asalto se adelantaron, y a ellos les siguió una masa de milicianos de todos los partidos y sindicatos. Todos gritaban eufóricos mientras otros cantaban a viva voz sus himnos guerreros. Mi padre se giró hacía mí y me ordenó que no me moviera de allí.

Mientras esperaba, comencé a escuchar disparos dispersos. Más tarde escuché los gritos de algunos oficiales, que eran sacados del cuartel y apaleados delante de la multitud. La sangre corría por todas partes, pero lo único que me impresionaba era el rostro asustado de los prisioneros.

Desobedecí a mi padre y me acerqué curioso al edificio. Tuve que sortear los cadáveres tirados sobre los adoquines y subir la escalinata repleta de cuerpos. Entonces, vi a un chico de mi edad apuntando con una pistola a un oficial, que con las manos en alto bajaba hacia la calle.

Un periodista hacía fotos a mi lado y muchos curiosos se habían acercado, mientras los milicianos se hacían con todas las armas posibles. Al entrar en uno de los patios del cuartel, quedé bloqueado. Los cadáveres se contaban por decenas. Algunos oficiales que se habían suicidado aún tenían el arma en la mano. A un lado, grupos de hombres disparaban a los falangistas que se habían unido a los soldados.

Algunos guardias de asalto sacaron por la fuerza al general Fanjul, que había liderado a los rebeldes. Nadie se acercó a él, aunque desde lejos lo escupían e increpaban.

Entonces vi a mi padre solo, sentando en un poyete. Tenía el fusil colgado en la espalda y una expresión triste en la mirada. Pensé que me regañaría por no haberle obedecido, pero apenas se inmutó. Me senté a su lado, en medio de aquel campo de muerte, y me pasó el brazo por encima.

—Siempre había escuchado que eran necesarios unos cuantos muertos para llegar a crear un mundo sin violencia. No es lo mismo desear matar, que hacerlo. Hasta hoy nunca había disparado un tiro ni matado a nadie. Pensaba que acabar con los fascistas me proporcionaría algún tipo de placer, ya sabes que son ellos o nosotros. Ahora sé que matar a un hombre no es defender una ideología, es matar a un hombre. Estos eran mis hermanos, no hay peor guerra que una civil. Espero que la matanza termine pronto y volvamos a enfrentarnos todos en las calles a botellazos o en el parlamento, pero no así —me susurró.

El dolor de mi padre podía palparse en su rostro atribulado, en sus palabras febriles y en su mirada hastiada. Aquel día, que en muchos sentidos daba comienzo a una de las peores guerras de la historia, había terminado para él. Seguía siendo un hombre idealista y deseaba que triunfara la revolución proletaria, pero era consciente de que algo se había quebrado en su alma en ese día caluroso. Él no hubiera sabido ponerle nombre a aquella tristeza, yo tampoco supe cómo llamarla en aquel momento, pero era sin duda el dolor que produce un alma rota cuando descubre que no hay ninguna ideología por la que merezca la pena matar.

Levanté la vista y observé los cadáveres. Casi todos eran de jóvenes, y comprendí que les habían robado algo más valioso que la vida, les habían arrebatado el derecho a un futuro.

# CAPÍTULO 5

# EN LAS TRINCHERAS

*Madrid, 9 de octubre de 1936*

AQUELLA NOCHE SOÑÉ CON MI PADRE. Los dos íbamos por la Casa de Campo. Era domingo y rodeábamos el estanque para dirigirnos a la caseta donde se alquilaban las barcas. Mi madre llevaba en brazos a mi hermana Isabel; mi hermana pequeña, Ana, aún no había nacido. Miraba a mi padre y en aquel momento lo veía como un gigante capaz de cualquier cosa. La mayor parte del tiempo la pasaba con mi madre. En aquella época no trabajaba en el teatro y era muy normal que los viernes, que era el día de pago, nos llevara a mi hermana y a mí al mercado para hacer la compra o nos sacara a algún parque cercano para que nos divirtiéramos un rato, pero caminar por la calle con mi padre era algo poco habitual, y por eso lo apreciaba tanto. Aquel día de primavera el cielo tenía un tono azul especial, como si quisiera sumergirnos en sus profundos confines. El sol se reflejaba sobre el estanque y parecía brillar como oro bruñido. Cogido de la mano de mi padre me sentía seguro, como si nada malo pudiera sucederme porque sabía que él me protegería de cualquier peligro y me indicaría el camino a seguir.

En los días felices, cuando no teníamos que mirar al cielo con temor, como aquel sábado de primavera, aprendí lo maravilloso que era andar de la mano de mi padre. Recuerdo que me compró un helado mientras esperábamos que llegara una barca al pequeño embarcadero. Mi madre sonreía feliz. No teníamos mucho, vivíamos en una casa muy pequeña de Lavapiés sin baño, con dos cuartos oscuros y húmedos, sin calefacción ni agua corriente, pero el amor de mi padre se reflejaba en cada mirada y gesto.

Aquel día subimos a una de las barcas y mi padre me dejó que lo ayudara con los remos. Aunque era él quien dirigía la barca y movía los remos, en mangas de camisa, mientras su rostro rezumaba alegría.

Regresamos a casa dando un largo paseo. Mi hermana dormida en los brazos de mi madre y yo tomado de la mano de mi padre. Aquel día aprendí, aunque no fuera capaz de verbalizarlo, que la seguridad estaba justo entre los dedos de esas manos llenas de callos y heridas.

Siempre pensé que madurar y hacerse adulto consistía en casarse, fundar una familia, encontrar un buen trabajo y esperar a que la vida pasara lentamente, sin sobresaltos; pero aquella mañana de otoño, con el cielo gris plomizo, mientras caminaba con mi hermana Ana de la mano y junto a Isabel, supe que hacerse mayor era aprender a cuidar de ti mismo y de las personas que amas. Llegamos al tranvía que nos llevaba a la Casa de Campo. Aquel inmenso bosque ya no era el remanso de paz donde los aficionados al ciclismo recorrían los caminos polvorientos o los domingueros descansaban debajo de las mismas encinas que habían visto pasearse siglos antes a los reyes, a los cortesanos ociosos o a las tropas napoleónicas. Sentimos el traqueteo del vagón, algo desvencijado por el uso y el poco mantenimiento debido a la guerra, y vimos algunas de las ruinas producidas por las bombas, aunque la mayoría habían caído en edificios públicos y en el lejano aeródromo de Cuatro Vientos. Bajamos cerca de la parada de la Línea 35 en la Plaza de la Puerta del Ángel y después caminamos hasta la entrada de la Casa de Campo. Por todos lados veíamos a grupos de milicianos que iban y venían de la ciudad. No llevaban uniformes, pero eran inconfundibles con sus brazaletes, gorras militares y fusiles. El color de los pañuelos en el cuello mostraba a qué sindicato o partido pertenecían. A medida que nos acercábamos al lago nos saludaban con el puño en alto, seguramente porque los tres vestíamos como ellos, con los sombreritos y el pañuelo al cuello del Partido Socialista.

Desde la toma del Cuartel de la Montaña, mi padre brindaba apoyo a la Guardia de Asalto de la ciudad, sobre todo en el barrio de Salamanca, uno de los más lujosos de Madrid, pero mi madre se había alistado, como la mayor parte de su compañía de teatro, a las milicias que defendían la capital. Normalmente no llevaba armas, ya que tanto ella como sus compañeros se limitaban a subir la moral de los voluntarios bailando, cantando y haciendo representaciones burlonas de los enemigos o los curas.

Llegamos al campamento improvisado, apenas una docena de tiendas de campaña desde donde se repartía la comida y se daban instrucciones al ejército de voluntarios. La mayoría de ellos llegaban por la mañana, se incorporaban a sus unidades y regresaban por la noche a sus casas.

Buscamos entre las tiendas a mi madre. Al final la encontramos mientras ensayaba con unos compañeros. En cuanto nos vio lo dejó todo y nos dio besos y abrazos hasta que logró sacarme los colores.

—Madre, ya no soy un niño —le dije, quitándome el pintalabios de las mejillas.

—¿A qué hora habéis salido del colegio? Pensé que llegaríais más tarde.

—Esta tarde hay un desfile, llegan a Madrid las Brigadas Internacionales —le expliqué mientras miraba los cañones que estaban fuera de la tienda de campaña.

—Anda, vete a ver las armas, que sé que te gustan.

Apenas había terminado la frase cuando ya estaba al lado de uno de los cañones. Era imponente, mucho más grande que el que había visto frente al Cuartel de la Montaña.

—¿Te gusta? —me preguntó uno de los artilleros.

Asentí con la cabeza.

—¿Quieres que te explique cómo funciona?

Debió notar cómo me brillaban los ojos, porque sonrió y se puso la colilla de su cigarrillo en la comisura de la boca. Después tomó un proyectil con dificultad y lo colocó en el cañón, cerró una portezuela y señaló una palanca.

—Estos modelos son muy antiguos, nos han prometido que los rusos nos traerán armas nuevas. Los camaradas soviéticos nos ayudarán a ganar la guerra y hacer la revolución. El padre Stalin está muy preocupado por lo que pasa en España. Los malditos alemanes fascistas no dejan de bombardearnos y he oído que están enviando tanques y armamento nuevo a los rebeldes.

No hacía mucho caso a su conversación, simplemente observaba fascinado el cañón, los proyectiles y las ametralladoras que estaban cerca.

—Ya tienes edad para luchar. Deberías alistarte en alguna de las milicias, necesitamos más manos para vencer a los fascistas —me animó el hombre.

Observé su sombrero negro y el pañuelo del cuello a juego, era anarquista de la CNT, una organización de izquierdas como la de mi padre, pero en muchos sentidos un opositor.

—¡León! ¿Qué ideas le estás metiendo en la cabeza a mi hijo? —le gritó mi madre acercándose con las niñas a nosotros.

—Le he dicho la verdad, que tiene edad para luchar contra los fascistas.

—Ya sus padres estamos ayudando en la lucha. A él le toca aprender y ser un hombre de provecho para colaborar en nuestra causa.

—¿Qué causa? Los socialistas siempre habéis sido unos vendidos, hasta pactasteis con la dictadura de Primo de Rivera —dijo el anarquista con desprecio.

—La estupidez no entiende de matices —le contestó mi madre, después me cogió de la mano y me llevó de nuevo hasta la tienda.

Apenas habíamos llegado cuando escuchamos una fuerte explosión, que sonó muy cerca. Noté cómo el rostro de mi madre se tensaba. Tomó su bolso e intentó salir de la tienda, pero una explosión más cercana la puso en guardia.

—¡Dios mío! —gritó, y miró a ambos lados. No había ningún lugar donde guarecerse—. Será mejor que nos alejemos de aquí, seguro que los fascistas bombardean el campamento.

Salimos a cielo abierto y vi a los aviones muy de cerca, como si el cielo les perteneciera. Lanzaron un par de bombas y los cañones que había estado mirando unos minutos antes saltaron por los aires. Corrimos temblando hacia el lago. Mi hermana pequeña gritaba y lloraba de la mano de mi madre, mientras yo sujetaba la mano de Isabel, que a pesar de estar a punto de cumplir doce años lloraba como una niña pequeña. Cuando logramos salir de la Casa de Campo, una columna de humo ascendía opacando el cielo azul. Los aviones sobrevolaron la ciudad y desaparecieron en el horizonte.

Caminamos hasta el puente y después ascendimos la cuesta hasta la Puerta de Segovia. Mi padre nos esperaba cerca de la Puerta de Alcalá. Al llegar allí estábamos exhaustos y llenos de miedo. En cuanto nos vio, mi padre se dio cuenta de que algo había sucedido. Mi madre lo abrazó y se echó a llorar. Fuimos hasta una cafetería y mis padres se tomaron un café con leche mientras nosotros nos tomábamos una naranjada a pesar del frío.

—Francisco, tenemos que sacar a los niños de Madrid, esto es cada vez más peligroso —le susurró mi madre a mi padre.

—La guerra no puede durar mucho. Los fascistas apenas han avanzado y los frentes se mantienen. Largo Caballero no deja de hablar de los tanques rusos que están a punto de llegar. También tendremos aviones nuevos que frenarán a los bombarderos alemanes.

—No creo lo que diga Largo Caballero. Los dos lo conocemos desde que era mozo y sabemos que miente más de lo que habla. Nosotros no tenemos un ejército como Dios manda, los milicianos son valientes, pero con voluntarios no se gana una guerra.

Mi padre miró las mesas a su alrededor. Lo que acababa de decir mi madre sobre la guerra podría traerles problemas. Desde hacía semanas, grupos de milicianos buscaban a traidores por la capital y se los llevaban a dar el paseíllo, una forma eufemística de denominar los fusilamientos, que cada vez eran más generalizados.

—En agosto fusilaron a muchos fascistas en la cárcel Modelo y desde entonces los comisarios políticos no dejan pasar ni una. Cualquier comentario negativo puede ser considerado una traición —dijo mi padre.

—Eso fue por el bombardeo de Arguelles y en venganza por la matanza que los fascistas hicieron en Badajoz.

—No, eso fue porque el gobierno no manda. Indalecio Prieto se quedó horrorizado por la matanza, lo mismo que el presidente Manuel Azaña, pero los comunistas y Largo Caballero saben que eso les da más poder. Es la hora de los radicales y esta guerra no terminará hasta que se extermine al contrario.

Mi padre frunció el ceño.

—¿Qué me quieres decir?

—Pues, que si no nos matan los nuestros lo harán los contrarios. En esta España no hay lugar para los templados y…

—Yo soy miembro del partido desde los catorce años…

Mi madre puso los ojos en blanco. La desesperaba lo inocente que era mi padre, pero desde ese momento yo tuve claro que mi madre nos sacaría de Madrid en cuanto tuviera la más pequeña oportunidad. Mis dos hermanas disfrutaban de sus refrescos y una lluvia ligera comenzó a caer sobre la ciudad. El silencio monótono de la calle se interrumpió de repente. Primero escuchamos un murmullo, que comenzó a crecer poco a poco; era el canto de más de un millar de hombres.

—¡Mirad todos, ya llegan las Brigadas Internacionales! —exclamó mi padre con una sonrisa.

—No habrá mortajas suficientes para todos—contestó mi madre mientras encendía un cigarrillo y observaba con indiferencia por la vidriera a aquellos jóvenes idealistas que habían dejado sus países por la República. Los admiraba, pero al mismo tiempo no podía evitar sentir cierta lástima por ellos.

Parecían tan jóvenes y decididos que tuve envidia de ellos, en aquel momento pensaba que ser mayor era tomar un fusil y matar fascistas. Más tarde comprendí que madurar es proteger a los tuyos y darles la mano hasta llegar a un lugar seguro.

# CAPÍTULO 6

# MIS AMIGOS NO VAN AL CIELO

*Madrid, 18 de noviembre de 1936*

EL HOMBRE ES FUNDAMENTALMENTE UN SER que sufre. Puede que no parezca una definición demasiado optimista, pero desde que venimos a este mundo hasta que inevitablemente tenemos que partir, el dolor ocupa una parte importante de nuestra vida. La guerra es uno de los principales causantes de ese terrible sufrimiento. Además de las muertes, el hambre, el miedo y las inevitables heridas que abre en el corazón de todos los que la sufren, la guerra saca lo peor del ser humano y nos deshumaniza hasta convertirnos en monstruos insensibles.

Tras cinco meses de guerra, todos comenzábamos a acostumbrarnos a la rutina de las alarmas de emergencia para que fuéramos a los refugios, al racionamiento de comida, que comenzaba a ser preocupante y, no nos pasaba desapercibido que, si el gobierno se había trasladado a Valencia, Madrid no tardaría en caer en manos fascistas. Los traidores a la República presionaban por el sur y oeste de la ciudad. Habían ocupado Navalcarnero, Illescas y Alcorcón, y por el norte se aproximaban a la Casa de Campo y la

Ciudad Universitaria. La guerra ya no estaba a unos kilómetros de la capital, se encontraba a las afueras, y uno podía llegar a ella en tranvía, para regresar a casa a la hora de comer.

Unos días antes los fascistas habían bombardeado el Museo del Prado y la Biblioteca Nacional. Mi padre, que había cambiado de sección, ya no soportaba las matanzas indiscriminadas que incluían a todos los que los milicianos consideraban sospechosos. Había logrado colocarse entre los defensores del Museo del Prado y era habitual que lo acompañase, así podíamos estar algunas horas juntos. La guerra apenas le permitía pasar tiempo con nosotros y cada vez lo echábamos más de menos. Aquella tarde aún se veían los vestigios del bombardeo. Parte del tejado del edificio había ardido en llamas, aunque afortunadamente ningún cuadro había sufrido daños significativos.

Los dos tomamos la merienda en una de las salas del recinto, que en medio de la guerra seguía recibiendo visitas, aunque muchos de los curiosos que se acercaban lo hicieran con el fusil en ristre.

Nos sentamos frente al cuadro titulado *El Jardín de las Delicias*, uno de los preferidos de mi padre, y comimos los bocadillos despacio. El pan era muy malo, negro y repleto de impurezas, pero al menos teníamos algo que echarnos a la boca. Todo el mundo temía el próximo invierno. No había carbón y cada vez era más difícil encontrar productos básicos.

—Marquitos, que no se te olvide, cuando en una guerra comienzan a bombardearse los museos es que la civilización está a punto de desaparecer. Lo mismo si se saquean las iglesias. Por eso detesto la ignorancia, es más peligrosa que el fascismo.

—A lo mejor lo bombardearon por error —le contesté, inocentemente.

—Y la Biblioteca Nacional, ¿también la bombardearon por error? ¿Sabes lo que esos facciosos más temen de la República?

Negué con la cabeza.

—Lo que más temen es la cultura, que el pueblo conozca. No me refiero a que sepan leer o escribir o calcular, lo que quiero decir es que temen que piensen por ellos mismos, aunque si te soy sincero, por lo que he oído, en Rusia pasa algo parecido.

Me sorprendían las palabras de mi padre, que hasta unos años antes era admirador de Lenin y comentaba que España necesitaba una revolución como la de 1917 en Rusia. En cierto sentido, ellos eran el modelo a seguir para toda la izquierda europea.

—La revolución proletaria es liberadora —le contesté. Era lo que me enseñaban en la escuela. Por todas partes se veían símbolos soviéticos, hasta en la Puerta de Alcalá había retratos enormes de Lenin y Stalin.

Mi padre no contestó, se limitó a dar un bocado más y después bebió de la bota de vino.

—¿Qué te parece ese cuadro? —dijo, señalando al lienzo de *El Jardín de las Delicias*.

—No lo sé. Es muy raro —le comenté. Sabía que disfrutaba enseñarme cosas y que lo escuchara.

—Es un cuadro extraño, una vez me lo explicó Miguel Alberti, el poeta.

Sabía que los dos habían sido amigos, aunque hacía tiempo que no se veían.

—Me contó que el Bosco, el pintor holandés que lo pintó, a diferencia de la mayoría de los artistas, pretendía plasmar lo que había en el interior del corazón del hombre, no lo que se podía percibir con los ojos humanos. Así somos de verdad, vengativos, orgullosos e insaciables.

—Entonces, ¿para qué sirve la utopía? —le pregunté con cierto temor. Lo había escuchado hablar cientos de veces de la necesidad de creer y luchar por la utopía.

Se quedó pensativo, como si él mismo se lo hubiera preguntado muchas veces, pero aún no lo tuviera claro.

—Es una pregunta difícil, ya dice tu madre que tienes una cabeza que no es normal. Bueno, la utopía es la sociedad perfecta que queremos conseguir. Una sociedad justa, en paz, que busque el bien común…

—Pero, eso no existe.

—No, la utopía es siempre el objetivo, es nuestra meta y, a medida que nos acercamos a ella, esta se aleja inevitablemente. Por eso siempre tenemos esa sensación de insatisfacción. Apenas nos aproximamos unos pasos, la utopía retrocede, como si deseara escapar de nuestros pequeños y egoístas deseos. En el momento que la hacemos a nuestra medida, desaparece, nunca sirve a los intereses individualistas porque siempre hay algo que mejorar, algo más por lo que luchar —me contestó mirándome directamente a los ojos. Los suyos parecían melancólicos, como si estuviera agotado, cansado de tanto dolor y sufrimiento.

—Si es algo que nunca se puede alcanzar, ¿para qué sirve la utopía?

—Es cierto, nunca logramos alcanzarla, pero sirve precisamente para eso, para que continuemos caminando y no perdamos la esperanza.

Lo cierto es que no entendí bien lo que decía. Luego nos pusimos en pie y nos acercamos al cuadro de *Las Lanzas*.

—Observa esta batalla, todas esas lanzas, al gobernador dándole la llave de la ciudad al ejército enemigo —me dijo mi padre—. El pintor Velázquez intenta mostrarnos que la guerra tiene un sentido. Que todo se reduce a la victoria y la derrota, pero en el fondo es una gran mentira. En muchas ocasiones lo que hacemos no trae la felicidad, pero al mismo tiempo la paradoja consiste en que si nos quedamos de brazos cruzados, tampoco conseguiremos ese mundo perfecto que anhelamos. Eso es la utopía. Cada generación se cree destinada a cambiar el mundo. A la nuestra le ha tocado impedir que el fascismo lo subyugue, pero sin darnos cuenta, nosotros somos los verdaderos destructores.

Lo miraba como hipnotizado. Me estaba dando una lección que no iba a olvidar nunca, pero en ese momento apenas lo comprendía. Era como si estuviera sembrando en mí una semilla que tardaría en dar su fruto.

—En estos meses he aprendido muchas cosas. Me habían enseñado que el individualismo era un principio burgués, que únicamente confundido con la masa el hombre es un verdadero hombre. Creía que la guerra era el fin de la soledad, que al unirme a mis camaradas contra un enemigo común y con un solo propósito, la soledad se disiparía como la neblina, pero en su lugar la guerra me ha hecho sentir mucho más solo. Aunque lo único que tengo claro es que si me veo en la necesidad de elegir un bando, no puedo aliarme con los que escriben la historia desde sus despachos o con un mapa en las manos. Mi lugar está junto a los que la padecen, pero a veces la sufren también tus enemigos. Todos gritan ahora libertad, pero si no hay justicia, la libertad es un fracaso.

—¿Quiénes son nuestros enemigos? Los fascistas, ¿verdad? —pregunté confundido.

—Cuando era joven me decían que era imprescindible matar para crear un mundo en el que no se matara. No es cierto —dijo mi padre con lágrimas en los ojos—. Por cada hombre libre que muere en esta guerra, nacerán cinco esclavos y el mundo perderá la esperanza, la utopía.

Salimos del edificio con el alma ensombrecida. Ya era casi de noche, pero las farolas no se encendían para evitar facilitarles objetivos a los aviones fascistas.

Entonces escuchamos el estruendo de los bombarderos. Sonó la sirena y corrimos hacia el metro. Mi padre lo hacía apático, como si la muerte fuera el único regalo que pudiera esperar un hombre desesperado. Mientras bajábamos en medio de la multitud por las escalinatas, comenzaron a silbar las bombas. Después las explosiones sacudieron el suelo y nos hicieron sentir pequeños e insignificantes.

Nos quedamos casi una hora bajo tierra, a oscuras, escuchando los gemidos y los lamentos de la masa que nos apretujaba y agobiaba. El polvo que se desprendía del techo nos asfixiaba, pero nadie decía nada, hasta que una chica comenzó a cantar:

*Por la Casa de Campo*
*Mamita mía*
*y el Manzanares*
*y el Manzanares.*
*Quieren pasar los moros*
*Mamita mía*
*y no pasa nadie*
*y no pasa nadie.*
*Madrid ¡qué bien resistes!*
*Mamita mía,*
*los bombardeos,*
*los bombardeos.*

*De las bombas se ríen*
*Mamita mía,*
*los madrileños,*
*los madrileños.*

La música logró calmar los ánimos, y cuando salimos a la calle intentamos que los fuegos producidos por el bombardeo y el olor a muerte no nos robaran el valor que nos había infundido la melodía pegajosa de la muchacha. Apenas habíamos caminado un kilómetro cuando pasamos cerca de mi colegio. A aquellas horas no había clase, pero siempre se reunían en el patio un grupo de chicos para jugar al balón y las niñas a la comba. El humo salía del edificio principal, mientras varios árboles ardían como antorchas que iluminaban la ciudad a oscuras. Al principio no los vimos, simplemente escuchamos los lamentos desgarrados de las madres, pero al acercarnos a la verja, lo que vi me recordó al infierno del Bosco. Cuerpos destrozados, miembros amputados y madres aferradas a lo poco que quedaba de sus hijos. Mi padre me ordenó que apartase la mirada, pero esas imágenes ya se habían quedado grabadas para siempre en mi alma.

—¡Padre! —exclamé, aferrado a su brazo. Si no hubiera ido aquella tarde a acompañarlo, habría estado con mis amigos en el patio del colegio.

No me comentó nada. Caminamos cabizbajos hasta casa. Nos sentíamos aliviados y agradecidos de haber sobrevivido, pero a la vez, culpables, porque no hay nada más absurdo que la muerte ni más terrible que la guerra. Desde aquel día comprendí que lo más importante que haces cada día es no morirte, luchar por vivir, aunque a veces la vida sea insoportable.

# CAPÍTULO 7

# MIS ABUELOS Y EL VIAJE A SAN MARTÍN DE LA VEGA

*Madrid, 25 de noviembre de 1936*

EL ODIO ES EL COMBUSTIBLE DE la guerra, por eso los dos bandos siempre tienen la necesidad de alimentarlo constantemente. Los periódicos de cada zona resaltaban las atrocidades del enemigo, aunque ocultaban las propias. Asaltos, violaciones, robos y muertes eran el menú diario de los periódicos y las emisiones de radio. No me hacía falta aprender a odiar. Aquel otoño tuve que asistir a muchos entierros. La mayoría eran rápidos, no había tiempo para lágrimas, únicamente para aborrecer al enemigo y esperar la revancha. La ciudad estaba asediada por el oeste y parte del sur, pero también se estaba estrechando el cerco en el norte. Los madrileños no nos hacíamos demasiadas ilusiones. Desde Valencia, el gobierno continuaba mandando instrucciones, pero sus funcionarios no estaban en la ciudad para resistir.

Mi madre había decidido que nos fuéramos con sus padres a San Martín de la Vega, un pueblo a orillas del Tajo. No era mucho más seguro que Madrid, pero al menos esperaba que los bombarderos pasaran de largo y que se comiera un poco mejor. Mi madre sabía que los abuelos disponían de una despensa bien provista, además de media docena de gallinas, conejos y una vaca que les proporcionaba casi todo lo que necesitaban. Ese viaje provocó una gran discusión entre mis padres. Nunca los había visto tan enojados, como si los ánimos caldeados de la guerra hubiesen logrado alterar sus nervios.

No era fácil salir de la ciudad, y menos en dirección a Valencia. No había trenes y apenas autobuses. Los únicos transportes que quedaban en circulación eran los camiones de reparto y los que transportaban a las tropas, pero mi madre, que conocía a mucha gente en la sede del gobierno, logró que un viejo amigo de mi padre nos llevara en una camioneta. Los cuatro nos sentamos en la parte de atrás, delante iban el conductor y un escolta que lo acompañaba armado, por si alguien los asaltaba por el camino. Los saqueos y las violaciones eran constantes, ya nada era seguro.

—¿Qué te pasa Marco? Hace días que te veo triste. ¿Sigues pensando en lo que les sucedió a tus amigos de la escuela?

Negué con la cabeza, aunque ella sabía muy bien que aquel asesinato impune y cruel me había enfurecido. A causa de eso había intentado alistarme unos días más tarde, pero mis padres no me lo permitieron.

—¿Te gustaría ir al frente a matar fascistas? ¿Piensas que de esa manera te sentirías mejor? El genial Willian Shakespeare decía: "La ira es un veneno que te tomas tú esperando que muera el otro".

Miré de reojo a mi madre, no entendía por qué tenía esa actitud. Los fascistas merecían un final horrible, como el que les habían dado a mis amigos.

—¿Crees que yo no odio? Sí, hijo, a veces el odio se introduce en nuestra alma y la va carcomiendo por dentro, pero ¿sabes lo que hago? Cuando descubro ese odio dentro de mí, intento derrotarlo con el amor invencible que dais vosotros. Las mujeres somos capaces de producir vida, los hombres parecen únicamente expertos en destruirla.

—No quiero amar a esa gente —le contesté furioso.

—No te pido que los ames, lo que te pido es que el odio que sientes no sea más fuerte que el amor que alberga tu corazón. En medio de las lágrimas por todo este sufrimiento he descubierto que en mi interior hay una sonrisa indestructible. La guerra ha producido el mayor de los desórdenes, nos ha robado la vida que teníamos, pero en mi interior hay una paz que no puede arrebatarme nadie. Este invierno frío pasará y regresará la primavera, y eso me llena de felicidad. Quiero que aprendas algo.

—¿El qué, madre? —le pregunté atento, sabiendo que sus palabras salían de un corazón que era todo amor.

—No importa cuán fuerte empuje la vida, el amor que te tengo, ese amor que debes atesorar para que el odio no te domine, será más fuerte que cualquier cosa que parezca estar en tu contra. Cuando regrese a Madrid, tendrás que hacerte cargo de tus hermanas. Estarás solo, pero mi corazón permanecerá contigo. ¿Qué les enseñarás? La fuerza del odio o el poder del amor.

—Lo intentaré —le dije, sin mucho convencimiento, pero ella sabía que lo haría, porque nunca hubo nadie en el mundo que me conociera como mi madre.

—Marco, cariño, cuando el alma se acostumbra al sufrimiento, terminas por crear un vínculo muy profundo con la desgracia. No te autocompadezcas, eres un niño afortunado.

El viaje se me hizo corto. Llegamos al pueblo y la camioneta nos llevó hasta la casa de mis abuelos a las afueras. La pequeña granja parecía más vieja y destartalada que la última vez que habíamos estado allí. Aún recordaba los baños en el río y el olor de las naranjas con azúcar que me preparaba la abuela.

Benito y Sara, mis abuelos, se pararon en la puerta para recibirnos en cuanto nos escucharon llegar. Mi madre se parecía mucho a mi abuela, aunque su rostro mostraba más lucidez y tristeza. Los abuelos nos abrazaron y llenaron de besos. Luego, nos sentamos en el salón al calor de la gloria, que caldeaba el suelo y, durante un rato, se me olvidó la guerra y volví a recorrer la finca con mis hermanas, como si la vida fuera nuevamente un juego.

Aquellas no fueron unas largas vacaciones en el pueblo, por el contrario, las viví como el primer destierro, con un sentimiento de orfandad, que en muchos sentidos me ha acompañado toda la vida. Tenía que cuidar de mis hermanas pequeñas e intentar que estuvieran tranquilas y confiaran plenamente en mí. Ninguno de los tres se había separado jamás de nuestros padres. En muchos sentidos habíamos sido una familia muy unida, que disfrutaba la mayor parte del tiempo haciendo cosas juntos. La guerra no había conseguido entristecernos ni impedirnos disfrutar de la vida, teníamos la suerte de que por ahora los cinco estábamos vivos. Entendía que mi madre nos hubiera alejado de los bombardeos y de los peligros que nos acechaban en la ciudad, pero dudaba de que en el pueblo estuviéramos mucho más seguros.

En cuanto mi madre se marchó, el invierno pareció caer sobre nosotros como un mal presagio. No estábamos acostumbrados a pasar tanto frío y, a pesar de que mi madre nos había conseguido buenos abrigos y zapatos, regresábamos todos los días del colegio calados hasta los huesos. Tampoco habíamos encajado muy bien con los otros niños del pueblo. La escuela no era muy grande, y estábamos separados los chicos de las chicas. Yo tenía a un profesor llamado Germinal y mis hermanas, a una señorita llamada Teresa. Ambos profesores se esforzaban por enseñarnos a todos los fundamentos básicos de la educación, pero los chicos, principalmente, faltaban mucho a clases. En las fincas hacían falta manos para trabajar, ya que buena parte de los jóvenes se encontraba en el frente.

Aquella mañana llegamos a la escuela a primera hora, antes de que saliera el sol. Las aulas estaban heladas. El profesor no tenía leña para calentar la estufa y durante todo el día nos quedamos con los abrigos y los guantes puestos. Cuando Germinal comenzó a hablar, dejé de sentir el frío que me calaba los huesos y lo escuché embelesado.

—El gran filósofo José Ortega y Gasset, la mente más lúcida que ha acunado nuestro país, nos enseñó que no podemos vivir aislados. Él afirmaba: "Yo soy yo y mi circunstancia, y si no la salvo a ella no me salvo yo". Somos parte del mundo, queridos alumnos, todo lo que sucede a nuestro alrededor nos afecta. Vivimos tiempos de bandos enfrentados, de hermanos luchando contra hermanos. Unos dicen que lo importante es la moral y que esta ha sido pervertida por las ideas revolucionarias, otros hablan del amor proletario y la hermandad entre los hombres, pero lo cierto es que con la moral frenamos los fallos de nuestro instinto primario. Sin embargo, el amor es capaz de paliar los errores de la moral. La derecha y la izquierda son dos realidades antagónicas, pero como decía el filósofo, son dos maneras que tiene el hombre de ser un imbécil. Seguramente algunos les dirán que las ideologías son las que mueven el mundo, pero la realidad es que son las que lo destruyen.

Levanté la mano tímidamente y el profesor me hizo un gesto para que hablara. Su barba cana y su pelo blanco le daban un aspecto bonachón de rey mago.

—No estoy de acuerdo. Los fascistas han comenzado esta guerra y usted los está igualando con los que están salvando a la República —le dije, confundido y enfadado. A pesar de que lo admiraba mucho, creía que se equivocaba, que tal vez, en algún lugar apartado de su mente no era consciente de la magnitud de lo que estaba sucediendo.

—Creo que no me ha entendido. El mayor crimen, como siempre, no está en los verdugos, en aquellos que matan por fanatismo o desprecio a la vida, sino en los que dejan matar. En este mismo pueblo se ha fusilado a varias personas buenas. Cuando digo buenas no me refiero a santos. Lo que quiero expresar es que eran personas tan buenas como aquellos que las mataron.

—Son ellos o nosotros —le contesté. Sabía que la inocencia siempre era relativa, que los que parecían incapaces de hacernos daño, muchas veces eran los más peligrosos.

Germinal se acercó a mi pupitre. Tenía las manos grandes y gruesas, los puños de su camisa desgastados se asomaban tímidamente por debajo de las mangas de su chaqueta de pana. Llevaba la corbata algo torcida y sus gafas redondas parecían a punto de descomponerse.

—¿Crees que soy un pobre profesor de pueblo? ¿Verdad? Los de la gran ciudad piensan que entienden mejor el mundo, pero no siempre es así. Es cierto que yo nací en este pueblo y que soy hijo de estas tierras secas y fértiles. Como los campos, necesito que la gélida nieve del invierno y las lluvias de la primavera saquen de mí la vida que parece estar a punto de fenecer, pero yo también fui joven y ambicioso. Estudié magisterio en la Universidad Central y trabajé en el Ministerio de Educación. Me enamoré de una joven de buena familia y estuve a punto de casarme con ella, pero me llamaron del ejército y luché en África. Fue allí que mi idealismo desapareció. El hombre es el peor depredador que existe. Aquella pobre gente ignorante y humilde se defendía con uñas y dientes, pero nosotros usábamos la civilización para masacrarla. Un día entramos en una aldea a la que unas horas antes habíamos arrojado gases tóxicos. Las mujeres, los niños y ancianos, que eran los únicos que había en el pueblito, salían de sus chozas gritando de dolor. Tenían los ojos quemados por el gas, sus labios rezumaban sangre y pus, los niños gemían casi sin fuerzas, mientras sus madres intentaban limpiarles los ojos con agua contaminada. Los ancianos se arrastraban por el lodo y nosotros, los hombres civilizados, los rematamos con las bayonetas, para no gastar balas. Creía que en la guerra lo más importante era mantenerse vivo, pero la realidad es que lo único imprescindible consiste en no deshumanizarse. Cuando regresé a España lo dejé todo y vine al pueblo. Pensé que si al menos enseñaba a unos pocos, si les contaba lo que sabía, mi vida tendría sentido. Aunque hace tiempo que he descubierto que ver lo que tenemos delante requiere un gran esfuerzo, porque no hay mayor ciego que el que no quiere ver.

Las palabras de Germinal recorrieron el aire frío del aula y cayeron indiferentes ante los rostros ausentes del resto de la clase. Los chicos parecían inmunes a sus palabras, no sabía si por haberlas escuchado demasiadas veces o porque su vida dura y difícil no les dejaba margen para el pensamiento.

Salimos al recreo en medio de la algarabía. Aquel era el único momento del día en el que los alumnos parecían felices. Mis hermanas estaban sentadas a un lado, mientras el resto de las niñas jugaban y reían. Los chicos se entretenían con una pelota medio pinchada.

—¿Puedo jugar? —les pregunté con las manos en los bolsillos, como si realmente no estuviera muy interesado en hacerlo.

—No, señorito —dijo el cabecilla de los chicos. Siempre intentaba evitar enfrentarme con él, aunque un par de veces había pensado arrojarme sobre su cuello.

—¿Es tuya la pelota? —le pregunté, desafiante.

—¡No nos gustan los forasteros! ¡La gente de ciudad siempre trae problemas! —me gritó el abusón después de empujarme.

Perdí el equilibrio y me caí en el lodo. El chico se abalanzó sobre mí. Intenté levantarme, pero no paraba de golpearme en la cara, hasta que comenzó a gritar y se llevó las manos a la cabeza.

Mi hermana Ana, la pequeña, le halaba el pelo hacia atrás. Mi otra hermana aprovechó que el abusón gritaba para ayudarme a levantar. Entonces, aproveché para golpearle la cara hasta que comenzó a sangrar por la nariz.

En ese momento, llegó el profesor y nos separó.

—¿Es qué no habéis aprendido nada? ¿No es suficiente con que la mitad del país mate a la otra mitad?

—Él empezó —mintió el abusón, y todos sus amigos le dieron la razón.

—Después de clases tendrás que quedarte castigado —me advirtió el profesor.

Mis hermanas me llevaron a un lado e intentaron tranquilizarme.

—No te preocupes. Mamá nos sacará pronto de aquí y podremos regresar a casa —comentó Isabel.

—No estoy tan seguro —le dije, repasando mis heridas.

Las siguientes dos horas de clases se me hicieron eternas. Cuando todos mis compañeros abandonaron el aula, el profesor se me acercó y con un gesto me pidió que lo siguiera. Después se puso el abrigo y comenzó a andar por un sendero hasta una casa que parecía abandonada. Abrió un candado y encendió una lámpara de aceite. Ante mi asombro, el reflejo mostró una gran biblioteca que cubría las paredes.

El profesor colgó su abrigo y comenzó a clasificar unos libros que había encima de la mesa.

—¿Quieres saber qué es todo esto?

Afirmé con la cabeza y el profesor esbozó una leve sonrisa.

—Son los libros del ayuntamiento y de la escuela. Los hemos traído aquí para protegerlos. El cartero, que ha pasado varias veces al bando contrario, me ha ayudado a esconderlos. Cuando los fascistas llegan a los pueblos espulgan las bibliotecas y queman los libros que consideran peligrosos. No importa si son de poesía, literatura o ensayos, les da lo mismo. Esa gente quiere devolvernos a la Edad Media y traer de nuevo la Santa Inquisición a España.

—¿No explicó en la clase que la izquierda y la derecha es lo mismo? —le dije, pensando que de alguna manera estaba contradiciéndose.

—Sí, pero me refería al fascismo y al comunismo estalinista. Los totalitarismos siempre actúan de la misma forma, esclavizan al pueblo y lo dejan en la más oscura de las ignorancias.

—Pero estos son muchos libros —le dije.

—También están los de Morata de Tajuña y Chinchón. Necesitamos salvar todos los que podamos. Si ganan los fascistas, debemos protegerlos hasta que pierdan el poder.

Me emocionó la voluntad salvadora de mi profesor, aunque conociendo al ser humano dudaba de que una vez establecido el fascismo fuera fácil sacarlo del poder. Mi padre me había contado que el traidor Mussolini, que antes había sido comunista, llevaba desde 1922 gobernando en Italia.

—No le cuentes nada a nadie —me advirtió el profesor mientras me acercaba a una de las estanterías y tomaba un libro. Era de Pío Baroja, se titulaba *La Busca*.

—Llévatelo si quieres.

Lo tomé entre las manos y comencé a leerlo por encima.

—Querido alumno. No dejes nunca de leer. Los fascistas quieren fundar su poder sobre el miedo, la crueldad y el odio, pero eso no puede perdurar mucho. El ser humano siempre busca el amor, la piedad y la verdad, no lo olvides.

Salí de la casa del profesor Germinal con el peso que siempre produce en el alma el tener que guardar un secreto. Aquella casucha vieja y abandonada era el refugio de la razón que parecía perseguida y despreciada por todos. Caminé a la orilla del río Jarama hasta que los edificios del pueblo me devolvieron a la cruda realidad de la guerra, que mi madre con tanto empeño deseaba alejar de nosotros.

# CAPÍTULO 8

# LA LLUVIA DE PALABRAS

*San Martín de la Vega, 11 de febrero de 1937*

PASÓ LA NAVIDAD Y MI MADRE no regresó a por nosotros. Mis abuelos se esforzaron en hacernos felices, incluso nos hicieron un regalo la Noche de Reyes, a pesar de que sabían que mis padres no celebraban festividades religiosas. Ana e Isabel se pasaron casi todas las fiestas llorando, pero lo más difícil estaba aún por llegar. En pleno invierno, en los primeros días de febrero de 1937, la guerra se acercó de nuevo a nuestras vidas, como si llevara meses esperando el momento de volver a lanzarse sobre nosotros.

Aquella mañana parecía un día normal y corriente. Fuimos a la escuela como cada día. Yo disfrutaba mucho escuchando las clases de Germinal. Desde que me había revelado su secreto, pasábamos muchas tardes juntos en la casa de los libros. Mis hermanas no sabían lo que hacía, aunque les había dejado leer algunos cuentos y se imaginaban que el profesor me llevaba a una especie de biblioteca.

Todos intentamos no pensar en el frente que se encontraba justo al otro lado del río. Se escuchaban disparos y el estruendo de los proyectiles, pero después de cada explosión el profesor continuaba su discurso como si fuera lo más normal del mundo.

—Muchos creen que el miedo es algo malo, pero están equivocados, queridos alumnos. El temor tiene su utilidad, pero la cobardía no. Si no tuviéramos cierto miedo seríamos capaces de las acciones más imprudentes, pero en cambio la cobardía es la actitud que tenemos ante el miedo. ¿Escucháis las bombas? Sí, ¿verdad? Es normal que estéis asustados, yo también lo estoy, pero espero que eso no os llene de cobardía. Los fascistas están muy cerca, en cuanto atraviesen el río ya nada los podrá parar. Necesitan ocupar el puente y asegurar la posición, la mayoría de los soldados que nos defendían han muerto o huido.

En ese momento se escucharon las explosiones mucho más cerca y el ruido de una máquina que parecía arrastrase. Mis compañeros no pudieron resistir más y se abalanzaron hacia las ventanas. Yo terminé uniéndome a ellos.

—Mirad eso —dijo el abusón, señalando a lo que parecía un carro blindado alemán.

Los soldados republicanos se esforzaban por detenerlo, pero continuaba su avance, mientras los fascistas se agazapaban detrás y no dejaban de disparar a los defensores.

—¡Alejaros de las ventanas! —nos advirtió el profesor.

No le hicimos caso, parecíamos hipnotizados por el fuego cruzado de los dos bandos. Al final vimos cómo los nuestros retrocedían y se replegaban por la carretera que llevaba a Morata. Los soldados fascistas se hicieron con el pueblo sin mayor resistencia.

—No salgáis de la escuela —nos pidió el profesor Germinal.

Al mediodía estábamos hambrientos, pero los profesores tenían miedo de enviarnos a casa. Hasta que vimos a unos soldados acercarse. Se pararon delante de la fachada principal y nos ordenaron a gritos que saliéramos.

Un coronel se puso enfrente de la puerta y nos ordenó que formáramos a un lado los chicos y a otro las chicas. Nuestros profesores nos franqueaban por ambos lados.

—Soy el coronel Asensio, no tenéis nada que temer, ya hemos echado del pueblo a los rojos. Dentro de poco llegará la paz y los comunistas ya no podrán haceros más daño. ¡Viva España! —gritó a viva voz, y todos lo imitamos.

—¿Usted es el profesor Germinal Fonseca?

—Sí, coronel.

—¿Y usted la señorita Teresa Agudo?

—Sí —contestó la profesora temerosa, a la que se abrazaban las niñas pequeñas, entre ellas mi hermana Ana.

Nunca había visto a los fascistas tan de cerca, a excepción del día del asalto al Cuartel de la Montaña el año anterior. Por un lado, parecían simples soldados, pero por otro, su semblante frío y su gesto burlón no presagiaban nada bueno.

—En el pueblo nos han informado que los dos pertenecían al sindicato de profesores y que son defensores de los rojos. ¿Es eso cierto?

—Todos los profesores pertenecemos al sindicato… —dijo Germinal, sin mostrar miedo, impartiendo a sus alumnos una verdadera clase práctica sobre la diferencia entre el miedo y el temor.

El coronel se giró hacia nosotros y comenzó a mirarnos uno a uno.

—Vosotros sois sus pupilos, sabéis mejor que nadie si este viejo miente. ¿El profesor hablaba en contra de los nacionales y nuestro caudillo Francisco Franco?

Al principio hubo un silencio atronador, hasta que el abusón dio un paso al frente, y señalando con el dedo al profesor dijo:

—Es un rojo, los dos son unos rojos.

Germinal lo miró con más pena que decepción. Después de tantos años, sus alumnos lo traicionaban a la primera oportunidad.

—¿Qué decís los demás? —nos preguntó el coronel.

Todos mis compañeros comenzaron a decir cosas contra el profesor y la profesora. Únicamente los pequeños no lo hacían, pero el alboroto les causó tanta impresión que comenzaron a llorar.

Yo no sabía cómo reaccionar y, por temor a que los militares pudieran hacerme algo a mí o mis hermanas, me uní al coro acusador. Germinal me miró con ternura, como si a pesar de mi traición se sintiera orgulloso de mí. Al final, logró alzar la voz entre los gritos.

—El amor es la fuerza más potente que existe. Puede que usted tenga el poder de las armas, pero yo sirvo a un dios más fuerte, la Verdad —dijo.

El coronel frunció el ceño, sacó su arma y lo golpeó en la cabeza, que enseguida comenzó a sangrar. El profesor se llevó la mano a la frente.

—Lo perdono, el débil es incapaz de perdonar, pero...

El coronel no lo dejó terminar. Lo golpeó y lo arrojó al suelo. Las gafas del profesor estaban rotas y sangraba por la boca partida.

—¡Tomar piedras! —nos gritó el coronel.

Los niños cogieron dos o tres sin rechistar, estábamos aterrorizados. Yo tomé un par y me puse detrás del resto.

—¡Hacer un círculo alrededor de él! Ahora verá el poder de la muerte —dijo mientras se ponía a un lado—. ¡Apuntad bien, hoy vais a matar a vuestro primer rojo!

El abusón fue el primero en lanzar la piedra que alcanzó a

Germinal en un ojo. Después una nube de proyectiles comenzó a golpearlo por todas partes. El profesor dio varios gemidos, hasta que se encogió como un bebé en el vientre de su madre.

—¡Tírala! —me gritó el coronel a mi espalda.

Con lágrimas en los ojos lancé una piedra sin acertar, después le arrojé la segunda alcanzándole en un brazo. A los pocos segundos el profesor estaba completamente cubierto de sangre. El coronel se acercó hasta él y le pegó un tiro en la cabeza.

Todos lanzamos un grito de espanto.

—Hoy han aprendido la lección más importante de sus vidas. Los más fuertes tienen siempre el derecho de hacer su voluntad. ¡Viva España! —dijo el coronel, con una sonrisa.

Todos le respondimos a coro, aunque en el fondo teníamos ganas de salir corriendo de allí.

Los soldados se llevaron a la profesora a empujones, mientras el cuerpo ensangrentado de Germinal agonizaba en el patio del colegio. Tomé de la mano a mis hermanas y nos dirigimos a toda prisa a la casa de los abuelos. Mientras caminaba aún temblando, pensé que ser adulto es sentirse tremendamente solo.

—¿Qué os pasa? —nos preguntó la abuela.

Mis hermanas se pusieron a llorar y tuvo que tranquilizarlas durante un buen rato. Mi abuelo se me acercó y sin decir nada me puso la mano en el hombro.

—Hay cosas que un niño no debería ver, pero esta guerra está terminando con la inocencia.

Mi abuelo era un hombre de pocas palabras, pero aquel día no dejó que el silencio logrará adueñarse de nosotros.

Mi abuela logró ponerse en contacto con mi madre. Tenían que acercarnos hasta Rivas y desde allí ella se haría cargo de nosotros.

Las clases se interrumpieron y nadie se atrevía a salir de las casas. Aquella era la última tarde que pasaríamos en el pueblo, y entonces me acordé de la biblioteca. ¿Qué habría sido de ella? Cuando mis abuelos se distrajeron, tomé una pequeña mochila y me dirigí hasta la casa vieja. Apenas había avanzado unos metros cuando noté que alguien me seguía. Me escondí detrás de un árbol y me lancé sobre mi perseguidor. Me sorprendió descubrir que era mi hermana Ana.

—¿Por qué me has seguido? ¿No ves que es muy peligroso?

—Los abuelos te dijeron que te quedaras en casa. No quería perderte a ti también —me contestó con los ojos llorosos.

—Yo nunca os dejaré —le dije, y la tomé de la mano.

Caminamos por el río hasta una zona de espesura y llegamos hasta la casa. El candado estaba puesto, pero logré entrar por una de las ventanas. Encendí la lámpara y observé los libros. No sabía cuál sería el futuro de aquellos volúmenes mal encuadernados y baratos, pero eran casi todos los libros de los pueblos pobres de los alrededores.

Mi hermana se entretuvo ojeando algunos cuentos, y cuando nos dimos cuenta estaba comenzando a anochecer. Al día siguiente saldríamos de viaje para intentar reencontrarnos con nuestra madre. Estaba comenzando a guardar un par de libros para llevármelos, cuando escuchamos voces afuera. Apagué la luz y salimos por una ventana trasera.

—Aquí están los libros. He visto a Marco y al profesor venir hasta aquí muchas veces. Seguramente son libros comunistas —dijo una voz que reconocí de inmediato, era el abusón.

—¡Tiren la puerta abajo! —ordenó el coronel.

Los soldados derrumbaron la puerta a patadas y después

enfocaron con sus linternas el interior. El coronel repasó los lomos de los libros con sus guantes blancos y comenzó a arrojarlos al suelo.

—Basura comunista. ¡Quémenlo todo! —ordenó, mientras lanzaba los libros al centro de la sala.

Miramos por una pequeña ventana cómo los soldados echaban gasolina sobre los libros y después uno de ellos les lanzaba una cerilla. El papel comenzó a arder y la habitación se iluminó de repente. Pude ver la mirada perdida del coronel, como si hubiese entrado en trance ante aquel espectáculo desolador.

—Marco y sus hermanas son hijos de un sindicalista de Madrid, los trajo su madre para alejarlos de los bombardeos —le dijo el abusón.

Sus últimas palabras me helaron la sangre. Estábamos en peligro. Tomé de la mano a mi hermana y comenzamos a correr por el campo a oscuras. Nos caímos varias veces, pero a los pocos minutos estábamos frente a la puerta de mis abuelos. Al vernos llegar magullados y manchados de lodo se asustaron. Les contamos brevemente lo sucedido y mi abuelo preparó su carromato. Metió en él las maletas de cartón que habíamos traído y salimos a la calle temblando de frío y miedo. La abuela nos despidió desde la puerta, no quería abandonar a sus animales a su suerte, sabía que los soldados fascistas saqueaban todo lo que pudieran cocinar.

El abuelo atravesó las calles mirando a todos lados, y después emprendió el camino hacia Rivas. El viaje nos llevaría toda la noche, pero esperábamos estar al otro lado del frente antes de que los hombres del coronel nos alcanzaran.

Mis hermanas se quedaron dormidas en la parte de atrás del carromato, acurrucadas entre las mantas. Yo contemplé la noche y las nubes grises que parecían presagiar la llegada de la nieve.

—Nunca entendí a tu madre. Me enfadé mucho cuando se fue a Madrid. Sabía que el pueblo era muy pequeño para ella y que soñaba con ser actriz. Para la gente como yo la ciudad es algo peligroso y más para tu única hija, pero no se puede retener el agua sin que termine saltando los diques. Tu madre siempre hizo lo que le vino en gana. Era como una yegua desbocada, pero he de reconocer que ha criado a unos hijos valientes. No sé cómo terminará esta maldita guerra, pero los pobres ya hemos perdido. Lo que no nos roben los soldados nos lo robarán los señores, y lo poco que logremos retener, será humo y ceniza muy pronto —dijo mi abuelo sin mirarme a la cara, mientras contemplaba el hermoso firmamento y el camino apenas iluminado por la luna que asomaba entre las nubes.

—Gracias por llevarnos a Rivas —le contesté. Durante aquellos meses no habíamos cruzado muchas palabras, como si todo estuviera dicho o ya no hubiera nada más que añadir.

—No le temo a la muerte, tal vez soy demasiado ignorante o me falta mollera, de esa que tiene tanto tu padre, pero no quiero que os pase nada. Dios mío, es lo último que querría. Los nietos sois los brotes nuevos que le salen a los olivos antes de morir. Si se injertan esas ramas en un olivo joven, son las más productivas. Las ramas son jóvenes, pero la sabia es vieja. ¿Me entiendes?

—Creo que sí —le contesté, sin comprender del todo.

—¡Gañán de ciudad! Lo que quiero decir es que dentro de tus venas llevas mi sangre. La sangre de todos tus ancestros, campesinos duros de Castilla. No importa dónde vivas o lo que hagas, esa sangre pasará a tus hijos. No podemos romper la cadena. Si un solo eslabón falta, ya no sirve para nada.

Asentí con la cabeza, aunque sabía que no podía verme.

—Cuida de tus hermanas, no sé qué nos pasará a los adultos,

pero no creo que se atrevan con los niños. Aunque en una Guerra Civil nunca se sabe, el odio crece como la cizaña y no es fácil de arrancar.

Estábamos a medio camino cuando vimos un farol moverse en la carretera.

—Un puesto de vigilancia. Deja que hable yo —dijo mi abuelo con el aplomo que dan los años.

Tres legionarios nos pararon y mi abuelo tiró de las riendas de la mula.

—¿A dónde van en medio de la noche? ¿No ve que está a punto de nevar? A unos cinco kilómetros más allá están los rojos —nos advirtió el cabo.

—Malditos rojos —dijo mi abuelo con rabia.

—Sí, son como las garrapatas, no hay quien los extermine —contestó el cabo.

—Llevo a los niños a su madre, se han quedado el domingo en casa, pero mañana tienen escuela —dijo mi abuelo con total calma.

—¿Escuela? Estamos en el frente. Será mejor que regrese a su casa.

—Si regreso a la granja mi mujer me mata.

—¿Y prefiere que lo maten los rojos a que lo haga su señora? —bromeó el cabo.

—Tengo detrás unos chorizos que llevaba a mi hija, pero puedo darles uno o dos. Seguro que la guardia nocturna les ha dado mucha hambre.

—Bromea. Pasamos todo el día sin comer nada. Esta guerra la ganará al final el que no se muera de hambre.

El cabo tomó dos de los chorizos de la parte trasera del carromato y los alzó como si fueran trofeos.

—Tiene a dos ángeles ahí detrás. Vaya con cuidado. Se escuchan disparos al aire a cada momento.

—Lo tendré. No se preocupe —contestó mi abuelo, mientras azuzaba a la mula para que se pusiera en marcha.

—Si se cruza con algún otro guardia, dígale que el cabo Marchena los ha dejado pasar. No los molestarán más.

Comenzamos a pasar el punto de control.

—Ande con Dios —nos dijo el cabo a forma de despedida.

Llegamos a Rivas en la mañana. En las afueras había soldados de las Brigadas Internacionales, algunos eran italianos, pero la mayoría eran estadounidenses. Nos dejaron pasar después de revisar brevemente el carromato. Paramos en una de las bodegas del pueblo y mi abuelo nos invitó a comer unas rodajas de salchichón mientras esperábamos a mi madre.

Cuando el sol despuntaba en el horizonte, escuchamos el ruido del motor de un coche. Levantamos la cabeza y vimos aparecer un Renault descapotable verde. En la parte delantera iban un soldado y un oficial que no reconocimos al principio, detrás iba una mujer.

Las niñas corrieron hasta el coche. Mi madre se bajó corriendo y las abrazó como si quisiera mantenerlas atrapadas para siempre entre sus brazos. Yo caminé despacio, sentía que me quitaba un peso de encima y que de nuevo podría volver a ser un niño ensimismado en su mundo imaginario.

El oficial se puso delante de mí y al quitarse la gorra lo reconocí. Mi padre me sonrió y después comenzó a abrazarme. Lloré, era lo único que podía hacer después de todos aquellos meses terribles y el miedo que había pasado. Por fin regresaba a casa.

Mi madre vino con las niñas franqueándoles el paso. Me besó una y otra vez hasta que comencé a reírme de nuevo.

—Mi niño grande —me dijo, con los ojos enormes y su sonrisa

bella. En ese momento comprendí que un hijo nunca deja de ser un niño pequeño para su madre.

—¡Mamá! —exclamé, como si en esas dos sílabas se encerrara toda la felicidad del mundo. Me habían contado que cuando los hombres se enfrentan a la muerte, a la única mujer que llaman es a su madre, como si regresaran al seno materno del que un día salieron.

—¡No os dejaré marchar nunca más! —nos prometió aquella mañana de invierno, pero antes de que llegara la primavera ya estábamos partiendo de nuevo para huir de la guerra. Aunque uno nunca escapa de ella. La guerra se queda para siempre en el corazón de los que alguna vez la hemos mirado directamente a los ojos y hemos salido ilesos.

Montamos en el coche llenos de alegría. Mis hermanas no paraban de contarle a mi madre todo lo ocurrido, mientras mi padre me acariciaba el pelo y comenzaba a cantar una canción que se extendía por la llanura de Castilla como la nieve que comenzaba a emblanquecer los campos que muy pronto se teñirían de sangre.

# CAPÍTULO 9

# CAMINO A FRANCIA

*Madrid, 19 de mayo de 1937*

LA GUERRA PARECÍA ENQUISTARSE Y TODOS habíamos perdido la esperanza de que su final estuviera cerca. Los bombardeos se redujeron en parte gracias a los aviones soviéticos y, tras el fracaso de la Batalla del Jarama, los fascistas hicieron a Madrid de lado, para concentrarse en el frente del norte. Seguían llegando alimentos de Valencia, la única vía que continuaba abierta, pero cada vez eran más escasos y de peor calidad. Algunos comedores de cuáqueros ingleses en la ciudad nos ayudaban a completar una dieta muy pobre que se basaba sobre todo en legumbres, pan negro y sopas aguadas. Yo siempre tenía hambre, desde que me levantaba por la mañana hasta que me acostaba en la noche, incluso soñaba con comida. Mis dos hermanas rebañaban hasta la última gota de sopa y comían con gusto las peladuras de patatas fritas o cocidas. Ya apenas nos atrevíamos a imaginar el mundo que nos prometía la propaganda que cada día veíamos en los carteles que cubrían las fachadas o que escuchábamos en la radio. Continuábamos yendo a la escuela, aunque muchas veces faltábamos por las amenazas de bombardeos o el temor de nuestros padres a que los rumores de la inminente invasión de Madrid fueran ciertos. El sueño de que un día a los hijos de los obreros se nos trataría con dignidad y que cada uno podría ser lo que deseara en la vida, se estaba convirtiendo en una pesadilla. Las luchas partidistas y el poder que poco a poco ostentaba el partido comunista no dejaban lugar a dudas de que, aunque ganáramos la guerra, ya habíamos perdido la paz.

A pesar de los malos augurios y de las necesidades, nos alegraba haber regresado con nuestros padres. Junto a ellos nos sentíamos capaces de hacer cualquier cosa. Gracias a ellos, a su esperanza en el futuro y su fe en nosotros, yo me atrevía a soñar. Siempre les decía con una sonrisa en los labios:

—Tengo un sueño: seguir soñando. Quiero soñar con la justicia, con la libertad y la paz.

Mis padres siempre me contestaban lo mismo.

—Eres un soñador, pero eso es mejor que ser un cínico.

Aquella mañana mi madre nos sorprendió con una noticia que estuvo a punto de terminar de golpe con todos mis sueños.

—Mientras dormíais, he preparado las maletas. Nos ha costado mucho tomar esta decisión, pero pensamos que es lo mejor para todos.

Mis hermanas y yo miramos sorprendidos a mi madre. Traía en los brazos nuestra ropa, pero había añadido algunas prendas más de abrigo. Aquel año la primavera se retrasaba y aún hacía mucho frío.

—Pero madre, ¿dónde vamos a ir? —preguntó Isabel, que apenas había logrado despertarse, y ya comenzaba a llorar.

—La guerra va muy mal y no sabemos cuánto durará. Por eso

es mejor que os marchéis. Muchas familias han enviado a sus hijos a Francia y a Rusia, pero tal y como está Europa preferimos que os marchéis a México —nos dijo, intentando disimular su tristeza.

—¿México? ¿Dónde está eso? —preguntó Ana.

—México está en América, tonta —respondió Isabel.

—Pero México tiene que estar muy lejos —dijo Ana, mientras se limpiaba los ojos llenos de lágrimas.

Mi madre abrazó a mis hermanas y luego extendió un brazo para que me uniese al abrazo.

—No será por mucho tiempo. Si las cosas se ponen feas aquí, intentaremos unirnos a vosotros. Si ganamos la guerra os traeremos de vuelta.

—Madre, ¿qué vamos a hacer en México?

—El presidente Lázaro Cárdenas y su esposa Amalia están preparando un lugar para vosotros. Se ha creado un comité para ayudar a los niños refugiados de la República. Tenemos que ir a Valencia antes de que el resto se marche.

—¿El resto? ¿Van a ir más niños? —le pregunté angustiado, por un momento había pensado que iríamos a la casa del presidente.

—Sí, no sé el número, pero más de doscientos. No sé, tal vez quinientos.

Mis hermanas se miraron asustadas. Sin duda pensaron que dónde iban a meter a tantos niños.

—Venga, vestiros, que vuestro padre nos espera con un coche en la calle. Un amigo nos acercará a Valencia. Es un viaje peligroso porque los fascistas les disparan a los vehículos que pasan por la carretera, pero seguro que todo saldrá bien —dijo, secándose los ojos con las manos.

—¿Vendréis con nosotros? —preguntó Ana.

—Vuestro padre no puede, pero yo iré hasta Valencia. El resto del camino lo haréis con monitores y camaradas. Seguro que os lo pasáis bien. Tendréis que viajar en barco y será como una aventura.

—Nunca hemos visto el mar —dijo Ana, emocionada.

—¿Un barco? ¿Qué pasa si se hunde o nos mareamos? —preguntó Isabel.

—¡Venga! No tenemos tiempo, seguro que todo irá bien. En cuanto lleguéis me tenéis que escribir, estaremos en contacto. Allí os cuidarán, hablan español y son revolucionarios como nosotros.

Aquellas palabras no nos alentaron mucho, pero no teníamos más remedio que obedecer.

Mi madre preparó el desayuno y, más tarde, mientras mis hermanas comían pensativas, me llevó a un lado aparte.

—Tienes que cuidar de ellas. Lo hiciste muy bien en la casa de los abuelos, pero ahora será un poco más complicado. Tenéis un largo viaje por delante y además México es un país extraño.

—No te preocupes, las cuidaré —le respondí, sin dejar de mirar a mis hermanas sentadas a la mesa.

Isabel comenzaba a ser una mujer a sus doce años, pero era asustadiza y muy tímida; Ana, por el contrario, era traviesa e inquieta, pero demasiado pequeña para comprender lo que sucedía.

Bajamos las maletas despacio, como si intentáramos alargar un poco más el viaje. Mientras descendíamos las escaleras, miraba las paredes desconchadas, el suelo de madera astillado y el polvo que lo invadía todo, pero aquel me parecía el lugar más bello del mundo, y aún lo recuerdo con nostalgia. El lugar en el que nacimos y fuimos felices siempre se conserva en nuestra memoria como un sitio único y mágico. Sabía que era normal decepcionarse. Sin duda, a medida que uno se convertía en adulto comprendía que el mundo era un lugar complejo y difícil, un sitio peligroso en el que no era sencillo sobrevivir. Pero la decepción ante el mundo nunca debe ser total, la esperanza siempre tiene que ser infinita. De nada nos sirve lanzarnos a los brazos de la desesperación. Al fin y al cabo, la existencia siempre encuentra un camino.

Cuando llegamos al coche vimos a mi padre apoyado en un lateral conversando con otro miliciano. Ambos fumaban y miraban hacia las ventanas como si creyeran que íbamos a caer del cielo en cualquier momento.

—¡Venga, chicos! El camino se hace más peligroso por la noche —nos apremió mi padre.

Primero besó a mis dos hermanas y charló un rato con ellas. Parecía calmado, tal vez la guerra estaba endureciendo sus afectos; la única forma de sobrevivir al sufrimiento era crear una coraza e intentar que nada la atravesara. Aunque eso también producía una desazón terrible y una sensación de anestesia y sin sentido que parecían invadir a todos los adultos.

—Hijo, cuida a tus hermanas. No se te olvide que si no tienes algo por lo que morir, no eres digno de seguir con vida. Ahora tu única patria es tu familia, ellas son lo más importante. No permitas que les suceda nada malo. ¿Me das tu palabra de honor de que las defenderás con tu vida si es necesario?

—Sí, padre. No les sucederá nada.

—Sé que tienes temor. Es un viaje largo y lleno de peligros, pero no olvides que debemos construir diques de valor para frenar las avalanchas de temor. El mundo es un lugar inhóspito y en México seréis extranjeros, pero a pesar de todo, creemos que es más seguro que Madrid.

Nos dimos un abrazo y sentí las lágrimas de mi padre en mis mejillas. Nunca lo había visto llorar, pero aquella mañana se estremecía ante nuestra separación inminente.

Mientras mis hermanas subían a la parte trasera del coche, mi madre y él se besaron.

—Espero que estemos haciendo lo correcto —le dijo a mi madre mientras la abrazaba.

—Lo correcto es ponerlos a salvo. El fascismo puede que sea derrotado en España, pero en Europa triunfará. Tenemos que alejarlos de aquí —dijo mi madre más sosegada, al saber que aún le quedaba un poco de tiempo con nosotros.

—Tenéis que daros prisa. En unas horas el grupo partirá en barco para Barcelona, y allí tomarán un tren en la Estación de Francia. Los responsables no esperarán por nadie.

—Llegaremos a tiempo —contestó mi madre, mientras se sentaba con las pequeñas.

Yo me senté adelante. Nunca me había sentado en el asiento del copiloto y por unos segundos se me pasó la pena e intenté disfrutar del viaje.

Mientras el coche arrancaba y se alejaba de nuestro hogar, miré a mi padre por el retrovisor. Agitaba la mano mientras comenzaba a convertirse en poco más que una mota de polvo. Después desapareció la calle donde nos criamos y que durante mucho tiempo fue nuestro universo. Avanzamos por las avenidas con los adoquines levantados por las bombas y nos dirigimos hacia la Estación de Atocha. El coche giró a la derecha y a poco más de media hora estábamos a las afueras de la ciudad, atravesando campos de olivos, pinares dispersos y encinares en los que ya no había ganado. Pasamos tres controles antes de alejarnos por completo de Madrid. El viaje se me hacía insoportable, no era igual que ir a vivir con los abuelos o pasar un día en el campo. Sabía que ya no regresaría jamás a mi amada ciudad, porque aunque el destino me permitiera volver y siguieran en pie los edificios viejos y las hermosas calles empedradas del centro, yo ya no sería nunca más el mismo. .

—¿Te encuentras bien, muchacho? —me preguntó el conductor. Hasta ese momento, apenas había reparado en él. Era mucho más joven que mi padre, pero ya superaba la edad en la que todo se hace por primera vez.

—Creo que sí.

—Ya me gustaría a mí irme a México y dejar todo esto atrás. La guerra, el hambre y la muerte no son lo que nos prometieron. Nos dicen que van a construir un mundo mejor, pero te aseguro que la guerra no es un gran cincel para crear un futuro en paz. Antes del golpe fascista trabajaba en la encuadernación de libros, de allí conozco a tu padre. No ganaba mucho dinero, pero iba al baile los domingos, podía disfrutar de un buen cocido en una casa de comida o pasear del brazo de una moza por la calle de Alcalá. No era mucho, pero era suficiente.

Lo miré con curiosidad. Mi padre también apreciaba la vida sencilla y sin pretensiones, pero por otro lado sabía que era un engaño de los opresores, que nunca querían que los de abajo ambicionaran lo que ellos intentaban cuidar con tanto afán.

—Antes la vida no era color de rosa. El capital nos tenía sometidos, las cosas no podían cambiar. Mi padre siempre dice que si no doblamos la espalda nadie se montará encima de nosotros. Si nos doblegamos, ya nunca más podremos ponernos de pie. Si ganan ellos, ya no habrá futuro para nadie —le contesté algo molesto. La mayoría de la gente estaba comenzando a perder la guerra en su corazón.

El hombre miró hacia delante, como si estuviera enfadado por mi atrevimiento.

—No sabes de lo que hablas. La mayoría de la gente únicamente aspira a una vida tranquila y a un futuro en paz. Esta guerra
no traerá ninguna de las dos cosas.

En el fondo sabía que estaba en lo cierto, pero si la República
desaparecía mientras nos encontrábamos fuera del país, ya no
tendríamos ningún lugar al que regresar. En cierto sentido, al ro-
barme la esperanza, aquel hombre estaba arrojándome a un vacío
terrible, a una nada absoluta de la que ya nunca podría escapar.

Mi madre se quedó muy sorprendida cuando los responsables le
comentaron que los niños habían partido el día anterior en barco
hacia Barcelona y que al día siguiente saldrían en tren con destino
a Francia. Nos encontrábamos en una ciudad desconocida, sin
apenas dinero y con la imposibilidad de llegar a Barcelona antes
de que el resto de los niños se marchara. Para mis hermanas y para
mí fue una alegría, pero intentábamos no expresarla. No queríamos que nuestra madre se sintiera mal. Ella estaba convencida de
que la guerra iba a recrudecerse y que era mejor que saliéramos de
España cuanto antes. Mi madre siempre fue una mujer persistente
y logró convencer a un pescador que nos llevara en su barco hasta
Barcelona. El hombre nos advirtió que al menos tardaríamos un
día en recorrer los más de trescientos kilómetros que nos separaban. Mi madre pensaba que era más seguro que hacerlo por carretera, aunque era muy habitual que los fascistas bombardearan los
barcos que intentaban comunicar las dos ciudades.

El capitán del pesquero pareció animarse cuando mi madre le
entregó su alianza, unos pendientes y una gargantilla de oro ma-
cizo que su padre le había dado cuando nos llevó hasta Rivas unos
meses antes.

—Navegaré toda la noche y creo que estaremos allí a primera hora de la mañana —dijo el capitán enseñando sus dientes negros y mellados.

En cuanto nos subimos a la barca nos dimos cuenta de que no había sido una buena idea. Era la primera vez que veíamos el mar y después de la admiración y el sobrecogimiento, sentimos el terror de vernos rodeados de agua y sacudidos por las olas. Mi hermana Isabel se pasó todo el trayecto abrazada a mi madre, mientras la pequeña no se apartaba de mí ni un instante. Contemplaba sus ojos tan azulados como las aguas y su pelo rubio, y me preguntaba qué podía hacer para protegerla en el otro extremo del mundo. Al menos Isabel ya tenía casi doce años y podía defenderse por sí misma.

—¿Por qué no regresamos a casa? —me preguntó Ana en un susurro. Normalmente era una niña valiente y decidida, pero podía ver el terror en sus ojos mientras la embarcación subía y bajaba como un tiovivo descontrolado.

—No podemos. Madre cree que es mejor que nos marchemos a México.

—Pero está muy lejos. Isabel me contó que hay que atravesar un mar más grande que este. Me moriré —dijo, lloriqueando. La abracé y al final se quedó dormida.

El capitán nos dejó pasar a la cabina para que intentáramos dormir un poco. Las mantas apenas podían calentarnos, y el frío húmedo que entraba por todas las rendijas nos mantuvo despiertos. Tuve que salir un par de veces a cubierta para vomitar y sentía que el cuerpo nunca se me iba a acostumbrar a aquel vaivén infernal. Al final caí rendido en un sueño inquieto y repleto de pesadillas.

Por la mañana divisamos la ciudad de Barcelona en medio de

una espesa niebla. Nos bajamos de la embarcación tan mareados, que nos parecía que el suelo firme seguía moviéndose bajo nuestros pies. Preguntamos a unos marineros por la Estación de Francia, desde donde sabíamos que partiría la expedición. Tomamos un tranvía y llegamos a las diez de la mañana. Corrimos hacia los andenes con el estómago vacío, la ropa aún con un horrendo olor a pescado y la sensación de que nos precipitábamos hacia un destino fatal y trágico, pero a pesar de todos nuestros esfuerzos el tren había partido una hora antes. Fuimos a las oficinas del Comité Central de Ayuda al Refugiado de Cataluña. Un policía nos dejó entrar al edificio después de que mi madre le explicara lo que nos había sucedido. En el vestíbulo, una señorita nos indicó que subiéramos al segundo piso. Allí había una gran sala repleta de gente. Una secretaria tomó nuestros nombres y nos pidió que esperáramos. Mi madre le explicó la situación, pero había decenas de personas que huían de las zonas más peligrosas y pedían ayuda en la ciudad.

Nos sentamos en el suelo, al lado de una mujer con cinco hijos que había venido de Zaragoza. No paraba de llorar y de abrazar al más pequeño de sus hijos, que estaba tan delgado que su cara parecía hundida. El bebé era todo huesos y piel. Nos miraba con sus ojos grandes e inexpresivos, sin fuerzas ni para sonreír. Mi madre intentó animar a la mujer y después le dijo que podía dejarle al niño un rato, para que pudiera descansar.

—No, prefiero tenerlo yo —dijo, con un leve hilo de voz. Se veía que estaba agotada.

Pasaron tres o cuatro horas y la sala comenzó a vaciarse poco a poco. No habíamos comido nada en más de veinticuatro horas y mis hermanas estaban desesperadas. Mi madre sacó de su bolso unos pedazos muy pequeños de pan y nos los repartió. Los niños de la mujer de al lado nos miraron con los ojos muy abiertos, pero no dijeron nada. Mi hermana Isabel partió su pequeño pan en tres partes y se las dio. Se las comieron casi sin pestañear, y con una gran sonrisa. Ana la imitó y yo, a pesar del hambre que siempre me perseguía, hice lo mismo. Mi madre nos sonrió complacida. Sabía que dar de lo que nos sobra puede ser un acto de generosidad, pero repartir lo poco que tienes es mucho más, es entregar lo más valioso que poseemos, nuestro amor hacia los demás.

A la mujer con el niño en brazos se le salieron las lágrimas, pero esta vez eran de gratitud. Su bebé comenzó a llorar, y se lo puso en el pecho para amamantarlo. El niño intentó mamar, pero debido a la extrema delgadez de la mujer, no pudo extraer nada. Era muy triste verlo gemir casi sin fuerzas.

Una hora más tarde nos llamaron a la oficina y entramos los cuatro. Nos sentíamos agotados y queríamos irnos de allí cuanto antes.

Detrás de una gran mesa repleta de papeles estaba sentado un hombre delgado, de nariz afilada y gafas redondas. Estaba peinado hacia atrás, dejando a la vista una frente huesuda de color pálido. Nos pidió que nos acomodásemos y dejó que mi madre le explicara la situación.

—Señora Alcalde, no puedo hacer mucho por ustedes. El tren ha partido para Francia, ya deben estar llegando. Desde allí irán en autobuses hasta Burdeos. Está previsto que el barco parta a finales de mes, aunque no puedo decirle la fecha exacta. Les aconsejo que regresen a Madrid. Las cosas aquí no están muy bien y no podemos hacernos cargo de ustedes.

—Hemos venido desde muy lejos y no nos marcharemos a casa. La situación en Madrid es preocupante, en especial para los más pequeños…

—¿Ha visto a los niños que hay en la sala? Pues esta es solo una de las agencias de ayuda. Tenemos los orfanatos a rebosar, varios colegios con camas por todas partes, cada día llegan miles de personas a la ciudad —dijo el hombre comenzando a perder la paciencia.

—No quiero importunarlo. Lo único que le pido es que nos facilite algún tipo de transporte para ir a Francia. El resto del camino podemos hacerlo nosotros solos.

—¿Se ha vuelto loca? Hay casi quinientos kilómetros desde Perpiñán a Burdeos. Las autoridades francesas están deteniendo a la mayoría de las personas que cruzan la frontera, a muchos los devuelven a España y a otros los llevan a campos de internamiento.

Mi madre nos observó por un instante, parecía estar pensando en todas las opciones. Al final, levantó la vista y, con un gesto serio, le dijo al hombre.

—Creo que esa es mi responsabilidad. Vivimos en momentos en los que tenemos que intentar lo imposible. Lo único que le pido es que nos ayudé a atravesar la frontera.

El hombre frunció el ceño. Pensé que nos contestaría que nos largásemos de allí, pero tomó una hoja y se pasó un par de minutos escribiendo.

—Esta noche sale un convoy hacia Perpiñán. Allí hay un comité de la Generalitat de Cataluña que ayuda a refugiados, con esta carta le darán dinero y un pasaje de autobús para Burdeos.

Mi madre se levantó de un salto y abrazó al hombre, que se encogió molesto, como si no estuviera acostumbrado al contacto humano. Nosotros nos quedamos impasibles, no entendíamos por qué estaba tan contenta.

Salimos del despacho cabizbajos, acarreando nuestras maletas pequeñas y ligeras, no llevábamos demasiado equipaje. Antes de irnos, mi madre se acercó a la mujer de Zaragoza. Acarició la cabeza pequeña del bebé y dio un respingo. Nos hizo un gesto con la mirada para que entretuviésemos al resto de los hijos de la mujer, y se agachó hacia delante.

—Lo siento. El niño está…

La mujer negó con la cabeza y después comenzó a llorar. Apretaba tan fuerte al niño entre sus brazos, que de haber estado vivo lo habría asfixiado.

—Tranquila —le dijo mi madre, acariciándole la cara, pero la mujer no soltó al bebé.

—Ya no sufrirá más —acertó a decir mi madre.

La mujer aflojó los brazos y dejó que le quitaran al niño. Lo miró por última vez, le dio un beso en la frente, y con aquel pequeño gesto se despidió de él para siempre.

CAPÍTULO 10

# BURDEOS

*Barcelona, 22 de mayo de 1937*

TOMAMOS EL TREN AL FILO DE la medianoche. A pesar de la hora, la estación se encontraba completamente llena. Los soldados y policías impedían que la multitud se subiera al primer tren que partía hacia Francia; para acceder al arcén había que enseñar una autorización y muy pocos la conseguían. La mayoría de los refugiados llegaba a la frontera a pie o en los camiones que iban al país vecino a buscar fruta, verdura y cualquier cosa que pudiera alimentar a una España al borde de la inanición. Logramos pasar entre la multitud y ponernos en una fila corta, y a empujones llegamos frente a uno de los militares. Mi madre sacó la carta del funcionario de inmigración. El soldado nos contó y nos dejó pasar. Las cosas al otro lado del cordón no eran mucho más fáciles. Los porteadores corrían de un lado al otro con todo tipo de fardos, cajas y equipaje. Algunas personas bien vestidas subían a los compartimentos de primera; parecía que iban de excursión en lugar de a un exilio incierto. En ese momento entendí que hasta en la desgracia hay clases y que el sufrimiento siempre es más agudo para los que no tienen nada.

Mi madre paró a un mozo y este le indicó el vagón del correo, al parecer, allí era donde nos habían hecho un hueco. No éramos los únicos. Medio centenar de personas esperaban sentadas entre las sacas o fumaban a la entrada del portalón a medio abrir. Logramos encontrar un hueco libre y nos acurrucamos como polluelos en un nido, mientras mi madre nos abrazaba.

Una hora más tarde el tren comenzó a moverse. El traqueteo suave y melancólico de los vagones nos calmó, logrando que nos olvidásemos del hambre y el miedo. No volví a despertarme hasta las ocho de la mañana, cuando la gente comenzó a moverse por el vagón, muchos desesperados por hacer sus necesidades. Me encaramé a una pequeña ventanita y miré al exterior. El aire fresco me despejó el rostro y por un momento me olvidé de dónde estaba y disfruté del viaje. Todavía me encontraba en la edad en la que cualquier cosa puede convertirse en una aventura emocionante. Noté que algo me tiraba del abrigo y me giré. El rostro sucio de mi hermana pequeña me sonrió. Ana levantó los brazos y la cargué y la puse a mi lado. Entonces, los dos miramos por la ventana al cielo grisáceo. No sabíamos que desde hacía unos pocos metros, aquellas nubes ya no pertenecían a nuestro país. Nos encontrábamos en una tierra extraña. Hasta aquel momento no sabíamos qué era sentirse extranjero, pero no podríamos olvidarlo nunca más.

El tren paró en Perpiñán. Nos hicieron bajar por orden, nos pusieron en una larga fila y unos gendarmes nos inscribieron en un registro. A los que les permitían el tránsito libre los colocaban a la derecha, al resto a la izquierda. La realidad era que la mayoría se encontraba en el grupo que terminaría en algún centro de acogida y, una vez más, los que vestían ropas nuevas y caras lograban pasar el control sin problema.

Nos acercamos a la mesa. Notaba cómo mi madre temblaba mientras mis hermanas se aferraban a su abrigo por ambos lados.

—Señora, por favor, dígame su nombre y apellidos, los de los niños y el motivo de su visita a Francia —dijo un hombre en un correcto español.

Al escucharlo hablar en nuestro idioma mi madre pareció tranquilizarse.

—Vamos a Burdeos. Dentro de unos días partirá un barco con niños a México y tenemos que llegar antes de que zarpe —dijo, poniendo nuestros papeles sobre la pequeña mesa astillada.

El gendarme era joven, pero tenía un gran bigote negro que lo hacía parecer mayor. Primero nos miró a nosotros. Ana se escondió detrás de mí e Isabel le sonrió tímidamente.

—¿Va a separarse de sus hijos? ¿Y usted qué hará después? —preguntó, volviendo a poner el rostro severo que tenía al principio.

—Regresaré a mi país.

—¿A España? Nadie regresa a España —dijo el hombre, incrédulo.

—Mi marido se encuentra en Madrid, y le aseguro que regresaré a su lado. La guerra puede ser terrible, pero lo es mucho más traicionar a la persona que más amas en el mundo.

El gendarme puso su sello sobre la carta. Después levantó la vista.

—Tiene un permiso por tres meses. Si la policía la detiene después de ese plazo, será deportada a España. ¿Comprende?

—Sí —le contestó mi madre sin apenas mirarlo.

Caminamos por un pasillo y salimos a la calle. Todos contemplamos sorprendidos la ciudad amurallada, las avenidas repletas de flores y las panaderías a rebosar, que con grandes hogazas de pan, porciones de tartas y dulces nos convencieron de que habíamos llegado al paraíso; pero, una vez más, se trataba tan solo de un espejismo.

Un hombre llamado Francisco Ortega esperaba a los españoles que lograban pasar el control de la aduana y los repartía en diferentes transportes. Cuando llegamos hasta él, nos miró asombrado, como si no nos esperara. Mi madre le mostró la carta del funcionario de Barcelona y la leyó con detenimiento, a pesar de que un minuto antes parecía tener mucha prisa. El hombre nos miró fijamente, como si en cierta manera nuestra presencia le complicase la vida, y nos dijo que nos pusiéramos a un lado. Cuando terminó con el resto de los recién llegados y los transportes se hubieron marchado, nos hizo un gesto para que lo siguiéramos. Subimos a un viejo Renault y cruzamos la ciudad en medio de la lluvia que caía con fuerza, congestionando el tráfico. El hombre insultó en francés a varios conductores que se le cruzaron en el camino, hasta que al final salimos de la ciudad y llegamos a una vieja mansión, que a lo lejos parecía una casa encantada. El jardín abandonado y los árboles sin hojas hicieron que nos estremeciéramos. Detuvo el coche frente a la puerta y corrimos hacia el pórtico, para no calarnos hasta los huesos. Luego, el hombre abrió la puerta con una llave grande de color dorado y entramos en un vestíbulo frío y oscuro, que parecía recién sacado de una película de miedo.

—Pasarán aquí la noche. Mañana sale un transporte para Toulouse, pero desde allí tendrán que viajar en tren. No llevamos a personas a la zona occidental porque en la frontera operan agentes fascistas españoles. No es la primera vez que secuestran a alguien y lo llevan a Navarra, ¿me entiende?

Mi madre no sabía de qué hablaba, al igual que nosotros. Había pensado que en aquel lado de la frontera estaríamos a salvo, pero al parecer los tentáculos de nuestros enemigos eran más largos y peligrosos de lo que imaginaba.

Nos llevó a una habitación fría y húmeda del último piso. Estaba a punto de cerrarnos con llave cuando mi madre se le acercó.

—Por favor, mis hijos apenas han comido nada desde que salimos de Madrid —le dijo.

El hombre puso mala cara, pero al final nos pidió que dejáramos las maletas y lo acompañásemos abajo. Lo seguimos en silencio por la casa en penumbra y entramos en lo que parecía una sala espaciosa. Encendió la luz y los azulejos blancos se reflejaron con tal resplandor que nos deslumbraron por un momento. El hombre se dirigió a una despensa y sacó una especie de salchichón muy fino, pan, chocolate y leche. Todos lo miramos asombrados. Llevábamos meses sin probar la mayoría de esas cosas. Mi madre nos fulminó con la mirada para que no tomásemos nada hasta que nos dieran permiso.

—Siéntense y coman algo. Perdonen mi descortesía, pero aunque les cueste creerlo, mi trabajo no es fácil. Tenemos muy pocos medios y cada día llega más gente. El consulado está desbordado y las agencias también. Los franceses apenas colaboran con nosotros y me temo que en unos meses el caos se apoderará de todo.

Mi madre le sonrió, nos indicó que nos sentásemos y repartió la comida en pequeñas porciones. Comimos ávidamente, mi hermana Isabel estuvo a punto de atragantarse.

—Pobrecillos —dijo el hombre mientras observaba cómo devorábamos todo.

—El país está destrozado. No sé quién ganará la guerra, pero no quedará mucho para gobernar —dijo mi madre.

El hombre asintió con la cabeza y después bebió un vaso de leche.

—Si le soy sincero, si fuera usted, tomaría ese barco a México con sus hijos y no regresaría jamás.

—No puedo hacer eso, mi marido está en Madrid. Si las cosas se ponen feas, intentaremos marcharnos.

—Siento decírselo, señora, pero si Madrid se rinde o es cercado por las tropas rebeldes, ya no podrán salir de allí. ¿No ha escuchado lo que hacen esos fascistas con los prisioneros? En las ciudades que van conquistando los fusilamientos se prolongan durante días. En Badajoz comentan que la sangre corría por las calles. Escríbale a su esposo y pídale que salga de la ciudad y se reúna con usted en México.

—Si todos nos marchamos, ¿quién peleará en esta guerra?

El hombre tomó un sorbo de leche e hizo una mueca, como si la leche estuviera amarga, pero comprendí que lo que le hastiaba no era la leche, era el sabor de la derrota que comenzaba a rezumar por todas partes y nos robaba poco a poco el país que amábamos y que ya no regresaría jamás.

A la mañana siguiente, un coche nos esperaba en la puerta. El hecho de haber comido y descansado en una cama caliente logró animarnos un poco. Francisco nos despidió en la puerta y su rostro reflejó algo de ternura, como si por primera vez en mucho tiempo hubiera logrado quitarse la armadura emocional que lo ayudaba a seguir adelante a pesar de todo.

El conductor del coche era un joven de Lérida llamado Andrés. Hacía unos meses había venido a Francia, y se conocía los senderos y valles para sortear la vigilancia de los guardas de frontera. De vez en cuando regresaba a su casa y ayudaba a unos pocos desafortunados que habían llegado hasta el Pirineo, pero no sabían cómo llegar al otro lado. Su sonrisa y acento cerrado nos hacían mucha gracia. No debía tener más de dieciocho años y parecía contento de conducir hasta Toulouse, como si quisiera alejarse un poco de la frontera y echar a volar, olvidándose de todo lo que dejaba atrás.

—Muchas gracias por llevarnos —le dijo mi madre, que se había sentado en el asiento trasero con mis hermanas.

—Todos tenemos que arrimar el hombro en un momento como este. Nunca imaginé que estaría conduciendo un coche y mucho menos en Francia —contestó como si fuera un niño pequeño que parecía disfrutar con aquella aventura.

—¿Cuánta distancia hay entre Toulouse y Burdeos?

—Bueno, señora, creo que algo más de doscientos cincuenta kilómetros, pero no se preocupe, Francisco me ha ordenado que los lleve hasta allí y la traiga a usted de vuelta. Llegaremos de madrugada, son casi doce horas. Las carreteras no están en muy buen estado en el interior y este trasto no es muy rápido.

El motor de la vieja furgoneta Citroën gruñía como si fuera a detenerse en cualquier momento, pero el coche logró atravesar ciudades, pueblos, puentes y montañas, acercándonos a Burdeos y alejándonos un poco más de nuestro amado país. Mis hermanas jugaban con mi madre en la parte trasera; yo intentaba pasar el tiempo observando el paisaje y charlando a ratos con el conductor.

—Chico, tienes más suerte de la que imaginas. Ya me gustaría a mí viajar a América. Mi padre dice que después de España, los fascistas intentarán hacerse con toda Europa, no tenemos nada que hacer aquí. Te aseguro que me montaría en ese barco y no miraría atrás.

—No quiero separarme de mis padres —le contesté, algo avergonzado. Podía parecer un niño pequeño, pero era la realidad.

—Te entiendo. Vienen de Madrid, ¿verdad? En mi valle no hay nada, únicamente montañas y ríos. Mi padre me ha dicho que no regrese y busque un futuro mejor. Hasta ahora no me ha ido nada mal. España ya es para mí algo lejano. A veces regreso para ayudar a gente, aunque no creo que vuelva a hacerlo. Cada día que pasa es más arriesgado.

Llegamos a las afueras de la ciudad de noche. Durante los últimos kilómetros habíamos pasado viñedos interminables e idílicos pueblos con sus iglesias resplandecientes y las casas recién pintadas. Sentíamos que más que estar en otro país nos encontrábamos en otro mundo.

Al llegar a las afueras de la ciudad y bordear el ancho río Garona, entramos por una bellísima plaza y recorrimos asombrados las rectas avenidas, los edificios artesonados y la gente bien vestida que aún paseaba despreocupada por los bulevares, antes de recogerse en sus casas. La noche era cálida, los reflejos de las ventanas y las farolas brillaban en las calles empapadas por las mangueras de los barrenderos, y un aroma a dulces, pan y carne lo invadía todo, como si la ciudad formara parte de un cuento de hadas y pudiera devorarse por completo.

Andrés detuvo el coche frente a un pequeño hotelito de toldos rojos y preciosos balcones. Pensamos que se había equivocado. Subimos la escalinata a la carrera y entramos en un lujoso vestíbulo de madera artesonada. Una mujer vestida con un traje a cuadros y con el pelo peinado en un gran moño nos recibió con una sonrisa. El joven le dio una carta en francés y la mujer tomó una llave del cajetín. Se la entregó a Andrés y le indicó las escaleras.

—¿Dónde dormirás? —le preguntó mi madre al joven.

—No se preocupe, descansaré en el coche. Estoy acostumbrado a dormir en cualquier lugar. Francisco me pidió que la espere; así que mañana, en cuanto dejemos a los niños con sus tutores, regresaremos a Perpiñán, si le parece bien.

Por primera vez pude ver cómo el rostro de mi madre se ensombrecía; la hora de la despedida se acercaba cada vez más. Al amanecer, nuestros caminos se separarían y nosotros tendríamos que embarcar para México en unos pocos días.

Subimos a la habitación en silencio. Mi madre ayudó a mi hermanita pequeña a asearse, después nos acostó y se quedó en el baño un buen rato. Empezaba a dormirme cuando escuché su llanto. Me aproximé a la puerta y la abrí despacio. Estaba sentada en el suelo, con la cabeza entre las manos. Al escucharme entrar, me miró y extendió los brazos. Nos abrazamos y estuvimos en silencio un buen rato, hasta que comencé a llorar desconsolado. Toda la tensión del viaje, la incertidumbre del futuro, el miedo a la separación, me atormentaron de repente. Los sentimientos se me agolpaban en el alma y me ahogaban.

—No te preocupes, Marco, iría a buscaros hasta el mismo infierno si fuera necesario.

—Lo sé —contesté, con la voz entrecortada por el llanto.

—A veces las madres tenemos que hacer el mayor de los sacrificios por amor. Siento que me desgarro por dentro, pero al mismo tiempo sé que es lo correcto. Estaréis bien, espero que todo esto pase pronto. Si dura demasiado moriré de pena, te lo aseguro.

Después ya no hicieron falta más palabras, sus brazos me acurrucaron por última vez, y fui consciente de que nunca nadie más me volvería a abrazar de aquella manera. Me encontraba solo en el mundo y aquella sensación de desasosiego me acompañaría para siempre.

# Parte 2

# EL *MEXIQUE*

CAPÍTULO 11

# SEPARACIÓN

*Burdeos, 23 de mayo de 1937*

EN ESE MOMENTO TODAVÍA NO SABÍA que hace falta toda una vida para aprender a vivir de verdad. Estaba a punto de cumplir catorce años y en muchos sentidos pensaba que no tenía nada que aprender. No era consciente de hasta qué punto mis padres me lo habían dado todo hasta aquel momento, y no me refiero al sustento o la ropa, sino más bien a la seguridad y la tranquilidad de un hogar feliz. Aquella mañana teníamos que despedirnos de mi madre, no sabíamos cuándo volveríamos a verla.

Fui el último en despertarme, no quería que la mañana llegara y ver a mi madre partir de nuevo. Al final se acercó a mi cama y me dio un beso en la frente.

—Marco, ya es hora de levantarse.

Remoloneé un poco más, y ella me abrazó. Recordé todas las mañanas del mundo, los cientos de veces que me había despertado con besos y arrumacos. Sabía que los iba a echar de menos.

—¿No puedo dormir un poco más?

—No, tenemos que ir al hotel donde se alojan los chicos, no

quiero que después de este largo viaje perdáis el barco —me contestó con una medio sonrisa, aunque su rostro no podía dejar de reflejar la angustia que le embargaba el alma.

—Podríamos quedarnos en Francia. Seguro que encontrarías trabajo con facilidad. Aquí hay de todo...

—Ya lo hemos discutido muchas veces. Tomaréis ese barco para México —dijo, frunciendo el ceño. Sin darme cuenta le estaba haciendo ese duro trago más difícil.

Me di una larga ducha, después me miré en el espejo. Mi pelo rubio estaba algo largo y despeinado, y tenía unas profundas ojeras grises ribeteando mis ojos azules. Me vestí sin ganas y, cuando salí del baño, mis dos hermanas y mi madre me esperaban en la puerta. Bajamos a desayunar y comí hasta que comenzó a dolerme el estómago. Hacía tanto tiempo que no probaba todo lo que me apetecía, que me parecía estar en medio de un sueño.

—Chicas, deben obedecer a su hermano, ahora él es el cabeza de familia. No se aparten de su lado en ningún momento, no confíen en los desconocidos y, sobre todo, sean muy prudentes. Van a vivir en un país extranjero y tienen que ser respetuosos con lo que vean. Les mandaré una carta en cuanto sepa dónde los ubicarán. Además, espero que esta maldita guerra no dure más de un año.

Los tres la miramos en silencio. Ana apuró su vaso de leche e Isabel agachó la cabeza para disimular las lágrimas.

—No lloréis —dijo mi madre—. El viaje será como unas largas vacaciones, una verdadera aventura. Dentro de unos años podrán contarles todo esto a sus amigos y echarán de menos lo que vivieron allí.

Mi madre intentaba animarnos, pero era imposible. Intentamos disimular nuestra angustia, para que no se sintiera mal y después tomamos nuestras maletas y nos dirigimos al vestíbulo. Hacía un día resplandeciente. El sol iluminaba las calles del centro de la ciudad. Me pareció que nunca había visto un lugar tan hermoso. Andrés salió del coche que había aparcado en la puerta del hotel y nos ayudó a subir. Después condujo hasta un hotel cercano y nos bajamos en silencio. Caminamos en fila y nos quedamos de pie frente a una de las mesas de recepción. Mi madre preguntó por alguna de las personas del Comité Iberoamericano de Ayuda al Pueblo Español.

El hombre que atendía la recepción llamó a uno de los botones y unos minutos más tarde apareció un hombre de mediana edad, que saludó a mi madre con mucha cortesía y le acarició el pelo a mi hermana Ana. Esta lo miró con cierto enfado, no le gustaba que la trataran como a una niña pequeña.

—Mi nombre es Genaro Muñoz. ¿En qué puedo ayudarla, señora?

Mientras mi madre le explicaba la odisea que habíamos tenido que atravesar para llegar a Burdeos, yo me entretuve observando a los primeros niños españoles que nos acompañarían en el viaje. Media docena de niños pequeños, de no mucho más de seis o siete años, jugaban en una esquina a las canicas. A su lado, tres niñas movían sus muñecas de trapo mientras una profesora las observaba desde la distancia.

—No se preocupe —dijo el hombre. Después sacó una lista y buscó nuestros nombres. Una vez que comprobó que todo estaba correcto nos asignó una de las habitaciones. Al principio quería separarnos, pero gracias a la insistencia de mi madre, nos colocó a todos en el mismo cuarto.

—¿Cuándo partirá el barco? —le preguntó mi madre.

—Bueno, la salida está prevista para el día 26 de mayo, pero puede cambiar. Dependemos del capitán del navío y otros imprevistos.

Mi madre nos acompañó hasta la habitación. Era una sala grande con algo más de diez camas. A pesar de que el lugar estaba limpio, no tenía nada que ver con el hotel en el que habíamos pasado la noche. Mi madre nos ayudó a colocar nuestras maletas y después la acompañamos hasta el recibidor del hotel. Bajamos las escaleras. Andrés ya estaba en el coche con el motor en marcha.

Mi madre se detuvo a un lado del coche, y los cuatros sentimos un nudo en el estómago. La primera en romper a llorar fue Isabel, que se aferró a mi madre sollozando. Después, Ana se abalanzó sobre las dos, las lágrimas inundaban sus grandes ojos negros. El último en unirme al abrazo fui yo, que intenté animar a mi madre y tuve que tragar saliva para no llorar.

—¡Dios mío! —exclamó con los ojos anegados en lágrimas.

—¡Mamá, no nos dejes! —gritó Ana.

—Todo saldrá bien —dijo mi madre con la voz entrecortada—. Os traeré de vuelta. Cada día soñaré con vosotros, con veros regresar.

—No te marches —dijo Isabel, sin soltarle las manos.

Nos sentíamos tan tristes, que nada en el mundo hubiera podido consolarnos. Mi madre levantó la cabeza, sus ojos rodeados de arrugas se empequeñecieron como si intentaran no ver nuestra angustia.

—Recordadme, no lloréis. Por favor, no os olvidéis nunca de quién fue vuestra madre.

—No te olvidaremos, dentro de poco estaremos juntos de nuevo —dijo Isabel mientras le besaba las mejillas.

Las palabras de mi madre se quedaron prendidas en mi

memoria. No la olvidaría hasta estar de nuevo entre sus brazos. Estaba tan asustado que cuando la vi subir al coche y despedirse con la mano, intenté grabar ese momento en mi mente para siempre. No quería que ese recuerdo se extraviara en un lugar recóndito de mi alma. Estaba aterrorizado. ¡El miedo es el sentimiento más terrible que existe! Gobierna nuestras vidas como un tirano, se aprovecha de nosotros y nos convierte en seres infelices.

Mis dos hermanas me abrazaron como si fuera una tabla de salvación en medio de un mar embravecido. Pensé que siempre se ama lo cercano, pero con un corazón lleno de amor también lo distante está cerca de nosotros, sin importar la lejanía. Nuestra madre siempre sería nuestra madre, eso era algo que nada ni nadie podía cambiar.

—Te recordaré —dije, mientras el coche desaparecía al final de la calle. Después llevé a mis hermanas dentro del hotel y comenzamos juntos la mayor aventura de nuestras vidas.

## CAPÍTULO 12

# A LA CAZA DEL NIÑO ROJO

*Burdeos, 24 de mayo de 1937*

AQUELLA MAÑANA ME LEVANTÉ CON LA sensación de que flotaba en el aire. No era consciente de que mi madre era la roca sobre la que estaban construidas nuestras vidas. Nos había enseñado casi todo lo que sabíamos y lo que era realmente importante. Los afectos, la expresión del amor y el sentido de la vida se los debíamos a ella. Mi padre, al menos para mí, su único hijo varón, era el modelo a seguir, la persona que quería emular y a quién deseaba parecerme cuando fuera mayor. Abrí los ojos con el temor que produce la soledad. Ahora pertenecía al batallón de los desesperados, al igual que todos los huérfanos del mundo, los exiliados y los muertos.

Miré a la cama de al lado, mis dos hermanas aún dormían. El resto de los chicos de la habitación estaba en calma. Me fui al baño y me duché. Cuando regresé al cuarto la mayoría se encontraba haciendo las camas, mis hermanas ya se habían vestido y peinado.

—Vamos a desayunar —les dije, sonriente, aunque me costaba

aparentar tranquilidad. No se puede ignorar el dolor de una herida abierta, y la soledad es una de las heridas más profundas del alma.

Cuando llegamos al comedor ya había más de cincuenta niños sentados. Unas mujeres sirvieron el desayuno, que consistía en tostadas de pan, mermelada de varios sabores, queso y leche. En unos minutos lo habíamos devorado todo; aún arrastrábamos el hambre de España.

Una de las profesoras nos pidió que nos calláramos y después dio las instrucciones para el resto de la jornada.

—Nos vamos en un par de días, y mientras estemos en la ciudad debemos comportarnos adecuadamente. La gente de Burdeos ha sido muy amable y generosa con nosotros. No demos lugar a que digan que los niños españoles son mal educados o que no saben comportarse. Todos vosotros sois pequeños, pero representáis a España y su República. Los ojos de miles de personas están puestos sobre vosotros. Sois unos privilegiados, ya que decenas de personas mueren cada día en nuestro amado país y la mayoría no puede saborear los manjares que tenéis sobre la mesa. El gobierno de México es nuestro anfitrión, ellos pagan todo esto, por eso deseamos que los informes que les lleguen sobre vosotros sean buenos, para que puedan alabar a los niños españoles.

El corto discurso de la profesora Laura Serra —apenas nos habíamos aprendido los nombres de la mayoría de los profesores—, nos había impactado. Otros cinco grupos de chicos y chicas se encontraban repartidos por la ciudad. Procedían de diversos lugares de España. Los había vascos, catalanes, valencianos, andaluces, asturianos y de muchas partes de Castilla. Algunos hablaban en sus lenguas maternas y, cuando lo hacíamos a la vez, parecía que nos encontrábamos en una pequeña Babel. Casi todos eran muy pequeños, pero nosotros estábamos entre el grupo de los grandes. La edad límite para viajar a México era entre los cinco y los doce años, aunque no se había respetado el margen ni por arriba ni por abajo.

La profesora mandó a todos a callar. Debajo de sus gruesas lentes, unos ojos pequeños de color negro parecían escudriñarlo todo.

—No se alejen mucho del hotel, no caminen solos, no se marchen con adultos. Los más pequeños deben ir siempre acompañados. Pueden aceptar comida y otras cosas de los franceses, pero tengan cuidado si les hablan en español. Sabemos que algunos elementos fascistas están intentando llevarse niños, para enviarlos de nuevo a España.

En cuanto la profesora anunció que podíamos irnos a la calle todo el mundo se olvidó de las instrucciones y corrió hacia la salida. Nosotros nos quedamos sentados. No conocíamos bien la ciudad y apenas habíamos cruzado una palabra con los demás niños.

Un compañero algo grueso se acercó a la mesa y me extendió la mano.

—¿Cómo os llamáis? ¿Sois nuevos? Pensaba que ya estábamos todos.

—Bueno, a nosotros nos dejó mi madre ayer —le comenté mientras le estrechaba la mano.

—Lo siento, es difícil separarse de los padres o al menos eso comentan algunos.

No entendí sus palabras en aquel momento. No podía creer que a alguien no le importara perder a sus padres, pero aún había muchas cosas que desconocía de la vida.

—Si queréis puedo enseñaros un poco la ciudad.

Los tres nos miramos algo más animados y salimos con nuestro nuevo amigo.

—Me llamo Manuel, soy de Granada. No sé cómo he acabado en este grupo, imagino que tuve suerte. Mis padres, bueno, no sé cómo estarán. A mi padre lo capturaron los fascistas hace meses, era miembro del Partido Socialista. Mi madre me llevó a Valencia y me dejó con unas tías de mi padre. Después se marchó con un marino mercante en un barco hacia Sudamérica. No creo que la vuelva a ver jamás.

—Lo siento —le dije mientras salíamos a la calle.

—Nunca me sentí muy unido a ninguno de los dos. Imagino que alguien tiene que traerte a este mundo, pero que te quiera, eso es algo diferente.

Caminamos por varias callejuelas estrechas. Nuestro hotel se encontraba al norte de la ciudad, en un barrio llamado Chartrons. Cuando llegamos al río, nos sorprendió ver lo ancho que era. Los barcos navegaban arriba y abajo como si se encontraran en el mar. En aquella zona había algunos embarcaderos, y los porteadores subían cajas de botellas de vino y otras mercancías a los navíos. Después de curiosear un poco, anduvimos por la orilla del río durante casi media hora. Pasamos una glorieta ajardinada y continuamos hasta la Plaza de Bourse, que daba al río.

—Se parece a la Puerta del Sol —comentó Isabel, que sujetaba la mano de Ana y no la soltaba en ningún momento.

—Es mucho más grande y hermosa —dijo Ana, que se soltó de la mano y echó a correr. Isabel la siguió a gritos y las dos comenzaron a jugar, mientras nosotros las observábamos desde lejos.

—¿Cómo habéis hecho el viaje? —me preguntó Manuel.

Le conté lo que había sucedido en Valencia, el viaje a Barcelona y nuestra odisea por Francia. Después nos acercamos a una especie de quiosco que vendía dulces y compramos cuatro. Mi madre me había dejado algo de dinero y aunque no entendía cómo se manejaba el cambio, la señora del quiosco fue muy amable y me devolvió lo que sobraba.

Entramos por una de las calles y nos dirigimos a la catedral. La gente parecía pasear tranquilamente, la temperatura era agradable y por primera vez en mucho tiempo no teníamos que mirar al cielo esperando que algún avión de los fascistas volara sobre nuestras cabezas.

—¿Cómo ha sido vuestro viaje? —le pregunté a Manuel mientras llamaba a mis hermanas para darles los dulces.

—Fue algo accidentado, la verdad. Salimos de Valencia en barco. Al poco tiempo de abandonar el puerto un buque fascista comenzó a seguirnos. Pensamos que nos iba a atacar, pero gracias a la pericia del capitán logramos dejarlo atrás. La mayoría nos mareamos durante el trayecto, algunos de los niños se enfermaron, pero al llegar a Barcelona todo el mundo se recuperó. Estuvimos un par de noches en el Hotel Regina. Los miembros de la Organización Infancia Evacuada nos trataron muy bien. Antes de la cena nos dieron a todos una maleta azul de cartón con ropa y unas zapatillas. Nos pusieron unas etiquetas, por si nos perdíamos la policía supiera donde enviarnos, y disfrutamos de la ciudad.

Mis hermanas se acercaron a nosotros a buscar los dulces. Se sentaron en un banco al sol y nosotros fuimos hasta una gran fuente.

—Un par de días más tarde nos subieron a un tren en la Estación de Francia, fuimos hasta allí en formación, como si fuéramos un ejército. La gente se paraba a mirarnos, algunas gritaban y daban vivas a la República. Las mujeres lloraban al vernos tan desvalidos, todos iguales con nuestras maletas azules en las manos. Las abuelas se abalanzaban sobre nosotros y nos besaban. Por un momento nos sentimos importantes, pero los profesores no parecían tan contentos. Corría el rumor de que los fascistas querían bombardear el tren, pero yo no lo creía. Son malos y brutos, pero hasta ellos saben que no les conviene matar a un grupo de niños.

—Eso es cierto —le dije. Miré hacia mis hermanas, estaban aún sentadas en el banco.

—Lo peor fue lo que pasó en la estación. Había muchas madres y padres, sobre todo de los que vivían en Cataluña. Al vernos llegar comenzaron a llorar y a gritar. Algunas madres rompían el cordón de la policía para darles un último beso a sus hijos. Muchas lloraban y les prometían a sus hijos que pronto se verían de nuevo. Los niños chillaban y corrían hacia ellas. Los profesores no podían despegarlos de las pobres madres, que arrepentidas querían llevarse a sus hijos a casa. Fue un verdadero drama —dijo Manuel, algo triste al recordar la escena.

Pensé en mi madre el día anterior y tuve que hacer un esfuerzo para no echarme a llorar. Miré de nuevo a mi espalda, pero el banco estaba vacío, y un escalofrío me recorrió el cuerpo. Recordé la advertencia de la profesora y comencé a correr por la plaza delante de la catedral. Manuel me ayudó a buscar a mis hermanas, pero no las encontramos por ninguna parte. Algo les había sucedido, no habrían sido capaces de irse sin más. Continuamos llamándolas a gritos y buscándolas en las tiendas. Tenía el corazón acelerado. ¿Cómo había podido perderlas? Encontramos a un grupo de niños españoles y nos ayudaron a buscarlas también, pero todo fue inútil. No había rastro de ellas.

CAPÍTULO 13

# UN MINUTO ANTES

*Burdeos, 24 de mayo de 1937*

ME ENCONTRABA ATURDIDO. NO PODÍA IMAGINAR que la angustia se pudiera manifestar físicamente, me dolía el pecho y me costaba respirar. Manuel hizo que me sentara en un banco y me tranquilizara, pero el dolor se acentuaba en lugar de calmarse. Una mujer mayor al verme tan agitado se acercó a nosotros y comenzó a hablarnos en francés. No le entendíamos, pero gracias a ella un gendarme se nos acercó y nos ayudó a buscar a mis hermanas.

—Hablo un poco de español —dijo el policía—, mi abuela era española.

Nos miramos esperanzados. Después de hacernos unas preguntas, el policía nos miró con el semblante triste.

—Hemos tenido varios casos de niños españoles desaparecidos. Al parecer los rebeldes españoles los capturan y los devuelven al otro lado de la frontera.

No podíamos creer que la infamia de nuestros enemigos llegara hasta ese punto.

—¿Hace cuánto tiempo desaparecieron?

—Algo más de quince minutos —le contesté.

—Alguien tiene que haber visto algo —dijo el policía, pidiendo la colaboración de la gente.

Gracias al gendarme, aquellos que antes se habían mostrado indiferentes a nuestras preguntas o que no nos entendían comenzaron a señalar a un lado y al otro, indicando el camino por el que se habían marchado mis hermanas. Caminamos por unas callejuelas hasta lo que parecía el mercado central. Olía a verduras podridas y a pescado. El policía logró que un tendero le señalara un edificio viejo de tres plantas. Por fuera parecía una casa medieval, con un balcón de listones de madera y vigas que sostenían a duras penas la fachada agrietada. La entrada del portal se encontraba abierta. El policía llamó a la primera puerta, pero nadie abrió. Lo mismo sucedió en cada planta hasta que llegamos a la última.

Escuchamos como crujía el suelo de madera del otro lado, unos pies que se detenían y el sonido de la mirilla. Los cerrojos se abrieron y ante nosotros apareció una anciana con el pelo gris y unas gafas redondas, que nos miró sorprendida.

—Disculpe la molestia señora, pero estamos buscando a dos niñas españolas.

La anciana parecía sorprendida, pero nos regaló una dulce sonrisa y le aseguró al policía que llevaba todo el día en casa y no había visto a nadie.

El policía se giró hacia nosotros e hizo un gesto de resignación. La anciana comenzó a cerrar la puerta, pero escuché la voz ahogada de mi hermana pequeña.

—¡Ana! —grité angustiado.

—¡Marco! —se escuchó al fondo de la casa.

Empujé con fuerza la puerta y la mujer se cayó al suelo. El policía saltó sobre ella y ambos corrimos por el pasillo hasta uno de los cuartos del fondo. La puerta estaba cerrada.

—¿Dónde están las llaves? —le preguntó el policía a la anciana.

La mujer negó con la cabeza. El gendarme retrocedió dos pasos y le dio una fuerte patada a la puerta. Se escuchó el crujido de la madera astillada. Empujé la puerta y mis hermanas se lanzaron sobre mí con los ojos cubiertos de lágrimas.

—Lo siento —dijo Ana, mientras escondía la cabeza en mi regazo.

Isabel nos abrazó a los dos y tardamos unos segundos en separarnos.

La anciana se puso en pie con una agilidad que nadie hubiera esperado y comenzó a gritarnos en castellano.

—¡Sois unos cachorros comunistas, pensé que podía enviaros de nuevo a casa, que al menos vosotros tendríais una oportunidad de cambiar vuestras vidas, pero no tenéis remedio, pertenecéis a una raza maldita!

—¡Está loca! —la increpó Manuel, que estaba a su lado.

—¿Loca? Hay patriotas dispuestos a salvar a España. Malditos rojos.

El policía se dirigió hacia ella y le habló en francés.

—Lo que ha hecho es muy grave. Estos niños son invitados del gobierno de Francia y se dirigen a México. Ya han sufrido suficiente, para que gente como usted les haga aún más daño.

—Malditos siervos del comunismo —le contestó la mujer al policía—. Su hora se acaba, dentro de poco la gente buena recuperará este continente de las hordas rojas. El Frente Popular es una deshonra para Francia y nos llevará a una nueva guerra o a la anarquía.

El policía tomó los datos de la mujer y después los cinco nos dirigimos a la calle. La anciana comenzó a gritar en la puerta de su casa. Mezclaba el francés y el castellano. Su voz retumbaba en los descansillos del vetusto edificio. Ana e Isabel temblaban mientras el policía abría la puerta del portal. El hombre nos acompañó hasta la catedral y pagó un taxi para que nos llevara al hotel en el que nos alojábamos.

—Lo lamento mucho. Me ocuparé de que esa mujer reciba su merecido —nos dijo, antes de cerrar la puerta del vehículo.

—Gracias por todo —le dije.

El policía se quitó la gorra y nos saludó mientras el coche se dirigía hacia la avenida que bordeaba el río.

Unos veinte minutos más tarde nos encontrábamos enfrente de la fachada del hotel. Respiramos aliviados al ver que estábamos de vuelta en un lugar seguro.

Nos sentamos en las escaleras de la entrada y, antes de que les preguntara que había sucedido, Isabel comenzó a hablar.

—No podíamos imaginar que esa mujer era una bruja. Estábamos sentadas en un banco y la señora pasó con varias bolsas. Se paró a nuestro lado y nos habló en francés, pero no le entendimos. Entonces al escucharnos hablar, se dirigió a nosotras en español. Nos contó que era española, aunque llevaba muchos años en Francia, que estaba jubilada y vivía sola. Nos pidió que la ayudáramos con las bolsas. Nos dijo que vivía cerca. Nos dio pena y comenzamos a caminar a su lado con las bolsas. Pensamos que regresaríamos en unos minutos y por eso no te dijimos nada. La anciana con su cara dulce nos preguntó a dónde nos dirigíamos y si nos acompañaban nuestros padres. Se extrañó de que nos enviaran tan lejos de España. Por eso le explicamos que allí había una guerra terrible y era por nuestra seguridad.

Ana la interrumpió y continuó contándonos lo sucedido.

—Entramos en su portal y llevamos las bolsas hasta su casa. Nos dijo que tenía algunas golosinas y nos pidió que la esperáramos en una habitación. Antes de que nos diésemos cuenta, nos había encerrado. He pasado mucho miedo.

—Lo siento, pero debéis aprender que no podemos confiar en nadie —les dije, de pie frente a ellas.

—Era una anciana, solo queríamos ayudarla —se disculpó Isabel.

—Era una fascista —le contesté—. Ahora sois mi responsabilidad y no podéis separaros de mí en ninguna circunstancia. ¿Qué hubiera pasado si no os encontramos? Dios mío, no quiero ni pensarlo.

—Tranquilo —dijo Manuel mientras me ponía una mano sobre el hombro.

Intenté calmarme poco a poco. Uno de los compañeros salió del hotel para advertirnos de que era la hora de comer, y mientras nos dirigíamos al comedor, las palabras de mi madre resonaron en mi cabeza. Yo era el responsable de mis hermanas. Lo habíamos perdido todo, nuestra familia, nuestro hogar, nuestro país y nuestra pobre niñez, no podíamos darnos el lujo de ser inocentes. La inocencia era demasiado peligrosa en aquel momento.

CAPÍTULO 14

# EL SUFRIMIENTO PROHIBIDO

*Burdeos, 26 de mayo de 1937*

EL ÚLTIMO DÍA NO NOS ATREVIMOS a salir del hotel. Se rumoraba que los rebeldes estaban secuestrando niños españoles y enviándolos de regreso a la Península. Apenas dormí aquella noche. Me pasé toda la jornada leyendo los pocos libros que había traído y jugando con Ana, que parecía muy nerviosa a medida que se acercaba la hora de abordar el *Mexique*.

Aquella mañana era calurosa. Los cuidadores nos pidieron que ordenáramos nuestras maletas azules y lo preparáramos todo para el embarque. Desayunamos muy poco, los profesores no querían que pasáramos el viaje vomitando. La mayoría de nosotros no había montado jamás en barco y no estábamos acostumbrados al vaivén de las olas.

Regresamos a las habitaciones para recoger las maletas, les colocamos unas identificaciones y apilamos el equipaje a la entrada. Debíamos ir caminando en formación a la estación de tren, para que ninguno se perdiera. Desde allí iríamos al puerto y antes de que se pusiera el sol, partiríamos para México. Todos estábamos entre emocionados y asustados; sabíamos que la salida era inminente y, en cierto sentido, preferíamos que fuera cuanto antes.

Mis hermanas se pusieron a hablar con varias de sus amigas, mientras Manuel y yo nos divertíamos observando al resto de los compañeros y hacíamos apuestas sobre cuáles de ellos aguantarían sin vomitar durante la travesía. Justo en ese momento, uno de los chicos mayores pasó a mi lado y me propinó un empujón que hizo que me cayera sobre las maletas. Me levanté furioso y le agarré el brazo.

—¡Eh, tú! ¿Qué demonios te has creído?

El gigantón me miró como si observara a un microbio y acercó su cara a la mía.

—¿Tienes algún problema madrileño? —me preguntó, escupiéndome sin querer la cara.

Sabía que el gigantón se llamaba Luis y era de Barcelona.

—Me has empujado, ten más cuidado.

—¿Qué me vas a hacer si no lo tengo?

Manuel me agarró del brazo para que lo dejara, pero era demasiado tarde. Normalmente solía ser un tipo pacífico, aunque no era la primera vez que peleaba; normalmente defendía a otros más débiles que yo.

El gigante me tomó por la pechera, me levantó como si fuera una pluma y me lanzó de nuevo sobre las maletas. Varios chicos se apartaron para que no les diera. Me levanté torpemente, lo que aprovechó el tal Luis para darme una patada en la tripa. Me doblé hacia delante del dolor, pero en ese momento apareció don Alfonso, uno de los profesores españoles, y el gigantón se quedó quieto. Todos me habían hablado de don Alfonso y, aunque no me había cruzado con él nada más que un par de veces, prefería no enfadarlo.

—¡Quietos! ¡Justo ahora que vamos a irnos los dos señoritos

quieren liarse a mamporros! Os aseguro que os dejo en tierra. No quiero matones en mi grupo. Además, los dos superáis la edad de admisión. No me importa quiénes sean vuestros padres. Os dejo en Francia y os volvéis a España a patita.

El profesor me levantó por la camisa y me miró fijamente. Sus ojos azules me parecieron fríos e impenetrables.

—¿Lo has entendido, Madriles? Todos los de la capital sois unos chulos —dijo, con una voz estridente y furiosa.

Me hizo a un lado y después se dirigió a Luis.

—Con respecto a ti, ya es la segunda advertencia, no te admitiré una tercera.

El gigantón agachó la cabeza y tras disculparse se dirigió a la calle. Don Alfonso me hincó la mirada.

—No me gustas, chico. Me preocupan esos ojos arrogantes, esa expresión orgullosa y la dureza de tu rostro. No dejaré que pongas en peligro el viaje. Somos invitados de un gobierno extranjero y representamos a la República de España, si es que eso sigue significando algo. Ahora, desaparécete de mi vista.

Mis hermanas nos observaban desde el fondo del vestíbulo. En cuanto entré al salón, las dos corrieron hacia mí.

—¿Estás bien? —me preguntó Isabel.

Me toqué la tripa. Sentía un fuerte dolor por la patada que me había propinado el abusón.

—Sí, me duele un poco, se me pasará enseguida.

Una hora más tarde los profesores y los cuidadores nos pidieron que cogiéramos nuestras maletas y formáramos enfrente del hotel. Nos pusimos en dos largas filas por edad. Mis hermanas no querían separarse de mi lado, pero tuvieron que ponerse con las chicas más adelante. Eso no me preocupaba, desde donde estaba podía vigilarlas.

Genaro, el señor que nos había recibido al llegar al hotel, nos gritó que nos pusiéramos en marcha, y comenzamos a andar por la calle. A aquella hora del día no transitaban muchos coches, y los pocos que nos cruzamos se detenían para dejarnos pasar. La gente nos miraba desde las aceras con una mezcla de compasión y alivio. Las personas siempre se sienten contentas cuando las desgracias pasan por delante de su puerta y terminan en la del vecino. Los franceses nos veían, en muchos sentidos, como un reflejo de ellos mismos. La tensión entre Alemania y Francia iba en aumento y, aunque por el momento no estaban en guerra, la mayoría de la gente sabía que era inevitable.

Llegamos a un cruce y se nos unió otro grupo de chicos; cinco minutos más tarde éramos quinientos niños. Los franceses nos saludaban y sonreían. Algunos se nos aproximaban para darnos chucherías y pasteles. La mayoría de mis compañeros se llenaba los bolsillos con pasteles o se los comía a dos carrillos, como si les fuera la vida en ello.

Al llegar a la estación, una comitiva de obreros franceses nos despidió cantando "La Internacional" y moviendo al viento pequeñas banderas republicanas. Levantamos los puños en alto, como un último gesto de despedida.

Entramos en la estación entre gritos de alegría y lágrimas. Los pequeños llamaban a sus madres, los mayores aguantábamos como podíamos, aunque nos hubiera gustado gritar como ellos. Unos policías revisaron nuestros papeles antes de que entrásemos en el andén. Después, nos distribuyeron por varios vagones y, una media hora más tarde, ya estábamos camino al puerto.

El tren salió muy despacio de la estación, como si no quisiera que llegáramos a tiempo. Me senté con mi amigo Manuel y al otro lado se sentó un chico llamado Guillermo. Apenas había cruzado unas palabras con él. Tenía aspecto de niño de dinero, ya que no todos éramos de la clase obrera. Sabía que algunos altos funcionarios habían enviado a sus hijos con nosotros para ponerlos a salvo.

—¿Habéis escuchado lo del submarino alemán?

Lo miramos inquietos. No habíamos escuchado nada de ningún submarino.

—No. ¿A qué te refieres? —le preguntó Manuel intrigado.

—Se ha corrido el rumor de que los fascistas saben lo del barco que nos llevará a México y quieren hundirlo —dijo el chico, algo asustado.

—Eso es una tontería —le contesté—. No van a hundir un barco lleno de niños.

—¿Estás seguro? En Barcelona han matado a muchos niños con bombas. No creo que les importe demasiado —dijo Guillermo, que parecía convencido de que los fascistas hundirían el barco en cuanto saliera a alta mar.

—Uno nunca sabe, pero me temo que de todas formas el trasatlántico zarpará —comentó Manuel con una sonrisa, como si tomara a guasa el miedo de nuestro compañero.

—He pensado escabullirme en el puerto y regresar a mi casa. Mis padres se alegrarán de verme de nuevo.

—¿Estás loco? Pueden atraparte los franquistas y entonces sí que no verás a tus padres nunca más. La guerra va muy mal, cada día los fascistas avanzan más. Mis padres no tienen muchas esperanzas, por eso quieren sacarnos del país, no es tan solo por el peligro.

—Lo entiendo, pero es mejor estar en España. ¿Qué vamos a hacer en México? —preguntó Guillermo al borde del llanto. Debía tener unos once años y, aunque era bastante espigado, su cara reflejaba aún sus rasgos infantiles.

—Tranquilo —le dije, poniéndole una mano en el hombro—. Esto es como una aventura. Vamos a ir al Caribe, a tierra de piratas. Imagina las aventuras que vamos a vivir. Seguro que, dentro de unos meses cuando regresemos, podrás contárselas a tus padres —le dije para animarlo un poco.

No se quedó muy convencido, pero logramos que en el trayecto se tranquilizara. Llegamos al puerto y de nuevo una multitud nos esperaba a los pies del barco. Nos hicieron formar y subimos a bordo en orden, mientras la gente nos gritaba agitando los brazos, como si fueran sus propios hijos los que se marchaban al exilio. Mientras subíamos por las pasarelas, algunos de los pequeños se paraban, llorando desconsoladamente. Los cuidadores y los profesores intentaban animarlos, pero aquellos pequeños, con sus maletitas minúsculas, parecían tan desesperados que al final todos terminamos uniéndonos a su llanto. Los pasajeros de primera, que al principio nos observaban con fastidio, al vernos tan tristes comenzaron a animarnos, lanzándonos chocolatinas y gritando en francés "Vivan los españoles".

Llegamos a cubierta asustados. Mis hermanas rompieron la fila y corrieron hacia mí. Mientras me abrazaban intenté consolarlas, pero tenía un nudo en la garganta. Los cuidadores nos gritaron para que entráramos en los camarotes. Tuve que separarme de ellas, y sus caras horrorizadas se quedaron grabadas en mi mente, como un mal recuerdo que me torturaría en medio de la desgracia. Caminamos por los estrechos pasillos del barco y entramos a los camarotes. No podríamos salir de allí hasta que el barco zarpara. Después de varias horas encerrados nos dejaron subir a cubierta y sentimos alivio al ver de nuevo el cielo abierto. Era ya noche cerrada y la brisa logró que recuperásemos el semblante. Busqué a mis hermanas y, junto a Manuel, nos dirigimos a la cubierta de segunda clase. Nos acercamos a las barandas y vimos cómo el buque se separaba lentamente del puerto. Escuchamos los silbatos y un humo blanco comenzó a salir de las inmensas chimeneas que se alzaban muy por encima de nosotros. Mientras nos adentrábamos en aquel océano oscuro, que parecía un reflejo de la noche, nuestros ojos dejaron de llorar. Las luces de la costa desaparecieron como estrellas fugaces y la brisa nos trajo los aromas del mar. Las lágrimas comenzaron a amortiguarse, más por el agotamiento que por el consuelo de la partida. Nuestros corazones se quedaban allí, en la Vieja Europa, mientras que nuestros pequeños cuerpos se dirigían al Nuevo Mundo, para hacernos vivir la aventura más grande de nuestras cortas vidas.

CAPÍTULO 15

# EN CAMA

*En medio del océano, 28 de mayo de 1937*

Sabíamos que el viaje en barco no iba a ser una excursión placentera, pero lo que no imaginábamos era que durante los primeros días apenas podríamos aguantar una hora sin vomitar. Desde el principio todo fue un caos. Manuel y yo conseguimos viajar juntos en el mismo camarote, pero la mayoría de los chicos y chicas fueron separados. Algunos se conocían de sus respectivas ciudades y otros se habían hecho amigos durante el trayecto, pero los cuidadores no podían satisfacernos a todos. En un momento discutí con una de las profesoras que sacó a mis hermanas de nuestro camarote y se las llevó a la sección de las chicas, pero por más que le expliqué que mi madre me había ordenado que las cuidara, no logré convencerla. Decía que por decencia debíamos viajar separados. Los cuidadores mexicanos eran mucho más conservadores que los pocos españoles que nos acompañaban. Eso fue algo que descubrimos después. Para ellos, la religión no era algo malo como para nosotros, que habíamos visto cómo la Iglesia Católica siempre había estado al lado de los poderosos y había bautizado la Guerra Civil como una cruzada contra el comunismo. Los curas, las monjas y la religión eran nuestros enemigos, junto a los militares y los burgueses. Aquel era el mundo del que veníamos y en el que habíamos crecido, no conocíamos otra cosa.

La primera noche en el *Mexique* fue terrible. No se dejaron de escuchar los llantos y los gritos de los más pequeños llamando a sus madres. Los cuidadores no les hacían mucho caso, y a veces no decían nada cuando los chicos mayores, aburridos de tantos lamentos, los amenazaban con pegarles. Yo me sentía tan mareado que apenas les prestaba atención. No sabía que viajar en barco fuera tan incómodo, al menos para los que padecíamos de mareo.

No había podido cenar nada, pensar en la comida me daba ganas de vomitar. Lo mismo le sucedía a la mayoría, con la excepción de algunos vascos que se habían criado en el mar.

Por la mañana me sentía mareado y con el estómago vacío. A mi lado estaba un niño pequeño que se llamaba Fermín. Se había orinado y vomitado encima, no debía tener más de seis o siete años y viajaba solo. Me miró con sus grandes ojos verdes y no pude evitar pensar en mis hermanas, en cómo se sentirían si viajaran solas.

—Ven conmigo —le dije, intentando aguantar las ganas de vomitar.

Lo llevé al baño y lo ayudé a asearse. El chico me lo agradeció con una sonrisa. Parecía callado y retraído, y me pregunté a quién se le habría ocurrido mandarlo tan lejos de su casa.

A medida que la guerra se alargaba todos nos hacíamos más insensibles. De alguna manera intuíamos que únicamente los más fuertes podrían sobrevivir.

Me acerqué a una de las salas en la que debían estar los chicos más pequeños, y el caos era terrible. No se veían cuidadores por ninguna parte. Al final vi al profesor Genaro, que se me acercó sonriente.

—Quiero que reúnas a todos los niños que están en segunda clase. Diles que deben traer el dinero que le dieron sus padres y los franceses. ¿Lo has entendido? Que te ayude tu amigo —dijo, señalando a Manuel.

Recorrimos los pasillos, las vomitonas estaban por todos lados. Los niños sucios y abandonados sonreían al vernos llegar, como si fuéramos sus salvadores. Al final logramos reunir a la mayoría, menos unos pocos que estaban tan enfermos que no podían levantarse de sus camas. Metimos como pudimos a casi doscientos niños en la sala y esperamos a que el profesor nos diera las instrucciones.

—Bueno chicos, el viaje va a ser largo y difícil. Algunos de vuestros padres os dieron dinero para México, pero las pesetas no valen en ese país, tampoco los francos, será mejor que me dejéis el dinero. Yo lo guardaré y lo cambiaré cuando lleguemos allí. No quiero que os lo roben o lo perdáis.

Los niños fueron pasando en fila. No llevaban mucho, algunos unos pocos céntimos, otros hasta una peseta. El profesor guardó el dinero de todos los niños en una caja y la cerró con llave.

—Muy bien, chicos, recordad el dinero que me habéis dado y os lo devolveré en México.

El profesor abandonó la sala seguido por los muchachos mayores. Los pequeños se quedaron quietos, hambrientos y sucios, sin saber qué hacer.

—No podemos dejarlos así —le dije a Manuel—. Voy a buscar algo de comida.

Salí de la sala y recorrí furioso los pasillos. ¿Cómo nadie

tomaba el control? Pregunté a varios chicos y me comentaron que la mayoría de los profesores y cuidadores estaban en primera disfrutando del viaje. Logré llegar hasta una de las cocinas y un pinche argentino me dio algo de pan y embutido para los chicos. Mientras volvía, me crucé con un matrimonio que había visto un par de veces, los señores Méndez.

—Los niños están sucios y con hambre. Tienen que hacer algo —les pedí, desesperado.

El matrimonio me siguió hasta la sala y al ver a los niños se quedaron helados. Nos mandaron a buscar pañales, ropa limpia y comida. Debíamos encontrar a una profesora llamada Loreto, la encargada de guardar todo lo que los niños necesitaban para el viaje. La señora Méndez me comentó que el gobierno de México había dado mucho dinero para que no nos faltara nada.

Encontré a la profesora Loreto algo mareada en su camarote, pero se levantó y me llevó al almacén en el que guardaban las cosas. Les llevamos comida y ropa limpia a los niños, y un par de horas más tarde estaban limpios y jugando por las cubiertas de tercera y segunda.

La profesora Loreto y el matrimonio se veían agotados, pero nos invitaron a un refresco en primera. No habíamos atravesado hasta ese momento el cordón que separaba segunda de primera, pero en cuanto lo hicimos nos dimos cuenta de la gran diferencia que había entre ambas clases. Nos sentamos en una mesa con vista al mar y nos sirvieron dos naranjadas que nos supieron a gloria.

—Este viaje es un desastre —se quejó la profesora Loreto.

—Algunos de los que se han unido a la expedición ha sido para escapar de España y darse la buena vida, son unos cobardes y unos traidores. Dejar a los niños en ese estado —dijo el profesor Méndez con el ceño fruncido. Parecía el profesor de mayor antigüedad.

—Cariño, no podemos contar con ellos, debemos organizarnos por nosotros mismos —le contestó su esposa.

Dejé el vaso sobre la mesa metálica y contemplé el mar por primera vez completamente relajado. Manuel me miraba sonriente desde el otro lado.

—Seguro que las cosas serán mejor en México. El presidente Cárdenas se está ocupando personalmente de ello —dijo la profesora Loreto.

—¿Por qué nos llevan a México? —me atreví a preguntar.

—Bueno, el Comité Iberoamericano de Ayuda al Pueblo Español quería alejar a cuantos niños pudiera del conflicto. Muchos pequeños han viajado a Holanda, Bélgica, Rusia, Inglaterra y Francia, pero es más seguro llevaros a América, las cosas en Europa se van a poner muy feas —comentó el profesor Méndez.

—Entiendo —le contesté, aunque en realidad hubiera preferido viajar a otro país de Europa y no separarme tanto de mis padres.

—Querían reunir a quinientos niños, pero con las prisas y debido a que algunos padres se echaron atrás en el último momento, sois cuatrocientos cincuenta y seis. La mujer del presidente Cárdenas insistió mucho en que se os sacara de España cuanto antes. Dicen que doña Amalia Solórzano es una gran defensora de los niños —dijo la señora Méndez.

—En el comité también están la señora Carmela Gil de Vázquez y la señora Matilde Rodríguez Cabo de Múgica.

—¿Dónde nos alojaremos? —pregunté.

—No nos han dicho nada. Imagino que han preparado algunos internados. Lo que sí nos han dicho es que os mantendrán a todos juntos —dijo la profesora Loreto.

—¿Nos separarán a los niños de las niñas?

No quería que mis hermanas estuvieran solas. Debía estar a su lado para poder protegerlas.

—Me temo que sí. Los mexicanos son muy conservadores y no permitirán que los niños y las niñas estén mezclados.

Terminamos el refresco y nos fuimos a caminar en la cubierta de primera. Algunos de los viajeros nos miraban con una mezcla de curiosidad y desprecio. Nuestras ropas no estaban en muy buenas condiciones, aunque no nos importaba, a esa edad uno no entiende de diferencias de clase ni le preocupa demasiado lo que los demás puedan opinar. Cuando nos cansamos de vagar sin rumbo regresamos a nuestra cubierta.

Mientras caminábamos por uno de los laterales, junto a los botes salvavidas, escuchamos unos gritos. Miramos por todos lados, pero en aquella parte del barco no se veía a nadie. Caminamos un poco más y oímos de nuevo los gritos. Nos acercamos a uno de los botes y comprobamos que las voces venían de adentro. Estaba tapado con una lona, pero Manuel la levantó por un lado y vimos a un marinero sobre una chica de nuestro grupo. La muchacha, de trenzas rubias, no debía tener más de trece o catorce años, y pataleaba y chillaba.

—¿Qué le está haciendo? —le grité al marinero mientras subía al bote.

El tipo se giró y nos miró furioso.

—Meteros en vuestros asuntos.

Manuel se me unió y comenzó a darle patadas al hombre. El tipo se levantó con el pantalón a medio abotonar y me empujó. Sentí un inmenso dolor en el costado. Luego, el marinero dio un salto y corrió por la borda. La chica nos miró con los ojos llenos de lágrimas. Se arregló la ropa y la ayudamos a bajar del bote.

—¿Estás bien? —le preguntamos.

Asintió con la cabeza y la llevamos hasta donde estaba el resto de las chicas. La pobre no paraba de llorar. Mi hermana Isabel se acercó al vernos. Ana estaba jugando con unas amigas.

—¿Qué le pasa? —nos preguntó al verla llorar.

—Bueno, han intentado hacerle daño. Será mejor que las niñas no andéis solas por cubierta.

Mi hermana se le acercó.

—¿Cómo te llamas? —le preguntó.

—Carmen —dijo la chica, con la voz entrecortada.

—Ven conmigo —le dijo Isabel, rodeándola con el brazo.

Otra chica se acercó también. Ya me había fijado en ella, pero hasta ese momento no habíamos cruzado ni una palabra.

—Gracias —nos dijo—. Me llamo Mercedes. Al menos alguien se preocupa por nosotras.

Me ruboricé, le sonreí y después nos marchamos. Mientras caminábamos hacia la zona de los chicos comencé a sentirme mal de nuevo.

—¿Te encuentras bien? —me preguntó Manuel.

Tenía un fuerte dolor en el costado. Me toqué debajo de la camisa y saqué la mano llena de sangre. Al verla, me sentí mareado. Manuel me llevó hasta nuestro camarote. En cuanto caí en el camastro perdí el conocimiento y no volví a despertar hasta tres días más tarde.

# CAPÍTULO 16

# LA HABANA

*En medio del océano, 31 de mayo de 1937*

APENAS RECORDABA NADA, PERO ISABEL Y Manuel me contaron cómo había estado delirando, con una fiebre altísima y sudando. Me habían dado algo de agua con limón y habían intentado bajar la fiebre con paños húmedos. Ningún profesor los había ayudado, como si la vida de uno de nosotros no tuviera demasiado valor. Al tercer día me desperté sediento, hambriento y con el cuerpo adolorido. Estaba muy pálido y tenía unas ojeras profundas que me hacían parecer un fantasma. Me llevaron un poco de leche y galletas que me ayudaron a recuperarme un poco. Quería levantarme de la cama y salir a cubierta. Necesitaba que me diera el aire fresco en la cara para sentir que aún estaba vivo. Me aferré a los brazos de mi hermana y mi amigo, y subí con dificultad las escaleras. Cuando llegamos a la cubierta, respiré hondo para retener en mis pulmones aquella brisa con olor a mar y a libertad. Me senté en un banco y disfruté del cielo azul y el tiempo, que poco a poco se iba templando a medida que nos acercábamos al ecuador.

—Nos han dicho que en unos pocos días llegaremos a Cuba,

al parecer hay que hacer escala en la isla para abastecerse. Desde allí viajaremos a México —comentó Manuel mientras intentaba animarme un poco.

El vaivén del barco me afectaba más de lo normal por mi extrema debilidad.

—A pesar de todas las desgracias que hemos sufrido, este viaje es una verdadera aventura —le contesté, con una sonrisa forzada.

—Vamos a tierra de piratas —dijo Manuel, que se puso de pie y comenzó a mover la mano como si llevara una espada y luchara contra algún corsario imaginario.

—¿Cómo está la chica?

—¿Carmen? —preguntó mi hermana.

Asentí con la cabeza, y ella frunció los labios algo molesta.

—Nadie ha hecho nada por buscar al marinero que la atacó.

—¿Se lo comentasteis al don Genaro?

—A ese lo único que le importa es el dinero —dijo Isabel, que se puso en pie y se acercó a la borda.

—¿Qué le sucede? —le pregunté a Manuel. Mi hermana solía estar siempre alegre y positiva.

—Está asustada, ni ella ni ninguna de las chicas se atreve a ir sola por el barco. Debemos acompañarlas o ellas solas se tienen que organizar para ir en grupo. Ha estado muy nerviosa porque te veía muy mal, la fiebre no remitía y temía que… murieras. No quería ni pensar lo que sería estar ellas dos solas en el mundo. Entiéndelo, ha perdido a su madre y a su padre, ahora solo le quedan tú y vuestra hermana Ana.

Hasta ese momento había estado tan preocupado por mis sentimientos, que no había pensado en cómo se sentirían mis hermanas. En cierto sentido creía que eran demasiado pequeñas y no pensaban en esas cosas. Estaba equivocado, Isabel dentro de poco se convertiría en una moza, y Ana era más madura de lo que parecía a simple vista.

—Además, hay otro problema.

Miré extrañado a mi amigo. No entendía cómo las cosas habían cambiado tan rápido en los pocos días que había estado convaleciente.

—¿Qué es lo que pasa?

—Conocimos a un marinero francés llamado Marcel. Nos ha dicho que el capitán cree que se aproxima hacia nosotros un huracán.

—¿Un huracán? ¿Qué demonios es un huracán? —le pregunté, más intrigado que preocupado.

—Un huracán es una tormenta terrible. Muchos barcos no logran atravesarlas y se hunden. Al parecer es algo muy común en el mar Caribe. La mayoría termina tierra adentro y destroza todo lo que encuentra a su paso, pero este viene hacia nosotros. Por eso hace tanto viento. Mira —dijo, señalando el cielo.

A pesar de que el sol brillaba, a lo lejos podían verse unas nubes de color gris oscuro, que no tenían buena pinta.

—Marcel nos ha dicho que el barco no tiene chalecos salvavidas para todos y que no hay suficientes botes salvavidas. Si el *Mexique* se va a pique, nos hundiremos con él.

Aquel comentario me hizo estremecer. Apenas sabía nadar y, como la mayoría de los niños que viajábamos a México, nunca me había enfrentado a una tormenta en alta mar.

—¿Cuándo llegará a nosotros? —le pregunté mientras notaba cómo la piel se me ponía de gallina.

—Esta noche, aunque es difícil saberlo. Si el huracán no nos da de lleno tenemos una posibilidad, pero si lo atravesamos, el barco no lo resistirá.

Me puse en pie con dificultad. Me acerqué a mi hermana y le pasé un brazo por el hombro.

—Ya estoy bien. No te preocupes, no hay nada en este mundo que logre separarnos. Volveremos a España y encontraremos a nuestros padres. La guerra no puede durar para siempre —le susurré al oído.

—¿Te ha contado Manuel lo del huracán? —me preguntó, con un nudo en la garganta.

—Sí, pero hasta ahora hemos logrado superarlo todo, y esto también lo superaremos. Buscaremos chalecos y nos prepararemos para cuando llegue.

Los tres comenzamos a buscar chalecos en los botes salvavidas, pero sin resultado. Después recorrimos la parte de la popa sin tener mejor suerte. Estábamos regresando a los camarotes cuando nos cruzamos con una de las profesoras.

—¿Qué hacéis en cubierta? Se aproxima una gran tormenta, es mejor que regreséis a los camarotes —dijo doña María Jesús.

—No tenemos chalecos salvavidas —le contesté.

—No harán falta. Seguro que la tormenta pasará muy pronto.

Sus palabras no me tranquilizaron mucho. Debió verme la cara, porque nos pidió que la siguiéramos. Entró en un cuarto con una llave y rebuscó entre las cosas que había allí almacenadas. Nos sorprendió ver comida, ropa y otras cosas que debían pertenecer a nuestro grupo. La profesora tomó dos chalecos y nos los entregó.

—Estos son los últimos, cuidarlos como a vuestra vida.

Nos dirigimos a nuestro camarote, tomamos algunas cosas y después nos reunimos con Ana en el de las chicas. No quería separarme de mis hermanas en una situación como aquella.

Una hora más tarde el barco comenzó a zarandearse. Al principio teníamos la sensación de estar montados en una noria, pero poco a poco, el navío comenzó a moverse con más fuerza. Intentamos sujetarnos a las camas y las mesas que estaban fijadas al suelo, pero aún así nos caíamos de un lado al otro. Ana comenzó a gritar. La rodeé con mis brazos e intenté tranquilizarla, pero estaba muy nerviosa. Temblaba y no dejaba de llorar.

—Tranquila, todo saldrá bien.

Se escuchaban gritos en el pasillo y los golpes de las cosas chocando contra las paredes de metal. Las olas sacudían con fuerza la quilla y parecía que en cualquier momento se fuera a partir.

Media hora más tarde la fuerza del océano era aún más virulenta. La mayoría de los chicos había vomitado y varios se encontraban magullados al haberse golpeado con algún objeto que se había caído de su lugar. Entonces, mi hermana se soltó de entre mis brazos y corrió hacia el pasillo. Justo en ese momento se fue la luz y tuve que seguirla tanteando las paredes mientras me golpeaba con todos los cachivaches acumulados en el suelo.

—¡Ana, no te marches! —le grité, con la esperanza de que regresara, pero había entrado en pánico y buscaba la borda, sin saber que en aquel momento era el lugar más peligroso del barco.

Antes de que lograra alcanzarla, ya estaba en la puerta que daba a la cubierta. Intenté atraparla con la mano, pero se me escapó por un centímetro. Nada más salir al exterior, el agua me golpeó la cara, era muy salada y estaba extrañamente caliente. Cuando volví a abrir los ojos, deseé no haberlo hecho. El cielo era tan negro que parecía noche cerrada y llovía de forma torrencial. Sentí que intentaba atravesar interminables cortinas que no me dejaban ver ni a un metro de distancia. La cubierta estaba en parte inundada y el barco se movía tanto que me puse a gatear por el suelo. Una de las sacudidas me empujó hasta la barandilla y me quedé pegado a ella, mientras mis ojos miraban despavoridos las olas que parecían devorarlo todo. Logré separarme un poco y acercarme a una pared de la cubierta, entonces escuché los gritos. Mi hermana pequeña estaba sujeta a la barandilla de la popa. Sus manos se aferraban a las oxidadas barras de hierro mientras gritaba sin parar. Si una ola rompía por ese lado, la engulliría como la ballena que había tragado a Jonás en la Biblia. Intenté llegar hasta ella, pero cada vez que lo intentaba el barco se viraba y me alejaba de nuevo. Al final, con un gran esfuerzo logré asirme de la baranda y poco a poco aproximarme. Mi hermana lloraba y su cuerpo se sacudía mientras sus dedos se escurrían poco a poco de la barandilla. Logré agarrarla por las muñecas justo cuando sus manos se soltaron. Me lanzó una mirada de pánico y paró de gritar. Se encontraba paralizada.

Una ola nos sacudió con fuerza y me quedé incrustado entre dos partes de la barandilla. Ana quedó colgando de mis manos sobre el vacío y no sabía cuánto tiempo podría sujetarla. Tiré de ella con fuerza, pero no pude subirla. Se me escurría de las manos, sin importar cuán fuerte la agarrase, parecía como si sus muñecas estuvieran embadurnadas de aceite.

—¡Tranquila!

Mi hermana cobró fuerzas e intentó subir, pero no pudo. Comenzó a mirar hacia abajo y a agitarse desesperada, su balanceo hacía que se me escurriera más rápidamente.

—¡No te muevas!

Miré cómo una nueva ola se aproximaba y cerré los ojos. La posibilidad de que lográramos mantenernos unidos después de que aquella muralla de agua sacudiera el barco me parecía imposible.

El agua nos golpeó con tal fuerza que fue como si un puño me diera en plena cara. Intenté no soltar a Ana, pero se escurrió entre las manos y un segundo más tarde me encontré agarrando el vacío, diciéndome a mí mismo que no era posible.

—¡Te sacaré de ahí! —escuché decir a mi espalda.

Entonces, miré a un lado y vi a uno de los profesores sujetando a mi hermana. Logró levantarla y subirla a cubierta. Después, me agarró por la camisa y tiró de mí. Logramos llegar hasta la pared de la cubierta antes de que una nueva ola se estrellara contra el barco. Nos agarramos a un saliente y después corrimos hacia la puerta. Entramos y el profesor cerró la puerta con fuerza.

—¿Qué diablos estaban haciendo allí fuera? La tormenta se los pudo haber llevado —dijo el hombre de tez morena y bigote negro, totalmente empapado.

Sabía que era uno de los mexicanos que nos acompañaban en el viaje, pero no había hablado con él hasta ese momento.

—Lo siento, mi hermana…

—No te preocupes, chavo. Lo importante es que los jalé. Ahora regresen a su camarote.

Le dimos las gracias y nos fuimos empapados y temblorosos hasta el camarote. Ya había vuelto la luz, y mi hermana Isabel corrió hacia nosotros al vernos entrar. Lloramos los tres abrazados, mientras mi amigo Manuel nos contemplaba sonriente. La tormenta duró dos horas más. Al parecer el capitán logró esquivar el huracán y apenas habíamos sufrido una parte insignificante de su furia, pero lo suficiente para haber llevado al *Mexique* a pique.

Los primeros días de junio fueron mucho más tranquilos. Logramos recuperar la calma y disfrutar del viaje. No parábamos de revisar hasta el último rincón, inventar mil juegos y gastarles bromas pesadas a los profesores y otros viajeros. No era fácil contener a casi quinientos niños en un espacio relativamente pequeño, durante un periodo de tiempo tan largo.

El calor aquella mañana era insoportable. Un día antes

habíamos visto algunos pájaros en el cielo azul y sabíamos que no podíamos estar muy lejos de tierra firme. Por la mañana temprano, justo después del desayuno, nos anunciaron que atracaríamos en el puerto de La Habana. Nos pusimos nuestras mejores galas. Estábamos ansiosos por pisar tierra firme y salir de aquel cascarón de metal.

—¿Qué tal me veo? —le pregunté a mi amigo Manuel. Me había peinado hacia atrás. El pelo me había crecido desde que partimos y normalmente me tapaba los ojos.

—Pareces un gánster —bromeó Manuel al verme con aquella pinta.

Escuchamos gritos y salimos todos a cubierta. El mar era de un increíble color turquesa. Apoyamos nuestras caras en la baranda, hipnotizados por aquella sublime belleza.

—Esto fue lo primero que vio Colón al llegar —dijo mi amigo.

—Es lo más bonito que he visto nunca —dijo Ana, que parecía mayor que una semanas antes, cuando comenzó aquella aventura.

Entonces, empezamos a escuchar el bufido de varias sirenas de barcos. Algunas pequeñas embarcaciones se acercaron a nosotros y comenzaron a saludarnos. Pescadores y navegantes agitaban las manos y nos gritaban.

—¡Vivan los niños españoles! ¡Viva la República!

Les contestamos emocionados. El barco se aproximó al puerto y desde la distancia observamos la bahía y la hermosa capital de Cuba. Parecía una bellísima taza de plata, con sus colores amarillos y grises. El faro y una fortaleza de piedra fue lo primero que divisamos, después las torres de las iglesias y los edificios de la Habana Vieja.

Cuando el barco atracó en el puerto nos esperaba una multitud con banderas republicanas, cantando algunas de las canciones que se habían hecho famosas durante la guerra. Nos colocamos en formación para bajar, los cuidadores se pusieron delante, todos impacientes por poner el pie en tierra. Entonces vimos al capitán vestido de blanco acercarse a don Genaro.

—No pueden bajar, no se nos ha autorizado. Solo lo pueden hacer algunos viajeros, miembros de la tripulación y la gente que se queda aquí.

—Pero, los chicos...

—Lo siento —dijo el capitán, encogiéndose de hombros.

Deshicimos la formación. La gente seguía gritándonos desde el puerto, pero en ese momento llegaron varios coches de policía y los hicieron alejarse un poco, creando un cordón de seguridad más amplio.

Nos sentamos en el suelo de la cubierta, junto a la barandilla, con los pies colgando al vacío.

—Espero que no suceda lo mismo en México —dijo Manuel.

—Mi padre me contó que en Cuba hay un dictador, un tal Batista. Seguro que no le hace mucha gracia que la gente vitoree a un grupo de niños rojos; para él somos el enemigo —le dije mientras miraba con tristeza aquella hermosa ciudad en medio del Caribe.

Pasamos varias horas mirando desde lo lejos los edificios de La Habana. Después nos marchamos a comer y por la tarde regresamos a la cubierta para ver la operación de salida del puerto. El capitán y otros miembros de la tripulación discutían con la delegación mexicana. Nos acercamos a escuchar de qué hablaban.

—Tenemos que irnos —dijo el capitán.

—No podemos dejar aquí a Ernesto Madero —dijo uno de los miembros de la delegación.

—Sabía a la hora que embarcaríamos, no podemos esperar más. Mañana debemos llegar a Veracruz. Allí nos esperan las autoridades mexicanas. Además, el resto de los pasajeros tiene que desembarcar puntualmente.

—Lo comprendo capitán, pero no podemos dejar a uno de los nuestros atrás.

Nos alejamos un poco e hicimos un corrillo. La mayoría de los chicos españoles conocía a Madero. Era el hombre que nos había salvado a mi hermana y a mí unos días antes.

—Lo lamento —dijo el capitán, mientras comenzaba a dar órdenes para desatracar.

Se corrió la voz entre los niños y al poco rato todos estábamos en cubierta y comenzamos a gritar.

—¡Que vuelva Madero! ¡Que vuelva Madero!

La gente que aún quedaba en el puerto empezó a vociferar lo mismo. Entonces, uno de los niños lo vio entre la policía. Por alguna razón no lo dejaban subir al barco.

—¡Mirad, está allí! —exclamó el niño, y lo señaló.

Todos lo señalamos con la mano, y un par de miembros de la delegación fue a hablar con la policía. Nos callamos. Abajo, la policía se negaba a dejar embarcar al mexicano. Al final, el capitán intervino y le permitieron a Madero subir a bordo.

Gritamos de alegría y comenzamos a cantar, mientras el joven subía pálido al barco.

—¿Qué pasó? —le preguntó uno de sus compañeros.

—No encontraba la contraseña de embarque y la policía no me dejaba subir —le contestó, sin lograr recuperar del todo la calma.

Quitaron las pasarelas del barco y muy lentamente nos alejamos del puerto. La gente comenzó a despedirnos agitando las manos, mientras nosotros gritábamos y cantábamos a pleno pulmón. Una vez más nos sentíamos protagonistas de nuestro destino. La mayoría de las veces nos veíamos como meras comparsas, sometidos al azar y la casualidad, insignificantes y perdidos en el mundo. Aquel día en La Habana, por unos minutos, supimos que le importábamos a alguien y que aquel viaje al menos serviría para hacer más visible el sufrimiento de los niños españoles y la terrible realidad de la Guerra Civil.

# CAPÍTULO 17

# VERACRUZ

*Veracruz, 7 de junio de 1937*

EL ÚLTIMO DÍA EN EL *MEXIQUE* fue emocionante. Apenas pudimos pegar un ojo de tantas ganas que teníamos de llegar. ¿Cómo nos recibirían los mexicanos? ¿Serían tan acogedores como los cubanos? Manuel descansaba a mi lado sobre el camastro, con la vista pegada al techo oscuro del camarote, mientras no paraba de sudar. El resto de los chicos estaba dormido o al menos eso parecía por el ritmo acompasado de su respiración.

—¿Estás despierto? —me preguntó Manuel.

—Sí —le contesté, algo nervioso.

Por alguna razón, la llegada a La Habana me había hecho darme cuenta de lo lejos que estábamos de nuestras familias. Nos separaban un océano, casi dos semanas de viaje y una guerra. No teníamos ninguna noticia de ellos. No saber nada de mis padres era en cierto sentido como si hubieran dejado de existir. En México tendríamos una vida nueva y tan distinta a la de España, que nuestros recuerdos se irían borrando como los sueños al despertar de una larga noche.

—Ya queda muy poco. Tengo ganas de pisar tierra firme, aunque pensé que la travesía sería mucho peor.

—¿Peor? Dios mío, casi se hunde el barco.

Manuel soltó una carcajada y no pude evitar cambiar de humor.

—No nos separaremos. No sé qué piensan hacer con nosotros, pero debemos permanecer juntos —comentó.

—Eso espero, amigo. A veces siento que eres el hermano que nunca tuve. Ya sabes que adoro a Isabel y a Ana, pero un hermano es otra cosa. Las chicas tienen otros gustos, son diferentes a nosotros.

—Yo no tengo hermanos. Para mí es más difícil. Aunque no sé si te he contado que tenía una hermana pequeña. Era un bebé de pocos meses, mis padres la tuvieron al comenzar la guerra. Algunas noches yo me quedaba a cuidarla, ellos trabajaban en una fábrica de armas. Una noche sonó la alarma antiaérea y me puse muy nervioso. Salí corriendo y bajé al sótano que teníamos de refugio en el barrio, no habían pasado ni cinco minutos cuando me di cuenta de que había dejado a mi hermanita en casa. Intenté salir para socorrerla, pero me lo impidieron, ya se escuchaban los aviones sobrevolando los tejados y el silbido de las bombas. Me acurruqué en un rincón llorando y rezando para que no le pasara nada. Aquella hora se me hizo eterna, cuando terminó el peligro corrí escaleras arriba. Había mucho humo y olor a quemado, subí las escaleras de dos en dos y cuando abrí la puerta de mi casa…

—¿Qué sucedió?

Manuel comenzó a llorar, como si estuviera reviviendo ese recuerdo en su mente. Se giró hacia mí, y aunque no podía ver su cara en la oscuridad, escuchaba sus sollozos y su respiración agitada.

—La mitad de la casa había desaparecido. No había luz, pero el reflejo de los incendios provocados por el bombardeo iluminaba el salón lo suficiente para ver el vacío que había detrás, donde antes estaba una pared con el retrato de mis abuelos. Me asomé al abismo y entre los escombros vi los restos de la cuna y su mantita. Dios mío, la maté, fue mi culpa.

Me levanté del camastro, me senté a su lado y le puse la mano en el hombro. Su cuerpo se estremecía, mientras intentaba dejar de llorar.

—Tú no lanzaste la bomba. Intentaste ir a buscarla, pero fue demasiado tarde.

—¿Cómo pude olvidarme de mi hermana? Se llamaba Lucía. Era tan bonita, nunca podré olvidarla.

Me acosté a su lado e intenté relajarme un poco, permitiendo que el sueño me llevase a su mágico mundo, en el que las penas y las tristezas no tienen sentido, y pensé en la amistad. En los lazos indestructibles del amor entre dos personas que hasta un momento eran dos desconocidos, pero que han encontrado en el solitario camino de la vida a otra alma con la que compartir el viaje. Muy pronto nos quedamos los dos dormidos.

Los gritos de nuestros compañeros nos despertaron. Ya se veía la Tierra Prometida. Nos vestimos a toda prisa y corrimos a la cubierta. Nos hicimos un hueco en la barandilla a codazos y miramos al infinito. Primero vimos una línea tenue, dibujada por el viento en el horizonte, que poco a poco fue creciendo hasta convertirse en una hermosa pincelada de color verde intenso y más tarde en un trazo grueso de hermosísima selva y arena. Mientras México crecía en el horizonte sentíamos que éramos menos huérfanos y que al menos quedaba un lugar para nosotros en el mundo. Aún no sabíamos que aquel pueblo amable y acogedor nos extendería sus brazos para abrazarnos. No nos recibía únicamente un gobierno o un presidente; era la nación entera la que se entregaba a nosotros, para protegernos y darnos un nuevo hogar.

Una hora más tarde ya estábamos preparados y acicalados para el recibimiento, aquella era nuestra última parada. Nos pusimos los trajes de gala y subimos a la cubierta con nuestros cuidadores. Entonces vimos aproximarse a medio centenar de embarcaciones de todos los tamaños y formas. Algunas de remo, otras de vela o motor. La mayoría de casco de madera, pero otras de metal pintadas de un blanco reluciente. Desde las embarcaciones nos gritaban vivas con un acento musical, como si nos estuvieran cantando. Las pieles cobrizas hacían que resaltaran más las sonrisas blancas y los gorros de paja agitados al viento.

—¡Viva la República! ¡Vivan los niños españoles!

Escuchábamos emocionados. Aquel recibimiento era mucho más grande y espectacular que el de La Habana. En el puerto de Veracruz la multitud era tan numerosa, que algunos se caían al agua empujados por la multitud, pero en lugar de enfadarse, nadaban hasta nosotros gritando y agitando los brazos.

—¡Niños, a formar! —nos gritó don Genaro.

Nos pusimos en dos largas filas. Primero iban los pequeños, detrás los niños mayores y por último, los profesores. El barco hizo la maniobra de atraque y los marineros colocaron las pasarelas. Fuimos los primeros en descender, con nuestras maletas azules y los ojos humedecidos por la emoción. Nos sentíamos embajadores, pero no de nuestro país, ya que para nosotros la patria era sobre todo el calor de una madre y el abrazo de un padre. Escuchamos "La Internacional" e instintivamente subimos el puño izquierdo y empezamos a cantar emocionados.

La gente comenzó a acercarse en cuanto descendimos. Casi

todos eran campesinos y pescadores humildes vistiendo sus mejores galas. Nos daban fruta y golosinas. Las madres nos abrazaban como si fuéramos sus hijos y nos besaban con los ojos llenos de lágrimas.

—Mi hijito, que te guarde la Virgen de Guadalupe.

—No tengáis miedo, estáis en casa.

—Viva la Madre Patria.

Mientras caminábamos por las calles cubiertas de flores, nos secábamos las lágrimas con las manos, mientras saboreábamos la fruta que nos daba aquel pueblo hermano, que parecía tan distinto, pero era tan igual. Hombres y mujeres sencillos, que lo único que podían ofrecernos era su cariño, sin saber que eso era justo lo que necesitábamos, ya que los niños bebemos de los besos y los abrazos, que ayudan más a convertirnos en hombres y mujeres que los manjares en la mesa de un rey.

Miré hacia mis hermanas, que estaban algo más adelante, se veían tan emocionadas como yo. Las niñas les ponían flores en el pelo y guirnaldas en el cuello. Algunas les daban su única muñeca de trapo o la ración de comida que tenían para aquel día.

—¡Es increíble! —exclamó Manuel.

Le sonreí, olvidando por un instante que era un extranjero y que cuando pasa la euforia de la bienvenida y la monotonía invade tu alma, la soledad regresa con más fuerza para recordarte lo que has perdido.

Llegamos a la estación de tren atravesando aquel túnel humano y nos subieron a los vagones donde nos esperaban unas enfermeras. Nos metimos en los compartimentos y seguimos saludando a la gente, que se aproximaba a las ventanas para darnos más cosas. A un lado, unos hombres comenzaron a tocar sus guitarras y a cantar canciones alegres, mientras el tren comenzaba a moverse lentamente. Nunca podré olvidar aquel día. Ese amor desbordado de almas generosas que daban de lo que no tenían para hacer felices a unos niños perdidos. Para mí, México no es un paisaje, tampoco una forma de entender el mundo, son los miles de rostros de aquella mañana en Veracruz. Sus rasgos mestizos, entremezclados, de niños, mujeres, hombres y ancianos, la masa de un pueblo sufrido, pero que no ha olvidado que la mayor riqueza que tiene es su amor. Aquel día perdí mi identidad, pero gané algo que no esperaba, otra nación a la que poder llamar mi hogar.

# CAPÍTULO 18

# MÉXICO D.F.

*Ciudad de México, 8 de junio de 1937*

LA PRIMERA VEZ QUE VI LA ciudad de México fue entre lágrimas. Durante buena parte del viaje, como la mayoría de los chicos mayores, había aguantado la angustia y el llanto, pero cuando descendimos del tren en la Estación Colonia, ya no pude soportar más. Unos días antes temblábamos bajo las bombas en Madrid, Barcelona o Bilbao, éramos hijos de la guerra y el sufrimiento. Ahora, en medio de aquella inmensa ciudad, éramos pequeños héroes, los cachorros aún destetados de la República, que como una leona herida aún intentaba defenderse de sus devoradores. Salimos de la estación repleta de gente y caminamos por las calles atestadas de mexicanos enfervorecidos que habían ido a ver a los españolitos. Apenas éramos un batallón de miserables, hijos de la pobreza y la necesidad. Habíamos dejado atrás todo lo que teníamos, que no era mucho en el sentido material, pero sí en el sentido emocional, ya que no hay mayor tesoro que el beso de una madre, los abrazos de un abuelo y la mano en el hombro de un padre que regresa del trabajo.

Nos llevaron hasta la Escuela de Hijos del Ejército en la Colonia San Julia. Yo no les quitaba la vista de encima a mis hermanas, que caminaban con la cabeza en alto, orgullosas de ser la causa de todo aquel alboroto, pero con los ojos anegados en lágrimas.

Cuando llegamos enfrente del colegio y estábamos a punto de entrar al patio en el que nos esperaban el presidente Cárdenas, su esposa y otras autoridades, escuchamos un avión que sobrevolaba nuestras cabezas. Comenzó a lanzar algo desde las alturas, y la mayoría de nosotros se arrojó al suelo aterrorizada. Los pequeños gritaban y lloraban, mientras los chicos mayores corríamos hacia nuestros hermanos para protegerlos. La gente comenzó a llorar al vernos tan asustados, comprendiendo por primera vez que para nosotros esto no era un juego, una fiesta de bienvenida ni una excursión. Habíamos logrado escapar de la guerra, pero esta no había salido de nuestro interior, aún continuaba atormentando nuestras almas infantiles. Lo que no sabíamos en aquel momento era que su fantasma nos perseguiría para siempre.

El bando franquista había conseguido mucho más que enfrentar a hermanos contra hermanos; sobre todo nos había robado el futuro y la paz interior. Nuestros recuerdos se resumían en hambre, miedo y odio. Debíamos deshacernos de ellos para intentar sobrevivir.

Cuando logramos recuperar la calma, nos pusieron en filas. El presidente Cárdenas, un hombre grande, de ojos brillantes y un porte imponente, fue saludándonos uno a uno, mientras nos dedicaba una broma, un abrazo o un apretón de manos.

—¿Cómo se llama? —me preguntó mientras me estrechaba la mano.

Estaba tan nervioso que titubeé un momento antes de contestar.

—Marco Alcalde para servirle. ¡Viva la República!

—Muy bien, muchachito. Eres de los mayores, ándale y cuídame a estos chavos. Tienen que estar fuertes y contentos hasta que regresen a casa. La guerra terminará pronto, esos fascistas son unos cobardes. Mira lo que les sucedió a los italianos en África, cuando invadieron Eritrea.

—Gracias, señor Presidente —le contesté, sin poder creer que estuviera hablando conmigo.

—Llámeme Lázaro, como el amigo de Jesús, el que resucitó de entre los muertos —me comentó mientras me acariciaba el pelo rubio.

Continuó hablando con cada niño. A algunos les daba un caramelo y a otros un abrazo, sobre todo a los que se echaban a llorar. Desde ese momento, supimos que teníamos un padre en México.

Nos sentaron en unas mesas largas con niños de México, según la edad de cada uno. El presidente y su esposa presidían el acto, sin dejar durante ese tiempo de llamar a niños españoles para continuar charlando con ellos o darles regalos.

Manuel y yo nos sentamos juntos, enfrente teníamos a dos chicos mexicanos. Se llamaban Gaspar y Baltasar. Nos hicieron gracia sus nombres y les preguntamos qué significaban.

—Somos hermanos, Gaspar y Baltasar son dos reyes magos. ¿No sabéis quiénes son los reyes magos? —nos preguntó el mayor de los dos, un chico muy bien parecido con unos enormes ojos negros.

—No, nunca hemos oído hablar de ellos —dijo Manuel.

—Son dos de los magos que fueron a ver a Jesús en Navidad y le llevaron regalos. ¿A vosotros quién os lleva regalos en Navidad? —dijo Gaspar, extrañado.

—Nuestros padres. En mi familia ningún rey se atrevería a llevarnos nada. Nosotros somos republicanos.

—Pinche, ¿cómo es posible que ustedes no sepan quiénes son los reyes magos?

Después de la comida nos dejaron jugar a todos juntos y nos enteramos de que los niños mexicanos se irían con nosotros a un lugar llamado Morelia. No sabíamos dónde quedaba y aunque nos lo hubieran dicho, tampoco nos hubiéramos enterado; aquel país era completamente desconocido para nosotros.

Ana se me acercó y me pidió que la ayudara a encontrar el baño. Caminamos por interminables pasillos hasta encontrarlo y después la esperé fuera. Al salir me miró con ojos tristes, como si acabara de acordarse de nuestros padres.

—¿Qué te sucede? —le pregunté mientras le daba un beso en la mejilla.

—Cada vez que estoy contenta me siento mal. No puedo sentirme alegre mientras nuestros padres se encuentran en peligro. Ellos siguen en España y la guerra es muy peligrosa.

—Se cuidarán, dentro de poco tendremos noticias suyas. Madre me dijo que el gobierno les prometió que podrían comunicarse con nosotros por cartas. Estas son como unas largas vacaciones, la guerra terminará pronto y podremos regresar. Lo único que te pido es que no los olvides. Eres muy pequeña y a tu edad los recuerdos se borran fácilmente. Yo te ayudaré a que los tengas siempre presentes.

Ana comenzó a llorar de nuevo.

—¿Cómo voy a olvidarlos? Son lo que más amo en este mundo.

Le puse la mano en el hombro y salimos al patio. Estaban recogiendo las mesas. Al día siguiente teníamos que tomar un tren para Morelia. No sabía lo lejos que estaba, pero ya habíamos recorrido medio mundo para llegar allí.

Manuel y yo nos subimos a una azotea y contemplamos el bello anochecer en la Ciudad de México. Hacía fresco y el cielo tenía un color rosado que nos recordó a España.

—¿Te imaginabas México así de hermoso? —me preguntó mi amigo.

—Si te soy sincero, no me lo imaginaba. Preferiría estar en Madrid, aunque me lanzaran bombas todos los días. Nadie quiere dejar su tierra, hay algo que nos une a ella y, al dejarla atrás, nos arrancan una parte del corazón. Recuerdo la Plaza de Cibeles, el Parque del Retiro, la Casa de Campo y la Gran Vía. Dicen que de Madrid al cielo.

—Yo nunca he estado en Madrid —comentó mi amigo.

—Cuando todo esto termine tendrás que venir a mi casa, yo te lo enseñaré todo.

Manuel me sonrió, como si intuyera que aquella promesa tardaría mucho en cumplirse. El mundo parecía estar loco. La gente se mataba y moría por sus ideales, sin llegar a entender que la única ideología que merece la pena es aquella que convierte a todos los hombres en hermanos.

CAPÍTULO 19

# UNA CIUDAD DE PROVINCIAS

*Morelia, 9 de junio de 1937*

Al día siguiente, regresamos a la Estación Colonia. Subimos a un tren muy largo, al parecer pasaríamos la noche allí, ya que no llegaríamos a nuestro destino hasta el día siguiente. En nuestro vagón nos encontramos de nuevo con Gaspar y Baltasar. Al salir de la Ciudad de México, nos sorprendió ver que el paisaje era mucho más seco, pero igualmente misterioso y diferente a todo lo que conocíamos.

—¿Se animan a ir hasta la máquina de vapor? —me preguntó Baltasar, el menor de los dos hermanos.

Le hicimos un gesto con la cabeza y comenzamos a recorrer nuestro vagón, que era uno de los últimos. Los cuidadores, los profesores y algunas enfermeras se encontraban en el de cola, aunque de vez en cuando venían a ver si todo marchaba bien. La mayor parte del tiempo los chicos hacíamos lo que nos apetecía. Llegamos a un vagón de carga y después al de carbón, que comunicaba con la máquina del tren. Vimos a un hombre de espaldas, llevaba la ropa negra de hollín y al escuchar un ruido se giró.

—¿Qué hacen aquí, muchachos? Los pasajeros no pueden entrar en esta zona.

—Gil, deja a los chicos —le dijo el maquinista al fogonero.

Pasamos hasta la máquina y el hombre nos sonrió. Hizo sonar el silbato del tren y nos dejó ver los controles.

—No vamos muy rápido. Me han pedido que ande con cuidado por ustedes, para nosotros es como si fueran de porcelana —dijo el maquinista, que después nos enteramos se llamaba Gilberto Arellano y que, junto a su ayudante, estaban haciendo aquel viaje de forma gratuita, en apoyo a los niños españoles.

—¿Cómo es España? —preguntó Gilberto.

Nos sorprendieron las palabras del maquinista. Lo cierto es que no lo sabíamos. Mi amigo y yo apenas habíamos visto nada fuera de nuestras ciudades y el camino hasta Francia.

—Es muy distinta, pero al mismo tiempo es muy parecida. La gente es más seria, menos alegre, pero cuando hay fiestas todo el mundo se anima. Los edificios son muy antiguos, como si los hubieran construido los romanos y la gente pobre es muy pobre y la rica es muy rica.

No estaba muy contento con mi descripción, pero no sabía en aquel momento que la idea de un país es mucho más que la suma de sus características. En el fondo, una nación es una idea, una especie de vivencia que no es fácil de explicar.

—Como en todas partes. Nuestro presidente es muy bueno, pero los españoles nos dejaron una herencia muy mala. Pobreza, desigualdad y hambre. Algún día las cosas cambiarán. Los pueblos deben hermanarse, por eso decidimos ofrecernos de voluntarios para este viaje. Puede que el color de nuestras pieles sea diferente o el de nuestros ojos, pero por nuestras venas corre la misma sangre roja.

Nos quedamos con ellos un par de horas y nos ofrecieron parte de su almuerzo. Después nos fuimos a nuestro vagón. Estábamos cansados. Los últimos días habían sido agotadores, las emociones pueden producir el mismo cansancio que el trabajo duro. No es sencillo subir y bajar constantemente la noria que habíamos vivido de sentimientos.

Al despertar nos encontrábamos ya muy cerca de Morelia. La estación de tren era más modesta que la de la Ciudad de México, pero la mitad del pueblo había salido a recibirnos. Aquella masa humana interminable, tan parecida a otras que habíamos visto, nos recibió con el mismo entusiasmo. Tal vez eso fue lo que nos produjo una impresión tan honda al ver el lugar que nos habían preparado. Todos imaginábamos un palacio, una residencia espectacular, con muebles bonitos y salones acogedores, pero la realidad volvió de nuevo a sorprendernos.

El gobernador Gilgardo Magaña dio el discurso de bienvenida, y después recorrimos la avenida principal, entre vítores y confeti, hasta la Escuela España-México. Las calles nos resultaban familiares, algunos niños andaluces comentaron que se parecían a las de Sevilla, con pequeñas villas con patios hermosos de azulejos. Anteriormente, al parecer la ciudad se llamaba Nueva Valladolid, pero le habían cambiado el nombre en honor a un ilustre hijo de la ciudad.

Las autoridades nos llevaron hasta dos edificios grandes, separados por un patio enorme, que al parecer habían sido anteriormente conventos de monjas. La multitud se quedó en la puerta y nosotros formamos frente al director. Los edificios por fuera parecían lúgubres, como si fueran los pabellones de una cárcel.

—Niños y niñas españoles y mexicanos, mi nombre es Lamberto Moreno y esta es la Escuela España-México. Nuestro amado país los ha acogido, mostrando la hospitalidad mexicana, aun a aquellos que representan la opresión y el colonialismo más cruel. Nosotros, los mexicanos, sufrimos los rigores de su imperio, pero a pesar de todo nos hermanamos con su República por la causa de la libertad. Los mexicanos siempre nos hemos ganado todo con esfuerzo y tenacidad, nadie nos regaló nada y por eso, aquí nadie les dará nada gratis, como dicen allí. Deberán ganarse el pan con el sudor de la frente; no queremos vagos, perezosos ni maleantes. Deberán ser un ejemplo para Morelia y sus compañeros mexicanos. Un invitado debe saber comportarse en casa ajena, ya que esta no es su casa. Ahora las chicas irán a aquel edificio y los chicos a este. Lo harán en orden, como si estuvieran en el ejército. Cada acto de indisciplina será duramente castigado. Háganse a la idea de que esto es un cuartel y ustedes soldados pequeños. Así que cada uno a sus barracones. Se les ha asignado cama, utensilios para el aseo personal y comida. Tendrán tiempo libre hasta la comida, después ayudarán a limpiar las salas antes de la cena. Mañana empezarán oficialmente las clases.

Los niños comenzaron a hablar, sobre todo los chicos mayores. Manuel y yo intentamos abstenernos, pero las palabras del director eran cada vez más insultantes.

—¡Malditos gachupines, son unos ingratos! Si pudiera me abriría las venas y me sacaría hasta la última gota de sangre española que tengo. Son una raza abominable.

Los chicos mayores comenzaron a arrojarles al director y a los profesores todo lo que tenían a mano. Los pequeños gritaban y lloraban, y el caos se hizo total. Yo interiormente temía las represalias de aquel hombre que parecía amar tan poco a los españoles.

Las palabras del director Lamberto Moreno nos dejaron sin aliento. En todos los lugares que habíamos estado el amor del pueblo mexicano se había podido percibir en cada abrazo, grito y gesto, pero ahora nos sentíamos como prisioneros.

Los chicos mayores siguieron lanzándoles cosas a los profesores, sobre todo los de San Sebastián, que parecían unos verdaderos mafiosos y que a partir de ese momento intentaron imponer sus normas en la escuela, saltándose clases y talleres de formación. Solo se los veía a las horas de la comida. El director se limitó a colocar el horario en la parte de la entrada.

Me despedí de Ana e Isabel con la mano; no me hacía mucha gracia separarme de ellas, pero no me quedaba más remedio. Los más pequeños sí que sufrieron la brusca acogida del director. Algunos lloraban y pedían regresar a sus casas.

Al entrar en el edificio de los chicos nos dimos cuenta de que aquello parecía los restos de un naufragio. Las paredes desconchadas y llenas de humedad, los suelos sucios y deslucidos, las ratas corriendo y chillando por los pasillos. Al poco tiempo todos nos llenamos de piojos y chinches.

En la segunda planta estaban los pabellones largos con las camas, al menos estas y las mantas eran nuevas. Manuel y yo elegimos dos al lado del pasillo. No nos fiábamos de los abusones con los que compartiríamos el dormitorio. En especial los que enseguida cogieron la peor fama. A algunos de ellos apenas los había visto desde el viaje, pero convirtieron aquel duro internado en un verdadero infierno.

A la hora de la cena todo el mundo bajó puntualmente. A pesar de las luchas entre los chicos y la desesperación de los profesores y el director, la comida era sagrada para todos. Nos sentamos a una mesa cerca de mis hermanas y esperamos con impaciencia lo que nos habían preparado.

Unas mujeres salieron de la cocina y comenzaron a preguntarnos si nos gustaban las tortillas. Todos respondimos que sí, llevábamos sin comer tortilla de patata desde antes de la guerra. En España era casi imposible conseguir huevos y patatas. Las mujeres se fueron con una sonrisa y al rato regresaron con unas cestas pequeñas y las dejaron encima de las mesas, también frijoles y diferentes salsas, carne troceada y otras cosas que nunca habíamos visto.

Abrimos las cestas y vimos unas tortas finas y redondas, las miramos confundidos. Sabían secas e insípidas.

—¿Qué es esto? —le pregunté a una de las mujeres que servían las mesas.

—Son tortillas mexicanas —respondió muy seria, como si creyera que le estaba tomando el pelo.

—¿Tortillas? No veo la patata y los huevos por ningún lado —dije mientras la volteaba.

Los chicos comenzaron a quejarse y a gritar.

—¡Queremos tortilla española!

—No tenemos de eso —dijo una de las cocineras, con el ceño fruncido.

Un compañero lanzó una tortilla mexicana por los aires y esta voló hasta aterrizar en la cara de otro chico. Entonces todos comenzaron a arrojar las tortillas al aire, que volaban de un lado al otro, ante la impotencia de nuestros cuidadores.

—¡Malditos españoles! —dijo uno.

Los niños mexicanos, muchos de ellos pobres y que no habían visto tanta comida nunca, devoraban las tortillas en silencio después de rellenarlas. Algunos teníamos tanta hambre que no tardamos en imitarlos.

Muchos de mis compañeros se fueron a la cama esa noche sin cenar, pero siguieron alborotando y rompiendo todo lo que encontraban a su paso. Después de la euforia de la llegada y los parabienes que nos habían dedicado los políticos y el pueblo mexicano, nos acostamos con la sensación de que algo no marchaba bien. No tardaríamos en descubrir trágicamente, que en el fondo estábamos abandonados a nuestra suerte.

CAPÍTULO 20

# EL INCIDENTE

*Morelia, 18 de junio de 1937*

LA PRIMERA NOCHE EN LA ESCUELA España-México fue terrible. Se escuchaba a los murciélagos revoloteando por los techos, las ratas corrían por el suelo, por debajo de nuestras camas. Algunos chicos mayores molestaban a los más débiles y pequeños, pero logramos llegar al día siguiente indemnes. No hacía demasiado frío y estábamos tan agotados que al final ganó el sueño, a pesar de estar en aquel lugar extraño y lúgubre.

Nos adaptamos a la rutina militar de la escuela. A las seis sonaba la diana y teníamos que asearnos. Después, subíamos en orden marcial por la calle hasta el edificio de las chicas, que era donde se encontraba el comedor. Más tarde íbamos a clases, donde pasaban lista. Casi todos los días había muchas ausencias, pero nunca se castigó a nadie. Era como si los profesores y nuestros cuidadores prefirieran ignorar las faltas graves de algunos chicos mayores.

Teníamos un recreo a media mañana y después regresábamos a clases hasta la hora de comer. Esa parte no se la perdían los abusones, que molestaban al resto, en especial a los niños mexicanos, que no tenían la picardía que nosotros habíamos adquirido con la guerra.

Durante todo el día intentábamos evitar a los abusones, ya fuera no pasando por los lugares que frecuentaban o yendo en grupo para defendernos mejor. A los que pillaban desprevenidos les robaban y los agredían, ante la indiferencia del director, que parecía complacido por las atrocidades que cometían aquellos delincuentes.

Al menos el subdirector era una persona amable en la que se podía confiar. Miguel Escalona Godínez era un antiguo mayor que nos trataba con cariño y respeto, y al que todos llamábamos mayor Godínez.

Después de la comida teníamos que ir a los talleres que se encontraban en nuestro edificio y, tras la merienda de las seis de la tarde, disponíamos de tiempo libre hasta las nueve de la noche.

Al principio, no salíamos del recinto, teníamos temor de lo que pudiéramos encontrarnos afuera, pero a medida que pasaban los días perdimos el miedo y comenzamos a visitar el pueblo. La gente nos recibía con cariño, aunque no tardaron en producirse los primeros roces.

Los habitantes de Morelia no estaban acostumbrados a niños como nosotros. Las coplas que cantábamos estaban llenas de frases picantes y algunos de los golfos y delincuentes robaban lo que podían al menor descuido, pero lo peor estaba por venir.

Aquella tarde salimos como las anteriores y recorrimos la calle principal saludando a la gente. Algunos nos ofrecían monedas o fruta, que solíamos cambiar por comida, ya que la que nos daban en la escuela era muy mala y escasa. Siempre teníamos hambre atrasada, sobre todo porque éramos adolescente y en la adolescencia uno nunca termina de saciarse.

Manuel y yo paseábamos cerca de una de las iglesias cuando un grupo de los chicos españoles más problemáticos le comenzó a cantar coplillas obscenas a uno de los curas que se dirigía a la iglesia. El hombre se dio la vuelta ofendido y los reprendió.

—¿Eso fue lo que les enseñaron sus padres? ¿No les da vergüenza?

—No se meta con nuestro padres, cuervo —dijo el Repeinado, uno de los peores delincuentes de nuestro grupo.

—Los tendrían que enviar de regreso a su país, sois mala gente —dijo el cura mientras se metía apresuradamente en la iglesia.

—Será hijo de… —comentó el Repeinado. Después tomó una piedra y la arrojó justo cuando se cerraba la puerta.

—¿Qué haces? —le pregunté, sorprendido por su osadía.

—Madriles, tú no te metas —me contestó burlón.

Manuel me agarró por un brazo y me llevó a un lado.

Los chicos comenzaron a coger piedras y se acercaron a los vitrales de colores de la iglesia. Luego lanzaron las piedras con todas sus fuerzas mientras blasfemaban y se reían a carcajadas. Para ellos la Iglesia Católica era el enemigo y no entendían la religiosidad de los mexicanos.

Los cristales comenzaron a estallar y los fragmentos se desperdigaban por la calle como una lluvia de colores, mientras dentro se escuchaban los gritos de algunas mujeres que estaban rezando.

El Repeinado corrió hacia la iglesia, abrió la puerta y seguido por sus secuaces, lanzó piedras contra las imágenes de madera, dañando varias, antes de quedar satisfecho. Después salieron a toda prisa dirigiéndose a la otra iglesia, mientras animaban a otro grupo de españoles a unírseles.

—Vámonos para el colegio —me dijo Manuel, inquieto.

—Tenemos que avisarle a la policía —le dije preocupado. Si nos acusaban de destruir las iglesias a los pocos días de llegar a la ciudad, no sabía cuánto tiempo aguantaríamos en México. Había logrado leer un periódico unos días antes y la guerra continuaba en España. Los fascistas continuaban avanzando y todo indicaba que dudaría uno o dos años más.

—Nos echarán la culpa de lo sucedido —dijo mi amigo.

Estaba decidido a avisarle a la policía cuando vimos a los pillos correr hacia nosotros seguidos por medio centenar de mexicanos airados. No lo pensamos dos veces. Echamos a correr a toda prisa hacia la escuela y cerramos el portalón en cuanto entramos todos. Colocamos el cerrojo y nos ocultamos en el edificio principal. Desde donde estábamos, podíamos escuchar cómo crujía la madera del portalón y los gritos de los airados morelianos, que pedían salieran los vándalos.

El mayor Godínez nos vio escondidos en la habitación y nos preguntó lo que había sucedido. Se lo expliqué brevemente y fue a hablar con sus paisanos. Primero les pidió que se calmaran y después abrió el portalón. Nosotros lo observábamos desde las ventanas agazapados, para que no nos vieran.

—Esos niños españoles son unos diablos —dijo uno de los mexicanos.

—Son unos críos y en España las cosas son muy distintas. Allí la iglesia está en contra de la República, como aquí durante la Revolución. No se repetirá —dijo el mayor Godínez. Su aspecto rechoncho y bonachón no parecía influenciar a los furiosos feligreses de las iglesias apedreadas.

Mientras el mayor Godínez intentaba calmar los ánimos, uno de los profesores llamó a la policía para que protegiera el colegio. Unos minutos más tarde, la policía acordonó el edificio y pidió a los manifestantes que se disolvieran. La gente al final se fue, pero durante días no pudimos salir a la calle y la policía custodió la escuela.

La vida en Morelia terminó por normalizarse. Los días eran algo más cortos y fríos; aunque la temperatura casi constante en aquella región del país era de unos veinte grados, algunas mañanas eran más frescas. Las Navidades se aproximaban y todos nos sentíamos aún más desanimados. No teníamos noticias de nuestros padres y la perspectiva de celebrar en aquel lugar la Navidad nos parecía espantosa. Era cierto que nosotros no la celebrábamos como los católicos, pero solíamos reunirnos con la familia y hacer una comida especial.

Las cosas se habían calmado un poco después del incidente de las iglesias, pero los abusones seguían haciendo lo que se les antojaba en la escuela. Manuel y yo nos habíamos aliado a unos chicos asturianos e intentábamos proteger a algunos de los mexicanos, en especial a Gaspar y a Baltasar, de los que nos habíamos hecho buenos amigos.

Aquella mañana escuchamos gritos en el patio, era la voz de Saturnino, uno de los vigilantes que se encargaban de abrir y cerrar el portalón.

—¿Habéis escuchado eso? —preguntó Manuel.

Bajamos las escaleras y salimos al patio. Saturnino se encontraba junto al portalón. Estaba de rodillas y a su lado sobresalían los pies de un niño. Corrimos hasta él y vimos el cuerpo inerte de Paquito.

—Es Francisco Nevot Satorres —dijo uno de los asturianos.

Miramos el cuerpo renegrido. Le faltaba parte del pelo y tenía una expresión terrible de dolor.

—¿Qué ha sucedido? —le preguntamos a Saturnino.

—No lo sé —contestó el hombre algo aturdido.

Escuchamos voces al otro lado del portalón.

—¡Abra la puerta! —le ordenamos a Saturnino.

El hombre titubeó un momento, pero al final quitó el seguro y la abrió.

Cuatro chicas temblando nos miraron, se abrazaron a nosotros y comenzaron a llorar.

—¿Qué ha sucedido? —les preguntamos.

—No lo sé —dijo la hermana pequeña de Francisco—. Ayer fuimos al cine y al regreso se nos hizo un poco tarde. Llamamos a la puerta, pero nadie nos abrió. Estábamos aterrados. Golpeamos y pataleamos, pero el vigilante nos advirtió que a esas horas ya no se abría el portalón. Mi hermano Francisco comenzó a escalar la pared para saltar la tapia. Lo vimos llegar arriba y saltar al otro lado, y enseguida escuchamos un grito y un chispazo.

La niña se echó a llorar. Francisco era su único hermano y ahora se había quedado completamente sola. Sus amigas la abrazaron. Unos minutos más tarde medio centenar de niños y niñas rodeaban al cadáver.

Lamberto Moreno, el director, llegó a medio vestir y al ver al niño calcinado comenzó a gritar fuera de sí.

—¡Malditos españoles! ¡Qué mala suerte tengo! ¡Salgan todos de aquí! Cada uno a su dormitorio.

Nos fuimos cabizbajos a nuestros respectivos edificios. Afortunadamente, mis hermanas no habían visto nada, pensé mientras me sentaba en mi camastro.

—¿Para qué nos han traído aquí? —preguntó Manuel indignado.

—Para matarnos —contestó uno de los asturianos.

Quería animarlos, decirles que todo saldría bien, pero no teníamos fuerzas ni para eso. Yo también me preguntaba qué hacíamos en el otro extremo del mundo, donde nadie se preocupaba por nosotros. Al menos en España, a pesar de la guerra y el hambre, nuestros padres nos querían y no habrían dejado que nos sucediera nada malo.

El día se hizo largo, casi nadie durmió tranquilo aquella noche. Al día siguiente por la mañana temprano era el entierro. Cuatro de los compañeros de Francisco llevaron el ataúd blanco por la calles de Morelia, mientras los demás los seguíamos en silencio. Los pequeños lloraban y el resto nos tragábamos las lágrimas sintiendo una mezcla de furia y miedo.

El funeral fue muy frío y rápido. Todos nos mantuvimos callados, sufriendo en silencio y, por primera vez desde que habíamos comenzado aquel viaje, éramos conscientes de que algo nos había unido para siempre y que ya nunca nada podría separarnos. Pertenecíamos al ejército de los desamparados, de los pobres niños de Morelia, pero estábamos dispuestos a pedir justicia. Sabíamos que los únicos culpables eran el director y sus colaboradores, que desde el principio nos habían tratado con desprecio e indiferencia.

Al terminar el funeral, los enterradores bajaron el cuerpo de nuestro compañero a la fosa. Mientras mirábamos incrédulos cómo la tierra sonaba al caer sobre la madera recién cortada, nuestra indignación fue creciendo. Uno de los chicos mayores comenzó a gritarle al director. Tomó unas piedras y se las lanzó, sin llegar a acertar. El hombre lo miró aterrorizado y salió corriendo hacia la iglesia. Los profesores lo siguieron mientras los chicos comenzaban a apedrearlos. El director y los profesores se encerraron en la iglesia, pero todos nosotros los seguimos con piedras en las manos y las caras húmedas por las lágrimas. Entramos en la iglesia y comenzamos a destruirlo todo. Yo no podía pensar, nunca me había dejado llevar por la furia de esa forma, sentía que mi rabia se disolvía en medio de aquella turba descontrolada y frenética.

El director logró escapar hasta la escuela y hasta allí lo seguimos y lo acorralamos junto a algunos cuidadores y cocineras que durante todos esos meses no habían hecho otra cosa que insultarnos y maltratarnos. Un tal Cabanillas nos gritaba desde el otro lado de la puerta de uno de los edificios que nos merecíamos lo que había sucedido, por ser chusma española.

La policía llegó para socorrer al director y a sus colaboradores, que abandonaron la escuela bajo fuertes medidas de seguridad. Aquel fue el único regalo de Navidad que recibimos ese año. Habíamos comenzado 1937 en España, junto a nuestras familias; ahora estábamos en un país extraño, cuidados por gente indolente y maliciosa, que robaba del dinero que el gobierno de México pagaba por nosotros para enriquecerse.

Encontré a mis hermanas en una de las salas del edificio de las chicas. Se veían tan tristes como el día que nos despedimos de nuestra madre en Burdeos. Las abracé a las dos, esperaba al menos que mi calor pudiera sacar de sus corazones aquel día tan triste. Isabel me miró a los ojos y sin hablar me pidió que las sacara de allí, y aquella noche me juré que regresaríamos a España. Queríamos morir en nuestra tierra, al lado de las personas que más nos amaban en el mundo. No importaba el tiempo que tardáramos en conseguirlo y lo duro que pudiera ser el viaje. Nada podía separarnos de mis padres, superaríamos cualquier obstáculo y prueba que encontrásemos en el camino, porque poseíamos la mayor fuerza que puede experimentar un ser humano: la invencible fuerza del amor.

# Parte 3

# MORELIA

CAPÍTULO 21

# LA HISTORIA DE UN VIAJE

*Morelia, 6 de enero de 1938*

LA NOCHE MÁGICA EN LA QUE unos seres míticos les traían regalos a todos los niños de la tierra, fue una de las más tristes en Morelia. La mayoría de nosotros no celebrábamos en España la llegada de los reyes magos. En muchas localidades se dejó de conmemorar, y en Madrid se sustituyeron los reyes magos por las reinas magas, como burla al cristianismo. Manuel, algunos de mis amigos y yo habíamos reunido algunas cosas para darles una sorpresa a los más pequeños, entre ellos a mis hermanas. Las habíamos escondido en uno de los talleres. Cuando todos se fueron a dormir, las recogimos y las colocamos junto a los zapatos de los chicos, mientras que algunas de las chicas mayores hacían lo mismo para las niñas pequeñas. Ya no éramos los cuatrocientos cincuenta y seis que habíamos llegado unos meses antes, apenas quedábamos poco más de doscientos ochenta y cinco españoles sin contar los mexicanos. La mayoría de los que ya no estaban habían ido a vivir con familias de la zona o se habían tenido que marchar por la edad. Habían sido llevados a la Ciudad de México.

Después de colocar los regalos nos fuimos a la cama.

—¿Qué piensas? —me preguntó Manuel.

—No lo sé, esto no es como imaginaba. Las cosas van de mal en peor.

—He oído que traerán a un nuevo director.

—Ojalá, pero no me hago muchas ilusiones —le contesté.

Nos dormimos de una forma tan profunda, que no despertamos hasta escuchar los gritos de los más pequeños. Pensamos que eran de alegría; así que corrimos hasta su habitación, pero desde lejos nos dimos cuenta de que al lado de los zapatos no había regalos. Nos miramos extrañados. ¿Dónde estaban? Pensamos que habían sido de nuevo los chicos mayores. Los niños pequeños continuaban gritando y llorando. Al acercarnos, uno de ellos, llamado Miguel, me abrazó.

—¿Qué sucede?

—Los zapatos —dijo, señalando.

Nos acercamos a los zapatos y enseguida detectamos el mal olor. Miramos en su interior y estaban llenos de heces. Alguien se había entretenido la noche anterior defecando en los zapatos de los pequeños y quitándoles sus regalos.

—¡Esto es el colmo! —grité furioso.

—¿Qué vas a hacer? —me preguntó Manuel, preocupado.

Fui corriendo a nuestro dormitorio. Cinco de los abusones se reían a carcajadas con el llanto de los pequeños. Me paré delante del jefe del grupo y lo miré fijamente a pocos centímetros de su cara.

—¿Qué te sucede, Madriles? ¿No te han dejado ningún juguete los reyes magos? Pensaba que los rojos no creíais en esas cosas.

—¡Sois unos malditos bastardos! Hacerles eso a unos niños pequeños después de todo lo que han pasado. ¿Qué clase de bestias salvajes sois?

—La clase que puede patearte el hígado. Déjanos en paz, al menos podemos divertirnos con algo, esos mocosos tienen que aprender cómo es la vida. Ya no están sus padres a su lado para mimarlos.

Apreté los puños y me lancé al cuello del jefe. Nos peleamos en el suelo. El tipo logró ponerse encima y comenzó a darme puñetazos. Manuel le dio un empujón y se lanzó sobre él. Los asturianos y los dos hermanos mexicanos se ocuparon del resto. Mientras me levantaba dolorido y con un ojo morado, sonreí levemente. Por fin esos tipos tenían su merecido.

Al rato escuchamos los pasos de dos cuidadores. Debíamos haber armado un buen escándalo para que vinieran a separarnos.

Nos fuimos del edificio contentos de habernos enfrentado por fin a aquellos abusones. Al menos sabrían a partir de aquel momento que no podrían seguir haciendo sus fechorías sin tomar un poco de su propia medicina.

# CAPÍTULO 22

# HAMBRE Y CHINCHES

*Morelia, 10 de enero de 1938*

UNOS DÍAS MÁS TARDE LLEGÓ EL nuevo director. No teníamos mucho que perder; después de la experiencia con Moreno, cualquiera podía hacerlo mejor, pero para nuestra sorpresa las cosas empeoraron. El nuevo director llegó de incognito unos días después del Día de Reyes y habló con algunos chicos haciéndose pasar por periodista, con el fin de conocer de primera mano lo que sucedía en la escuela. Al día siguiente reveló su verdadera identidad, para sorpresa de muchos que le habían hablado del maltrato del anterior director.

Reyes Pérez, que así se llamaba, era un hombre implacable. Desde el principio se propuso imponer disciplina militar tanto en el edificio de los chicos como en el de las chicas. Nunca me han gustado las órdenes ni la disciplina militar, creo que las cosas deben hacerse pensando en la convivencia y la solidaridad, en lugar de intentar mantener un orden jerárquico.

El nuevo director se presentó ante nosotros con uniforme,

botas negras altas y una guerrera color caqui. No tenía un cuerpo muy marcial, pero enseguida nos impuso su aspecto.

—Muchachos y muchachas de la Madre Patria. Han tenido una amarga experiencia en estos primeros seis meses en México, pero las cosas van a cambiar. Lo primero que les prometo es que podrán tener correspondencia con sus padres. Soy consciente de que hasta el momento no se han contactado con ustedes, pero les suplico que tengan un poco más de paciencia. Mañana recogeremos todas las cartas que puedan escribir, y esperamos que a la vuelta de uno o dos meses obtengan su respuesta. Mejorará la comida, la limpieza y el cuidado del recinto. Desinfectaremos, organizaremos y los ayudaremos a convertirse en hombres y mujeres de provecho. Cuando regresen a España, llevarán a su gran nación el conocimiento adquirido, con el fin de que la República pueda rehacerse tras la guerra.

Nos gustaron mucho sus palabras. A pesar de lo que piensan los adultos, los adolescentes aprecian la disciplina, necesitan tener claras las reglas y los límites para aplicarlos a su propia vida. Los niños que han sido criados en la anarquía terminan por convertirse en adultos inseguros, caprichosos e infelices, pero lo que no imaginábamos era que aquellas mejoras tendríamos que pagarlas con más sufrimiento.

—Para mantener el orden, la disciplina y poder trabajar mejor, nos organizaremos de forma jerárquica. He elegido entre vosotros a los más capaces y a los que tienen cualidades de liderazgo. A esos se les otorgará un rango y tendrán que obedecerles como si fuera yo mismo el que da las órdenes. ¿Lo han entendido?

Asentimos y gritamos a coro:

—¡Sí, señor!

El director comenzó a nombrar a los diferentes responsables y a darles pequeñas insignias, para que todos conociéramos sus nuevos cargos. Me sorprendió que la mayoría de los chicos que nombraba eran verdaderos abusones con los que me había tenido que enfrentar en diferentes ocasiones: El Repeinado, el Rubio, Luis y otros chicos aún peores eran los elegidos por el nuevo director para impartir orden. De aquel "grupo de choque", como el director lo llamaba, la mayoría faltaba a clase, amenazaba a los demás alumnos, intentaba acosar a las chicas y robaba en el pueblo. Entre los profesores seleccionó a un grupo de comunistas tan estrictos como él mismo.

El último en nombrar fue a mí, lo que me sorprendió. Tal vez porque le habían llegado rumores de que me había peleado con los abusones el Día de Reyes.

Los cambios, en contra de lo que pensábamos, empeoraron la situación. Es cierto que mejoraron las condiciones de higiene, de comida y que los horarios comenzaron a cumplirse a rajatabla, pero el precio que tuvimos que pagar fue vivir en un clima de terror, en el que los abusones podían hacer lo que se les antojara. Yo era el único freno que tenían, aunque cuando no estaba presente no dudaban en abusar de cualquiera de mis compañeros.

Aquella tarde la dedicamos a redactar nuestras cartas. Fui a buscar a mis hermanas y los tres nos sentamos debajo de un árbol a escribirles a nuestros padres.

Al principio las palabras no fluían. Nos habían pasado muchas cosas, aunque dudábamos qué contarles y qué callarnos, para no preocuparlos aún más de lo que ya debían estar.

—¿Qué has puesto en tu carta? —me preguntó Ana, que apenas había avanzado unas líneas en la suya.

—¿Queréis que la lea en alto?

Las dos asintieron y me incliné ante aquella hoja amarillenta y repasé con la mirada mi letra de trazo fino, casi perfecto.

Queridos padres:

A la presente espero que estéis bien de salud. Hace más de seis meses que no sabemos nada de ustedes, aunque esperamos que se encuentren bien. Ignoramos lo que pasa en España, aquí apenas nos llegan noticias de fuera.

El trayecto hasta México fue tranquilo. A pesar de que no es fácil viajar en un barco en alta mar, logramos llegar sin demasiados inconvenientes a Cuba, donde la gente nos recibió con mucho cariño y entusiasmo, para después continuar viaje y atracar en el Puerto de Veracruz.

Los mexicanos nos recibieron con los brazos abiertos, nos dieron lo que tenían y sobre todo su caluroso afecto. El clima y la gente a este lado del mundo son muy cálidos. Siempre están alegres y sonrientes, y les gusta cantar y celebrar, aunque son más cuidadosos en sus palabras que nosotros.

Lo que más nos gustó de México al llegar fue la fruta, que se parece muy poco a la nuestra, pero es muy rica. La comida mexicana es muy picante y diferente a la de España. No nos gusta mucho, pero ya estamos acostumbrados.

Vivimos en Morelia, una ciudad pequeña en el interior del país. La localidad es tranquila, la gente amable y nos trata muy bien. Hemos tenido algunos problemas con los católicos. No les gustan las canciones revolucionarias y no entienden por qué no vamos a misa.

Los chicos y las chicas estamos en grupos aparte y convivimos con algunos niños mexicanos pobres. Todos los días vamos a la escuela y por la tarde a los talleres para aprender un oficio.

Padre, estoy en el taller de impresión, para que cuando regrese a España pueda ayudarte en la imprenta. Isabel y Ana están en uno de costura, seguro que os hacen algunas prendas para llevaros de regalo cuando volvamos a España.

Os echamos de menos, os queremos mucho. Es triste que necesitemos un océano de por medio para descubrir que sois lo más importante de nuestra vida. Nos habéis dado la existencia, el cariño y el amor que nos ha convertido en personas plenas. Echamos muchas cosas de menos, aunque lo que realmente añoramos son vuestros abrazos y vuestros besos.

Daría lo que fuera por volver a veros, sentarme a vuestros pies y escuchar las historias familiares que tanto os gusta contar. Recuerdo vuestra sonrisa y no sé por qué os imagino bailando en la Verbena de la Paloma. Padre siempre pone esa cara de satisfacción, cuando las palabras no pueden expresar lo feliz que se siente y tú, madre, esa sonrisa capaz de devolvernos la paz en medio de la peor tormenta.

Lo que más nos cuesta de esta separación es saber que un día lejos de vosotros es un día perdido. Vivimos para volver a encontrarnos de nuevo. Ese día será el más feliz de nuestra vida. Os echamos de menos.

Un fuerte beso y abrazo de vuestro hijo que os quiere,

Marco Alcalde

Cuando levanté de nuevo la vista, mis hermanas estaban abrazadas. Sus ojos llenos de lágrimas me recordaron el cielo azul de Madrid. Echaba de menos mi patria, pero sobre todo la voz de mi madre llamándonos a desayunar antes de ir a la escuela, la tos de fumador de mi padre, las comidas en familia, las comidas de la abuela, las flores con las que mi madre adornaba el jarrón del salón en primavera, el frío, el calor y las calles de mi ciudad.

—Vamos, tenéis que terminar vuestras cartas para que me las lleve —las animé a las dos.

Isabel se puso a escribir y ayudé a Ana a redactar la suya. Después las guardé en los sobres y caminé despacio hasta mi edificio. Más tarde las llevé al despacho del director y las dejé en la mesa. Estaba a punto de salir cuando escuché una voz detrás de mí.

—Marco. ¿Te llamas Marco, verdad?

—Sí, señor director.

—Espero que cumplas con honor la tarea que te he encomendado. Te he estado observando, eres un chico con dotes naturales de mando. Eso es algo bueno, pero no te tuerzas, estaré vigilando. La única persona a la que debes obedecer es a mí. No cuestiones mi autoridad y todo irá bien. La guerra en España parece estancada, no regresaréis pronto a casa, por eso será mejor que sigáis las normas y en la medida de lo posible disfrutéis de la estancia en México.

—Sí, señor director —contesté algo intimidado.

Reyes Pérez no era un mal hombre, simplemente tenía una idea del mundo que se diferenciaba mucho de la mía. Para él la vida tenía que ser controlada hasta el detalle, la gente debía obedecer y no hacer muchas preguntas. El mundo en el que creía era un cuartel, en el que cada cosa tenía su sitio y su momento. Soñaba con una cárcel dorada para mostrarle al mundo lo que podía hacer con aquellos españoles rebeldes e indisciplinados. Nunca comprendió nuestro dolor, no se puso en nuestro pellejo y por eso jamás nos entendió plenamente. Comprendí que aquel hombre tenía que cumplir una misión: entregar a España los niños que esta le había dejado a su cargo, sin importar lo que pasara durante el tiempo que tuviéramos que vivir en México.

CAPÍTULO 23

# LA FAMILIA

*Morelia, 20 de marzo de 1938*

UNA DE LAS TARDES LIBRES, MIS amigos y yo nos fuimos a caminar por la ciudad con mis hermanas. Necesitábamos salir un rato de la escuela, donde cada vez nos sentíamos más presionados. Nunca habíamos tenido la sensación de encontrarnos en un verdadero hogar, pero desde la llegada del nuevo director, el régimen cuartelario que había impuesto se nos hacía insoportable. Siempre que salíamos nos cruzábamos con una pareja muy mayor que nos saludaba con mucho cariño, se llamaban Octavio y Soledad Ponce.

—Hola muchachos. ¿Cómo están? —nos preguntaron sonrientes.

—Muy bien, señores Ponce —les contestó Manuel.

Mi amigo parecía haberse adaptado mejor que yo a la vida en México, incluso tenía un poco de acento. Yo sabía que regresaría a casa. Estaba muy agradecido al país que me había acogido, pero contaba los días para reunirme de nuevo con mi familia.

—Tengo unos dulces para ustedes —dijo la anciana.

Nos dirigimos todos a su casa. Era muy humilde, pero siempre tenían algo para los niños de la escuela.

—¿Cómo están sus padres? —les preguntó Octavio a nuestros amigos mexicanos.

—Muy bien, gracias a Dios. Esperamos verlos este verano —dijo Gaspar.

Los niños mexicanos, a excepción de los huérfanos, podían ver a sus padres en algunas fiestas y recibían cartas asiduamente.

Nos sentamos alrededor de una mesa redonda y el anciano trajo limonada para todos.

—Estas niñas tan guapas querrán un refresco —dijo el hombre.

Mis hermanas me miraron antes de tomar los vasos, no querían parecer mal educadas, pero aquellos dulces y la limonada eran un manjar comparado con lo que recibíamos en la escuela.

Nuestra ropa estaba en mal estado y nos quedaba pequeña. Desde que habíamos llegado apenas nos habían dado camisas y pantalones nuevos. Los zapatos estaban ajados y cuando llovía se nos empapaban los pies.

—¿Por qué no les compran ropa? —preguntó la mujer—. Estoy segura de que el presidente Cárdenas no está enterado de todo esto.

—Ojos que no ven, corazón que no siente —le contesté—. Seguro que se fía de las personas que nos cuidan, pero alguien se queda con el dinero de la escuela. Además de recibir los beneficios de las cosas que hacemos en los talleres.

—Madre de Dios —dijo el anciano.

—¿Saben cómo va la guerra en España? —le pregunté al señor Ponce, que normalmente nos informaba de lo que le contaban en la cantina o escuchaba en la radio.

—Los franquistas avanzan por Aragón.

—¿Por Aragón? —dije, alarmado. Sabía qué si lograban conquistar esa zona, Cataluña sería la siguiente en caer.

—¿Eso es malo? —preguntó Ana, que cada día que pasaba crecía más y parecía estar olvidando poco a poco a mis padres.

—Sí, la República cada vez pierde más terreno —dijo Isabel, furiosa ante la perspectiva de quedarse más tiempo en México.

Continuamos la merienda y después nos despedimos de la pareja.

—En un par de días les prepararé otra merienda, que están muy flaquitos —dijo la señora Ponce.

La abrazamos y la mujer nos apretó con fuerza, como si intentara transmitirnos algo de amor en medio de aquel desierto de afectos. Era una de las cosas que más echábamos de menos. Yo intentaba demostrarles mi cariño a Ana e Isabel, pero durante el día apenas nos veíamos, solo lo hacíamos en las comidas y a veces por las tardes, durante el tiempo libre. Mis hermanas sí parecían estar muy unidas, pero yo me sentía cada vez más alejado de ellas.

Una de las cosas que había notado desde la llegada a Morelia era que nadie se tocaba. Alguna vez, cuando jugábamos al fútbol y lográbamos marcar un gol, los chicos nos abrazábamos entusiasmados, pero lo normal era que pasáramos semanas sin tener el menor contacto físico, lo que agravaba aún más nuestra soledad y tristeza.

La orfandad es la peor forma de separación. Los padres te hacen sentir que perteneces a algún lado con sus abrazos y expresiones de afecto. El saber que te quieren ayuda a que te valores mucho más, pero en Morelia nos faltaba esa cercanía de la familia, que la amistad de los compañeros no podía suplir.

Caminamos despacio hacia la escuela, no teníamos ninguna

prisa por llegar. Entonces vimos mucho barullo en la entrada de nuestro edificio y corrimos para ver qué sucedía.

Un hombre gritaba nombres y repartía sobres a nuestros compañeros.

—¡Cartas de España! —gritó Ana, emocionada.

Nos arrimamos a la multitud y esperamos con desesperación escuchar nuestros nombres. El grupo se redujo lentamente. A medida que la gente recibía su carta se iba a un lugar apartado, para poder leerla con tranquilidad.

Después de casi cinco minutos de espera escuchamos el nombre de Manuel. Mi amigo corrió hasta el cartero y le quitó el sobre de la mano y se lo llevó al pecho emocionado.

—¡Que suerte! —exclamé, alegre por él, pero al mismo tiempo desanimado al no escuchar mi nombre o el de mis hermanas.

—Marco, Ana e Isabel Alcalde —dijo por fin el cartero.

Mi hermana pequeña cogió el sobre y los tres nos marchamos a las escaleras.

—¿Quién lo abre? —preguntó Ana, con la carta en las manos.

—Ábrelo tú misma —le dijo impaciente Isabel, a la que casi se le saltaban las lágrimas.

Mi hermana pequeña abrió el sobre con dificultad, sacó una carta doblada en varios pliegues y comenzó a leer, pero se trababa mucho; por eso al final Isabel se la quitó de las manos y comenzó a leerla ella.

Madrid, 15 de febrero de 1938.

Queridos hijos:

El recibir vuestra carta me ha devuelto la felicidad que había perdido aquel triste día en Burdeos. Desde entonces no he sabido lo que es reír, disfrutar de la vida o simplemente pasar un día con sosiego. Cuando una madre se aleja de sus hijos es como si un hierro le retorciera sus entrañas y su corazón se hubiera parado para siempre.

La carta llegó bien. Seguimos viviendo en el mismo edificio; afortunadamente no lo ha alcanzado ninguna bomba. Madrid está cada día un poco peor. No os voy a mentir. Por eso en el fondo sé que es mejor que estéis en México. Nunca le agradeceré lo suficiente a ese pueblo que os acogiera. Nos cuesta encontrar algo que echar a la boca y este invierno está siendo terrible. No podemos calentar las casas y debemos salir en plena madrugada para escondernos en los refugios.

Mucha gente ha abandonado la ciudad, las tropas franquistas parecen impacientes por destruir la capital, pero por alguna razón que no entendemos, no nos atacan.

He pedido a vuestro padre que nos fuéramos a Valencia, pero no quiere dejar solos a sus compañeros. Ya no cuida el Museo del Prado, ahora está custodiando una de las cárceles políticas. Cada día viene contándome una historia más terrible, pero al menos intenta hacer algo de bien ante tanto mal y horror.

Me alegro de que llegaseis bien a México, todo aquello debe ser muy bonito. Imagino que extrañaréis también lo de aquí. En especial el cocido, las judías y la tortilla de patata, pero os aseguro que es mejor la comida de México, aquí hace mucho tiempo que no vemos ninguna de esas cosas. Apenas llega un poco de arroz, lentejas con gorgojos y patatas podridas.

La guerra no marcha bien, pero algún día tendrá que acabar y volveremos a reunirnos todos de nuevo.

Ahora sé que la felicidad consiste en estar juntos, ni siquiera importa lo que tengamos o hagamos, el ver vuestras caras, poder abrazaros y besaros, es para mí la única fuente de dicha y paz.

Os quiero con toda el alma y, aunque me duele la separación, sé que estáis mejor lejos de la guerra y el hambre. No sé qué va a quedar de España cuando termine esta guerra, pero el alma se me encoge al ver tanto sufrimiento y dolor.

Vuestro padre os manda muchos besos y abrazos, si hubierais visto su cara mientras le leía vuestras cartas. Parecía desbordarse por sus ojos, esos ojos que han visto tanto sufrimiento e injusticias, pero que por un momento volvieron a ilusionarse, como un niño ante un juguete el día de Navidad.

Siento que hayáis tenido que aprender tan pronto que el mundo es cruel. A veces los padres no sabemos si nuestra labor es prepararos para enfrentaros al mundo o protegeros de él. Imagino que en el fondo son las dos cosas a la vez, ahora siento que no puedo hacer ninguna de las dos.

Pequeña Ana, mi princesa, te quiero con el alma y sé que estás haciéndote una moza. Ya no puedo acurrucarte en mis brazos, pero siempre tendrás cabida bajo mis alas. Te amo, mi niña.

Mi Isabelita, la dulce niña que se ha hecho mujer. Me hubiera gustado explicarte tantas cosas que tendrás que descubrir por ti misma. Hacerse mujer es renunciar a la niña que fuiste, sufrir un duelo por la bella pequeña de trenzas doradas, siempre sonriente y feliz, que fuiste un día. Crecer es sufrir, pero cuando te conviertas en mujer, sabrás que tenemos un don que los hombres desconocen, una ternura que nos convierte en invencibles, un amor incondicional a aquellos que han salido de nuestras entrañas. Nuestro secreto es que las madres tenemos nuestra alma repartida en diferentes cuerpos, y nuestros hijos, siempre son nuestros niños pequeños. Enseña a tu hermana las cosas que yo no he podido mostrarte. Te amo mi reina.

Querido hijo, qué decirte a ti. Eres el hijo que toda madre

desearía tener. Bueno y atento, servicial y obediente. Tienes un alma grande y noble, siempre serás mi niño. Aquel que me hizo entrar en el selecto club de la maternidad y comprender que no hay nada más grande en el mundo que dar vida. Hazte digno de la herencia que hemos depositado en ti tu padre y yo. Sé honrado y bueno, a pesar de que en el mundo te rodeen la maldad y la avaricia. Cuida de tus hermanas y dales el amor que yo no puedo, para que aprendan que no hay nada más valioso que la familia. Te quiero mi príncipe, no permitas que la vida te cambie, tienes el poder de transformar las cosas y sin perder la esperanza. Te amo con todas mis fuerzas.

Nunca dejaréis de ser mis niños.

Nos vemos pronto.

Vuestros padres que os quieren.

Francisco y Amparo

La carta produjo en nosotros un efecto misterioso. A la vez que nos animó a seguir adelante, nos hizo sentir solos, vulnerables y tristes, como si el suelo se hubiera abierto debajo de nuestros pies. Sabernos amados de aquella forma nos devolvió nuestra individualidad, disuelta entre una multitud de niños desheredados y aquellos cuidadores fríos y distantes. El sentirnos solos, nos mostró que sin nuestra familia éramos poco más que flores cortadas, cuyo aroma y belleza se marchita rápidamente.

Nos abrazamos entre lágrimas y sentimos de nuevo el calor de nuestra madre a pesar de estar tan lejos. Manuel se acercó y nos miró con el rostro desencajado, como si se asomara a un abismo inescrutable. Entonces comprendí que había recibido malas noticias y me puse en pie para abrazarlo.

# CAPÍTULO 24

# EL CASTIGO

*Morelia, 4 mayo de 1938*

MANUEL CAMBIÓ POR COMPLETO DESDE LA llegada de las cartas al colegio. Después de ver su rostro comprendí que algo malo sucedía. Me lo llevé a un lado y me contó la más terrible de las noticias. La carta era de su tía, la que lo había cuidado después de que su madre lo abandonase. La tía le contaba que le había llegado la noticia de la muerte de su padre, al que los fascistas habían capturado en Granada. Por desgracia, Manuel se esperaba que lo hubieran fusilado, pero lo que no podía imaginar era que sus queridos abuelos paternos también hubieran sido fusilados por los fascistas, al ser acusados por un vecino envidioso de ser comunistas. Mi amigo tenía la esperanza de que si un día regresaba a España se iría a vivir con ellos. Su tía por parte de padre, a pesar de haberlo acogido en su casa, ejercía la prostitución y no podía hacerse cargo de él. Manuel estaba solo en el mundo y, en cierto sentido, no logró superarlo.

Unos días más tarde me dio de lado y comenzó a juntarse con los peores compañeros de la escuela. Robaba a los pequeños, se metía con los profesores y faltaba a clase. Yo también sufrí su pérdida, ya que la persona que me había acompañado desde el principio de aquel difícil viaje, había dejado de existir. Me refugié en mis hermanas, pero en el fondo no era lo mismo. La amistad es una de las pocas cosas que elegimos en la vida, y es capaz de ayudarnos a superar los baches más terribles. El resto de mi grupo eran buenos chicos, pero mi amigo del alma me había dejado para siempre.

La llegada de la primavera no mejoró mucho la situación en la escuela. El director seguía imponiendo su férrea disciplina, y había mandado a algunos niños a casa de personas de la ciudad. A pesar de declararse comunista, había hecho que algunas de las chicas mayores ingresaran en uno de los conventos de Morelia, y seguía apoyándose en los abusones para imponer su régimen de terror entre los alumnos.

Estábamos cerca de cumplir un año en México. Lo cierto es que se me había hecho eterno, tenía la sensación de que llevábamos mucho más tiempo. Aquel día me tocaba supervisar la cocina y la despensa; se habían producido algunos robos y el director estaba furioso. Aunque en el fondo no me extrañaba, seguíamos pasando hambre y comiendo muy mal.

Mientras hacía la ronda aquella tarde escuché un ruido, prendí la luz y comencé a revisar el pasillo que comunicaba las cocinas con las despensas. Escuché unas voces al fondo. Me acerqué y vi a dos chicos robando latas y escondiendo algunos embutidos.

—¿Se puede saber qué estáis haciendo? —les pregunté.

—Madriles, no te metas en esto. No has visto nada. ¿Entendido? —me dijo Luis amenazante.

—Si falta algo de la despensa me echarán la culpa a mí, dejar eso de inmediato —les ordené furioso. Eran los abusones que tanto cuidaba el director, pero que a la menor oportunidad hacían de las suyas.

Los tres chicos me rodearon y comenzaron a pegarme. Intenté defenderme pero era imposible. Luis los jaleaba mientras seguía guardando la comida en un saco. Me lanzaron al suelo y me patearon en el estómago y los riñones. Comencé a gritar desesperado, creía que me iban a matar. Entonces apareció Manuel, al que habían dejado afuera para que vigilase.

—¿Qué estáis haciendo? Con todo este jaleo nos van a pillar —dijo mientras entraba en la despensa. Al verme tirado en el suelo se puso furioso e increpó a Luis.

—Tu amiguito se ha metido donde no lo llaman —le dijo el abusón a Manuel.

—Dejadle en paz, él vale más que todos vosotros juntos.

Los abusones se abalanzaron sobre él y comenzaron a pegarle, pero se escucharon unos pasos y salieron corriendo, dejándonos a los dos adoloridos en el suelo.

Entró uno de los profesores y al vernos llamó al director. Reyes no tardó en aparecer con su aspecto militar y su mirada fría.

—¿Qué ha pasado aquí? —me preguntó sin siquiera preguntarme cómo me encontraba.

Me puse en pie con dificultad y me senté sobre una caja.

—Unos chicos estaban robando comida y…

—¿Era Manuel uno de ellos? Últimamente está causando muchos problemas y ya sabes lo que les pasa a los problemáticos.

—No, él me ayudó, me defendió de esos abusones. Eran Luis y sus chicos —le contesté molesto.

El director nunca escuchaba, siempre creía saber todo lo que sucedía en la escuela, aunque en realidad no se enteraba de la mayoría de las cosas.

—¿Luis? Eso es mentira, quieres proteger a tu amigo, pero sus oportunidades se han terminado. Lo enviaré a la Ciudad de México, con el resto de los chicos que no aceptan la disciplina. Os he tratado como a hijos y vosotros me lo pagáis de esta manera —dijo mientras tiraba de la camisa de Manuel para que se incorporara.

—Yo no he hecho nada —explicó Manuel, intentando defenderse.

—Pero antes de que te mandemos a la capital, te daremos lo que te mereces —dijo el director. Después lo mandó a que se apoyara sobre unas cajas y tomó una vara de madera que había en el almacén. Le pidió al profesor que lo sujetara y comenzó a golpearlo con todas sus fuerzas en la espalda.

Manuel empezó a gritar. Yo intenté sujetarle la mano al director, pero me empujó con todas sus fuerzas y me caí de bruces al suelo.

—Malditos bastardos. ¿Te atreves a sujetarme la mano? Después me ocuparé de ti.

El director siguió golpeando a Manuel hasta que este perdió el conocimiento. Después le pidió al profesor que se lo llevara a la enfermería.

—Creía que eras más listo. Ahora tendrás que pagar por intentar detenerme. No consiento que nadie me falte al respeto.

Me agarró del cuello de la camisa, me llevó por un pasillo a la zona más profunda del sótano, abrió una puerta metálica y me empujó dentro.

—Estarás aquí, a pan y agua, hasta que aprendas a respetar las normas y a tu director —dijo mientras cerraba la puerta.

Enseguida me envolvió una densa oscuridad, y cuando sus pasos se perdieron por el pasillo, el silencio me hizo temblar de miedo. Entonces escuché los pasos amortiguados de las ratas y sus ojos brillantes que me miraban curiosos. Me aferré a las piernas e intenté calmarme, tarareé una canción y quise engañar al miedo, pero nunca es fácil burlarse de aquello que nos aterroriza. Pensé en mis padres, en los días felices en casa. Me imaginé caminando por la calle de Alcalá con un helado, tomado de la mano de mi padre. Después respiré hondo y esperé que aquella pesadilla pasara lo antes posible.

# CAPÍTULO 25

# LA VISITA DEL PRESIDENTE

*Morelia, 15 de junio de 1938*

DESPUÉS DE PASAR UN PAR DE días aislado, regresé al edificio de los chicos. Mi amigo Manuel y otros dos compañeros habían sido enviados a la Ciudad de México y no volví a verlo. Mis hermanas estaban muy preocupadas al no saber nada de mí durante dos días. Nadie les había contado que me habían castigado por intentar impedir que el director le pegase a mi amigo. Intenté tener una vida lo más normal posible, tenía que aguantar en la escuela por mis padres. Pronto todo pasaría y volveríamos a reunirnos y a ser una familia.

El verano se acercaba y también el primer aniversario de nuestra llegada a México. El presidente Cárdenas, del que no sabíamos nada desde hacía mucho tiempo se decidió a visitarnos, no sabemos si alarmado por las cosas que escuchaba sobre la escuela o simplemente para conmemorar nuestro primer aniversario. De una forma u otra, todos pensábamos que si veía el estado en el que estaban las cosas, nos ayudaría.

Los empleados del colegio y todos los alumnos nos dedicamos los primeros días de junio a mejorar el aspecto de aquellos edificios

infectos. Pintamos, reparamos ventanas y puertas, arreglamos sillas y limpiamos hasta el último rincón. El director quería que todo
estuviera perfecto para cuando llegase el presidente. Hasta las calles de Morelia se engalanaron para tan insigne visita.

El día antes de la llegada del presidente pude ver a mis hermanas. Apenas habíamos cruzado una palabra en las comidas.
Leímos una de las nuevas cartas de mi madre, a la que cada vez
notábamos más triste y deprimida por el avance de los franquistas,
la posible derrota en la guerra y la separación, que la angustiaba
hasta robarle las ganas de vivir.

—Tenemos que irnos de aquí —les dije a mis hermanas. No era
la primera vez que hablábamos del tema, pero en aquella ocasión
me encontraba más decidido que nunca. Si la guerra estaba perdida, lo mismo daba que regresáramos a que nos quedáramos en
una escuela a miles de kilómetros de casa.

—Madre no quiere que volvamos —dijo Isabel, que sabía per-
fectamente que mi madre estaba preocupada por nosotros, pero
que la situación en España era mucho peor.

—Al menos allí estaremos todos juntos —le contesté.

Ana parecía indecisa, por un lado deseaba regresar, aunque por
el otro le daba miedo la guerra. Aún recordaba las bombas, los
incendios y el hambre que habíamos pasado.

—Esos fascistas son capaces de darnos en adopción —dijo Isabel muy seria.

—Ya sabes lo que están haciendo aquí con las chicas mayores,
metiéndolas en conventos. ¿Quieres ser monja? —le pregunté, molesto. Odiaba que me contradijera. Sabía que tenía razón, pero ya
no aguantaba más en Morelia.

—Nos quedamos, Marco y no se hable más —me contestó muy
enfadada.

Al día siguiente teníamos que recibir al presidente y los colaboradores del director nos trajeron ropas nuevas, zapatos y ensayamos los desfiles para que todo saliera perfecto. Pasamos varias horas repitiendo el programa hasta que se hizo de noche. Cenamos a toda prisa y nos acostamos agotados.

A la mañana siguiente, nos despertaron a primera hora. Teníamos que ir a recibir al presidente a la estación. La capital se encontraba a unos trescientos kilómetros, pero el presidente Cárdenas había salido temprano para aprovechar bien el día. Llegamos hasta la estación desfilando. Los habitantes de Morelia se habían puesto sus mejores galas y estaban parados en las aceras para darle la bienvenida a la comitiva presidencial. El presidente venía con su esposa y uno de sus hijos.

Entramos en la estación abarrotada y esperamos en el andén. Todos estábamos impacientes, al fin y al cabo, aquella ceremonia de bienvenida rompía la monotonía carcelaria del colegio. Sabíamos que íbamos a comer mejor y estrenábamos ropa nueva; parecía como si estuviéramos en Navidad.

El convoy llegó con casi media hora de retraso. Los más pequeños estaban impacientes y algunos muy cansados, pero cuando vimos aparecer el tren reluciente del presidente todos nos animamos y comenzamos a tocar los tambores. El estruendo hizo que la estación retumbara, la gente comenzó a gritar y los niños agitaron sus banderas mexicanas. La máquina de vapor entró en el andén y el humo veló por unos instantes nuestros ojos. Cuando al final se detuvo, la policía formó un cordón y un funcionario de la estación puso unos escalones frente a la puerta del vagón principal. Cuando la puerta se abrió, vimos asomarse la cara del presidente Cárdenas. Parecía contento y sonriente, a su lado estaba su esposa y detrás su hijo. El presidente saludó con la mano y descendió del vagón, ayudó a su esposa y caminaron por el pasillo que había preparado la comitiva. Comenzó a sonar la música y el presidente subió a un pequeño pódium y le habló a la multitud.

—Pueblo de Morelia, amigos y paisanos, queridos niños españoles, es un honor para nosotros estar aquí en este día soleado de junio. Nos hubiera gustado venir antes, pero las obligaciones de mi cargo me lo han impedido. He estado al tanto de los progresos y las dificultades de los niños de Morelia, también del gran amor que les han dispensado sus habitantes. Dos pueblos hermanos unidos por la guerra, pero sobre todo por la solidaridad y su amor por la libertad. ¡Viva México!

La gente repitió a coro.

—¡Viva España!

El director había elegido a uno de sus acólitos para que le dijera unas palabras al presidente. Andresito, un niño algo tímido con gafas tomó un papel en las manos y se puso delante de Cárdenas.

—Excelentísimo señor Presidente Cárdenas y señora. Los niños españoles y mexicanos de la Escuela España-México de Morelia os dan las gracias por esta visita. Estamos profundamente agradecidos al pueblo de México por su solidaridad con la República de España y a la ciudad de Morelia por acogernos como a sus hijos. Esperamos ser dignos de este honor y unir a nuestras naciones con el vínculo eterno de la hermandad entre pueblos.

Algunos de mis compañeros se echaron a reír al escuchar el cursi discurso que el director había preparado. Yo no pude aguantarme y solté una carcajada. El director me miró de reojo y me quedé petrificado por el miedo.

La mujer del presidente recibió un ramo de flores y ambos se dirigieron al vehículo que los esperaba en la puerta de la estación. Los siguió una comitiva de coches policías y todos nosotros, que seguíamos tocando música y desfilando detrás.

Llegamos a la escuela unos minutos después del coche presidencial. La entrada estaba adornada con guirnaldas de flores y el aspecto de los edificios por fuera era casi perfecto, no parecía el lugar en el que estábamos habitualmente.

En el gran patio hubo algunos bailes y actuaciones. Al mediodía nos encontrábamos agotados, pero felices. Sabíamos que nos esperaba una gran comida.

El presidente Cárdenas quiso comer con nosotros. Aquel día teníamos carne y todo tipo de manjares, que rara vez nos daban. Algunos niños se habían enfermado por la calidad de la comida y otros muchos por los parásitos que parecían acampar a sus anchas en la escuela.

El hijo del presidente se sentó con nosotros, lo teníamos justo al lado. Parecía muy agradable.

—¿Cómo los tratan? —nos preguntó sincero.

Los cuidadores nos rondaban, vigilando que nos portásemos bien, pero también para que mantuviéramos la boca cerrada.

—Bueno, tenemos un techo donde cobijarnos, comida y podemos estudiar —contestó uno de mis compañeros, que no quería meterse en problemas.

Miré a un lado y al otro, no había ningún cuidador cerca y me decidí a contarle la verdad.

—El anterior director nos trató muy mal. Muchos niños han sido repartidos entre familias de la zona, a pesar de no ser huérfanos. A algunas niñas las han llevado al convento de Morelia y a otro convento en Guadalajara. Además, a los chicos mayores los han enviado a la Ciudad de México. La comida es mala la mayoría de las veces, nuestra ropa está rota y desgastada. Justo ayer nos dieron esta nueva. Nos tratan bien, pero esto parece más un cuartel que una escuela.

El chico me miró con sus ojos grandes, como si no creyera lo que oía.

—Lo lamento, se lo diré a mi padre. ¿Cómo te llamas?

Titubeé un momento. Si le decía mi nombre y el director se enteraba, podía haber represalias. Al final, le dije cómo me llamaba y el chico fue a hablar con su padre, y la fiesta continuó.

Después de comer nos dieron el día libre y estuvimos jugando y holgazaneando por la escuela. Mientras hablaba con mis amigos se me acercó un policía y me pidió que lo acompañase. Me puse a temblar, pero ya no había manera de dar marcha atrás.

El policía me llevó a una habitación, cerca de los talleres del edificio de los chicos. El presidente estaba sentado en una silla. No había hablado con él desde mi llegada a México, cuando saludó uno a uno a todos los compañeros del grupo. Caminé vacilante hasta él y me quedé firme, como si estuviera ante un general.

—Descanse, soldado —bromeó el presidente, y logré relajarme un poco.

—Excelentísimo presidente —le dije nervioso.

—Llámame Lázaro.

—Lázaro, quería pedirle que nos ayude. Los niños españoles estamos muy agradecidos por todo lo que han hecho hasta ahora. Su esposa y usted nos han salvado de la guerra en España. Llevamos un año en México y hemos descubierto muchas cosas, y gracias a su amado pueblo estamos aprendiendo un oficio, pero no todo ha sido bueno. Ya sabrá los problemas que hubo con el primer director, las cosas han mejorado un poco con el nuevo, aunque hay algo...

—Me alegro mucho…

—Pero quería comentarle que normalmente no comemos como hoy ni llevamos esta ropa.

El presidente frunció el ceño y me dijo muy serio:

—¿Estás seguro de que lo que me dices es cierto? He pedido que me mantengan informado y me han dicho que ustedes tienen abundante comida y son bien tratados.

Me quedé pensativo, no quería contrariar al presidente ni meterme en problemas, por no hablar de lo que les podía suceder a mis hermanas.

—Algunos niños han sido dados en adopción y varias chicas han ingresado en un convento, además de que algunos chicos mayores han sido enviados a la capital. Nuestro gobierno nos entregó a México para que nos cuidaran y nos devolvieran a nuestro país una vez terminada la guerra, pero a este paso apenas quedaremos niños en la escuela cuando el conflicto finalice.

—Querido Marco, la guerra me temo que va para largo. Las cosas no están bien en España y es normal que a algunos de ustedes los acomodemos en otros lugares, de hecho nuestra primera intención era que vivieran en casas, pero no era práctico. Entiendo lo que me dices, hablaré con mi secretario de Educación y buscaremos una solución. Te lo prometo. Lo que sí puedo hacer de inmediato, para proteger sus derechos, es nombrarlos a todos hijos adoptivos de México, de esta forma tendrán los mismos derechos que cualquier mexicano.

Me quedé boquiabierto. No esperaba aquella reacción. Aquel hombre era el más poderoso del país y estaba escuchando a un simple exiliado, hijo de obreros y extranjero.

—Gracias, Lázaro —le contesté con una sonrisa.

—No tienes nada que agradecer. La lucha de la República de

España y la mía es la misma. Cuando nacemos nuestros padres nos dan un país en herencia. Podemos conformarnos y dejar todas las cosas como están o cambiarlo, eso depende de nosotros. Amo a mi país con todo el corazón, pero me duele México. Ver a tantos niños desvalidos, tantas injusticias y desigualdades. Eso me rompe el alma. La República también ha querido cambiar el destino de los desfavorecidos, de los que nunca han contado, pero hay fuerzas muy poderosas que se resisten al cambio. Espero que los profesores estén haciendo una buena labor con todos ustedes, que son el futuro. El futuro no solo de México, sino de todo el mundo.

Las palabras del presidente se gravaron a fuego en mi mente. Mi padre me había inculcado ese deseo de cambiar las cosas. Aunque en los últimos meses me había conformado con sobrevivir, sabía que el único camino para hallar la felicidad era luchar para conseguirla. Podía hacerlo de forma egoísta, labrando mi propio futuro, o intentar que las cosas fueran diferentes. Desde aquel día cambié mi forma de comportarme en Morelia. No debía luchar únicamente por sobrevivir, tenía que conseguir que mis compañeros y amigos lograran alcanzar sus sueños.

CAPÍTULO 26

# EL VERANO

*Morelia, 12 de septiembre de 1938*

EL VERANO SE HACÍA ALGO PESADO y largo. Algunos de los niños mexicanos podían regresar a sus casas, pero los españoles teníamos que permanecer en la escuela todo el verano. La única manera de escapar de la rutina y los horarios estrictos era cuando los profesores nos llevaban al cercano balneario de Cointzio. Allí había algunas piscinas y podíamos nadar hasta por la tarde, cuando tenían que vaciarlas para purificar el agua.

Una mañana salimos muy temprano, queríamos aprovechar bien el día. Mis hermanas parecían felices, les gustaba nadar y sobre todo escaparse unas horas de la escuela. En el año y los pocos meses que llevábamos en México habían cambiado mucho físicamente. Me daba pena que mi madre se estuviera perdiendo su infancia, pero a veces el destino nos lleva por caminos que nunca habríamos imaginado.

—Hace mucho que no recibimos noticias de madre —me dijo Isabel, que andaba a mi lado.

Yo continuaba saliendo con mis amigos mexicanos y asturianos, pero desde la partida de Manuel no había encontrado a nadie que lo sustituyera.

—Espero que nos escriba muy pronto. Me preocupa cómo está avanzando la guerra. Siempre pensé que volveríamos a España en menos de un año y dentro de poco será de nuevo Navidad y Año Nuevo.

—Corren muchos rumores —dijo Felipe, uno de mis amigos asturianos.

—La República pierde terreno cada día, dentro de poco caerá si el presidente Negrín no hace algo para impedirlo —comentó otro de los chicos.

—La República está atacando en la zona del Ebro —le dije. Había leído que en la famosa batalla del Ebro, los republicanos habían logrado ganar algo de terreno y hacer retroceder por primera vez en mucho tiempo a los fascistas.

—Siempre estáis hablando de batallas. No me importa quién gane la guerra, lo que quiero es regresar a casa —comentó Ana, que no comprendía hasta qué punto nuestro regreso a casa tenía que ver con el final de la guerra y la victoria de la República.

Llegamos al balneario y nos pusimos nuestros bañadores. Al poco rato ya estábamos tirándonos a las piscinas, para fastidio de algunos de los huéspedes del balneario, al que habían acudido por las aguas templadas y la tranquilidad.

Mientras mis hermanas se peleaban en el agua miré a uno de los lados y vi a una chica morena que parecía estar con sus padres. Debía ser de mi edad, pero desde el primer instante me quedé prendado de su belleza. Era de pelo negro y ojos oscuros, de piel blanca y tenía las mejillas un poco sonrojadas. Llevaba un vestido de baño elegante y nuevo, y chapoteaba con los pies en la piscina, al lado de su padre, que se sumergía de vez en cuando.

Le lancé varias miradas, pero ella parecía indiferente a mis encantos. Al final me puse a hablar con mis amigos, intentando pensar en otra cosa. Fue entonces cuando me miró. Logré ver sus ojos furtivos y cómo se ruborizaba al verse descubierta. El resto del día me lo pasé ausente, observándola e intentado averiguar quién era. Les pedí a mis hermanas que se acercaran a ella para jugar, con la intención de que se hicieran sus amigas y poder acercarme después con cualquier excusa.

Tomamos un almuerzo frugal y mientras la familia de la chica misteriosa dormía en unas tumbonas, me atreví a aproximarme. La chica tenía los pies metidos en el agua y el sol se reflejaba en su piel blanquecina.

—Señorita, permítame que me presente. Me llamo Marco Alcalde.

—Eres el hermano de Ana e Isabel —dijo, con una media sonrisa, como si llevara esperando todo el día a que me acercase.

—Sí, somos españoles.

—Ya me han contado tus hermanas, de la Escuela España-México.

Me sentía un poco avergonzado, no quería que como la mayoría de los habitantes de Morelia me asociara con la chusma de niños republicanos. Para muchos vecinos de buena posición, incluso para algunos españoles residentes, los niños de Morelia éramos poco más que apestados.

—Sí, también tenemos compañeros mexicanos.

La chica me sonrió y no pude evitar sentirme intimidado. Nunca antes había intentado conquistar a una mujer, era la primera vez que me sentía tan azorado.

—Me imagino —contestó con una sonrisa.

—¿Tú eres de Morelia? —logré preguntarle, armándome de valor.

—En realidad soy de Guadalajara, pero mi padre se ha trasladado aquí por trabajo. Ahora tendré que empezar en una nueva escuela y conocer a nuevos amigos, pero no es la primera vez que me pasa.

—¿Cómo te llamas?

—María Soledad de la Cruz.

El padre de la chica se movió en la tumbona y me puse en guardia, dispuesto a salir a la carrera si se despertaba.

—¿Quieres que paseemos un rato? —le pregunté inquieto. Deseaba irme lo más lejos posible de aquel hombre grande y robusto, al que no le haría ninguna gracia que estuviera cortejando a su hija.

La chica salió del agua, se puso una camisola blanca y unas chanclas. Miró a su madre, pero esta leía entretenida un libro.

Caminamos en silencio entre los árboles durante unos minutos. Al final me giré hacia ella y le dije muy serio.

—Eres la chica más guapa que he conocido en mi vida.

Ella se echó a reír y me contestó.

—No has tenido una vida muy larga, seguro que conocerás a otras más bellas.

Me quedé mudo, no me esperaba aquella respuesta. Las mujeres mexicanas parecían más tímidas que las españolas, pero en el galanteo eran mucho más decididas.

—Españolito, dame la mano.

Le di la mano y sentí como si un calambre me recorriera todo el cuerpo. Sus dedos entre los míos parecían arder, mientras sentía que flotaba, sin apenas tocar el suelo.

No sentamos en un rincón apartado y hablamos durante casi

una hora. Me parecía que nos conocíamos de siempre, era una sensación extraña, como si lleváramos toda la vida buscándonos sin saberlo.

Ana vino a avisarnos, y sonrió al verme tan pegado a María Soledad.

—El padre de María Soledad la está buscando, será mejor que regrese conmigo.

La chica me miró por última vez y antes de despedirse me dio un beso en la mejilla.

—¿Dónde vives? —le pregunté. Temía perderla para siempre y que aquel encuentro fuera solamente un espejismo.

—No te preocupes. Nos podemos ver el próximo domingo en la misa de las doce en la Iglesia de San Juan.

Mientras se alejaba sentí como si me extirparan el corazón. A partir de ese momento comencé a contar los segundos que quedaban para volverla a ver.

Unos días más tarde, me puse mis mejores galas y con mis dos hermanas nos dirigimos a la iglesia. A los lugareños les extrañó vernos entrar porque casi nunca los niños españoles iban a la iglesia, a no ser que nos viéramos obligados. Algunos de los vascos eran religiosos, aunque intentaban disimularlo un poco, para no tener problemas con el resto de los compañeros.

Nos pusimos en una de las últimas filas. Mientras la ceremonia comenzaba y los feligreses seguían todos los ritos del culto, nosotros los intentábamos imitar torpemente. Mis padres nunca nos habían llevado a misa, y las pocas veces que habíamos pisado una iglesia había sido para contemplarla más como un monumento que como un lugar sagrado.

Mientras el cura recitaba las oraciones y leía textos del misal, yo intentaba encontrar a María Soledad entre la muchedumbre abarrotada en el servicio religioso. Al final la vi en una de las primeras filas. Se giró como si me buscara y nuestros ojos se cruzaron por un instante. Justo lo suficiente para producirme un escalofrío.

La ceremonia no duró mucho tiempo más. La gente abarrotó la plaza, y mientras unos tomaban algo en las cantinas, los más pequeños bebían una especie de hielo con colorante, con sus padres vigilándolos desde la distancia.

María Soledad caminaba con dos amigas. Se acercaron a la alameda y se sentaron en un banco. Mis hermanas y yo nos paramos justo delante ellas, y María Soledad hizo un gesto para que nos dejaran a solas.

—Pensé que no vendrías —dijo, con una sinceridad que no esperaba.

—¿Por qué no iba a venir? No me gustan las misas, pero te lo había prometido.

La chica bajó la mirada y yo me acerqué un poco más.

—Mi padre es muy estricto, si se entera que me cortejas no me dejará salir más de casa. Debemos andarnos con cuidado. Mis amigas son muy buenas, pero únicamente podremos vernos los domingos después de la misa, para que mi padre no sospeche.

A partir de aquel día, me pasaba toda la semana esperando ansioso el domingo. Aquel amor adolescente me ayudó a vivir lo que quedaba de 1938 con algo de esperanza y alegría, a pesar de que las noticias que llegaban de España eran cada vez peores y las cartas de mi madre se espaciaban en el tiempo. En ese momento desconocía que el amor era una fuerza capaz de transformar la vida más dura y difícil en la más placentera. No podía explicarlo, pero aquella chica de Guadalajara consiguió lo que ni la escuela, ni los desfiles ni los discursos habían conseguido: meterme a México en el alma.

# CAPÍTULO 27

# MALAS NOTICIAS DE ESPAÑA

*Morelia, 3 de abril de 1939*

LAS MALAS NOTICIAS SUELEN CONOCERSE ANTES que las buenas. Desde el día anterior se escuchaba un rumor que nos negábamos a creer. Muchos hablaban de que la guerra había terminado en España, pero esperábamos que llegaran los periódicos de la capital para poder corroborarlo. No era la primera vez que se escuchaban noticias falsas. La guerra marchaba muy mal para los republicanos. Ciudad tras ciudad caía en manos de los facciosos y sabíamos que en los últimos días la resistencia republicana era casi nula.

El director nos reunió a todos en el patio principal. Nos miramos unos a otros preocupados, cada vez éramos menos y, si el rumor era cierto, ya no teníamos gobierno que nos defendiera. Pasábamos a ser algo parecido a apátridas.

—Alumnos y alumnas, compañeros, tengo el deber de contarles una triste noticia para España y para el mundo. Tras una guerra fratricida que ha costado cientos de miles de muertos, el ejército de Franco ha ocupado el último bastión republicano, el puerto de la ciudad de Alicante. El general Franco ha dado por finalizada la guerra y no sabemos qué sucederá. Algunos creen que se restaurará la monarquía y otros que el general gobernará como un dictador, pero sea cual sea el resultado final, la República ha muerto.

Un rumor recorrió las filas y algunos de los niños pequeños se echaron a llorar. Todos sabíamos lo duras que eran normalmente las represalias de Franco contra sus enemigos. Miles de personas fusiladas, decenas de miles encarceladas, por no hablar de otras cosas terribles que hacían las tropas franquistas a su paso, en especial los ejércitos de África.

—Desconocemos cómo será la situación de ahora en adelante, ni qué sucederá con ustedes. Como ya saben, el presidente Cárdenas, que termina este año su sexenio de gobierno, los nombró hijos adoptivos de México, por lo que tienen cierta protección legal en este país, en caso de que el suyo no quiera reconocerlos. Algunos de ustedes querrán regresar a sus casas al haber finalizado la guerra. Les informaremos del proceso a seguir. Es un día triste para la libertad, pero como ustedes cantan en una de sus canciones más populares: El bien más preciado es la libertad, hay que defenderlo con fe y valor. ¡Viva México, Viva España!

Todos respondimos al unísono. Teníamos los ojos llenos de lágrimas y la sensación de haber perdido de nuevo nuestra patria, pero esta vez sin remedio. ¿Qué iban a hacer los hijos de los rojos regresando a la España fascista? No sabíamos qué suerte correrían nuestros padres, tampoco cómo nos recibirían al regresar.

Deshicimos las filas, pero nos mantuvimos en el patio, hablando en corrillos e intentando asimilar la noticia.

—¿Qué vamos a hacer? —me preguntó Isabel. Ana no parecía comprender del todo lo que sucedía, estaba contenta con la idea de regresar a casa y volver a ver a nuestros padres.

Al principio me quedé callado, no sabía qué responder. Cualquier cosa que dijera me parecía estúpida. Me encontraba paralizado por el miedo.

—Por ahora es mejor esperar a que se sucedan los aconteci-mientos. Ojalá que nuestros padres puedan ponerse en contacto con nosotros —le contesté, un poco aturdido. Después de esperar durante tanto tiempo el fin de la guerra, nunca imaginé que termi-naría de este modo tan trágico.

—Tenemos que regresar a España —dijo Ana muy seria, como si la simple idea de quedarse por más tiempo en México se le hi-ciera insoportable.

—¿Regresar? España está gobernada por los fascistas —dijo Isabel.

—No creo que les hagan nada malo a unos niños, hasta esos fascistas tienen hijos. Además, nuestros padres no han hecho nada malo —insistió mi hermana.

—Para los franquistas defender la República es suficiente para que te encierren o hagan algo peor —le contesté.

—Yo quiero volver a casa —dijo Ana, cruzándose de brazos.

La gente al final comenzó a irse, casi todos cabizbajos, unos pocos alegres, tal vez sin comprender del todo lo que significaba que los rebeldes hubieran ganado la guerra. Yo pedí permiso y me fui de la escuela, debía ver a María Soledad y contárselo todo.

Llegué a su calle unos diez minutos más tarde; vivía muy cerca de la escuela. A aquella hora tenía que estar en casa, sus padres solían dar un paseo por las tardes; por eso tenía la esperanza de que la criada accediera a avisarle que estaba allí y poder charlar brevemente con ella en la ventana que daba al callejón de atrás. La mujer me miró con desconfianza al principio, pero debió ver mi cara de desesperación, porque accedió a avisarle.

Un par de minutos más tarde estábamos los dos con las manos entrelazadas en la verja.

—¿Qué ha pasado? —me preguntó preocupada.

—La República ha perdido la guerra —le dije con un nudo en la garganta.

—¿Qué sucederá ahora?

—No lo sé. El director nos ha dicho que debemos esperar. Tengo que ponerme en contacto con mis padres.

María Soledad comenzó a llorar. Sabía que aquel era el anuncio de que antes o después terminaríamos separándonos, aunque desde el principio habíamos sabido que nuestro amor era imposible.

—Si tengo que marcharme te prometo que volveré. Jamás podré olvidarte.

—¿Estás loco? Sé que no volverás, es normal, tu país es España, mi sitio está aquí, junto a mi familia.

El mundo a veces es un lugar demasiado oscuro, la penalidad y la desgracia se ciernen sobre nosotros ante la más mínima oportunidad. Vivimos como los héroes de la cultura clásica, luchando contra los caprichos de los dioses y de los hombres, pero también tenemos una voluntad que debería ser suficiente para que intentásemos luchar contra nuestro destino.

—Volveré —le prometí, con la certeza infantil de la juventud, cuando uno cree que la vida es dócil y se puede gobernar con cierta ligereza; sin saber que a veces los caminos de los amantes se separan para siempre, convirtiéndolos en almas incompletas, que vagarán toda la eternidad en busca de su otra mitad.

# CAPÍTULO 28

# LAS RATAS BLANCAS

*Morelia, 1 de diciembre de 1939*

UNA DE LAS LECCIONES QUE APRENDEMOS en la edad adulta es que, si las cosas van mal, siempre pueden ir peor. En ocasiones, las desgracias se concentran en un corto periodo de tiempo, y aquel año de 1939 fue uno de los peores de mi vida. Sin saberlo, nuestra existencia había quedado mezclada con la del resto de la humanidad, como si fuera un único organismo vivo, una especie de ser místicamente interconectado. En septiembre de aquel mismo año estalló la Segunda Guerra Mundial, que tanto sufrimiento traería a la humanidad. Europa, primero, y el resto del globo más tarde, caían bajo la sombra turbulenta del fascismo. Hitler invadía Polonia y sus tropas parecían imparables. Me preguntaba cuánto tardarían en caer Francia y el resto del continente. No teníamos noticias de mis padres, pero sabíamos por la prensa que cientos de miles de españoles habían escapado al país vecino por los Pirineos. ¿Habrían podido ellos escapar con el resto de los refugiados? Esa era nuestra esperanza, pero al mismo tiempo nos extrañaba que una vez allí no hubieran intentado ponerse en contacto con nosotros.

Lo que ignorábamos era que los franceses habían encerrado a los pobres refugiados en campos de concentración en las playas. Nosotros, que habíamos perdido nuestro país mucho antes, sabíamos lo triste y desgarrador que es perder tu casa para convertirte en extranjero en otro lugar. México nos había acogido con los brazos abiertos, pero ya no sabíamos qué éramos realmente. La identidad es algo mucho más endeble de lo que parece a primera vista.

El nuevo gobierno dictatorial de España no se conformaba con matar y encarcelar a decenas de miles de personas dentro del país, sin importarles la edad o el sexo; sus tentáculos eran más largos de lo que creíamos. Por lo que una mañana nos enteramos de que varias instituciones españolas en México, de las que la mayoría de nosotros no habíamos escuchado hablar y que nunca habían hecho nada por ayudarnos, ahora querían deportarnos a España, sin el conocimiento de nuestros padres. Aquellas ratas traidoras querían que todos los niños regresaran a casa, pero no para cuidarnos y darnos un nuevo hogar, sino más bien para hacernos pagar por toda la rabia y la furia que no podían descargar en nuestros progenitores.

Sabía que el retorno en aquellas condiciones era una trampa, aunque tal vez representaba la única oportunidad de volver a ver a mis padres; dudaba de que los franquistas nos dejaran reunirnos con ellos, al menos al principio. Era posible que al final las cosas se calmaran de nuevo y pudiésemos volver a ser la familia unida de siempre.

Mis hermanas me presionaban para que lleváramos la solicitud al director. Corrían rumores de que cuando Lázaro Cárdenas dejara la presidencia, su sustituto cerraría la escuela y por eso era mejor irse ya, que esperar a que las cosas se deterioraran aún más.

Aquella mañana llegaron a la escuela dos hombres y una mujer.

Al parecer venían desde la Ciudad de México con la intención de hacer una lista para enviar a los niños cuanto antes a sus casas en España. Representaban a varias organizaciones de inmigrantes españoles. Sabíamos que eran tan fascistas como Franco, pero hasta el final de la guerra se habían mantenido callados. Muchos de aquellos patriotas de pacotilla eran prófugos de la justicia española o habían escapado del país para no realizar el servicio militar, y por eso querían congraciarse con el nuevo régimen.

Nos pusieron en fila a todos los alumnos y comenzaron a pasar lista. Cada uno de nosotros debía acercarse a una mesa y dar sus datos personales. Mi hermana Ana fue una de las primeras en ser llamada. Me encontraba a unos pocos metros, pero podía escuchar la conversación.

—Señorita, ¿cómo es su nombre? ¿Dígame la ciudad de origen?

—Me llamo Ana Alcalde y soy de la ciudad de Madrid —dijo mi hermana, un poco nerviosa. A pesar de ser la más decidida de las dos, aquel comité de ratas la atemorizaba.

—¿Tiene entre los alumnos a hermanos o hermanas? —le preguntó la mujer, que era la que apuntaba todo en una libreta.

—Sí, aquí están mi hermana Isabel y mi hermano Marco.

—¿Son mayores que usted?

—Sí, señora.

—¿Sus padres están vivos?

Aquella pregunta sacudió a mi hermana como un latigazo. Los tres queríamos pensar que estaban bien, pero llevábamos meses sin saber nada de ellos.

—No lo sé, pero creo que sí.

—Apunta huérfanos —comentó el hombre.

—¿Por qué va a apuntar eso? Mis padres no están muertos —dijo Ana, comenzando a alterarse.

—En los últimos meses de la guerra la capital sufrió mucho por los bombardeos. Lo dicho, pon en la ficha niños huérfanos.

Mi hermana se giró y comenzó a marcharse cuando el hombre la cogió del brazo. No pude evitarlo, salí de la fila y corrí hacia ellos. Me interpuse entre el hombre y Ana.

—¿Quién eres tú? —me preguntó el hombre.

Escruté su cara enjuta, su cabeza calva y el bigote que tapaba unos labios finos, casi inexistentes.

—Eso mismo digo yo, maldito fascista. Puede que hayáis ganado la guerra, pero aquí somos libres. No os vais a llevar a mi hermana a ninguna parte. No somos huérfanos, nuestros padres están vivos.

Mi hermana Isabel se nos acercó. Los cuidadores mexicanos no sabían cómo reaccionar, nadie les había dicho cómo debían manejar la situación.

Los dos hombres españoles dieron un paso, como si intentaran demostrar que eran ellos los que tenían el control ahora que el gobierno de la República había desaparecido. La mujer se puso en pie.

—No hay que hacer una escena. El gobierno mexicano se encargará de entregarnos a esta escoria roja, nosotros simplemente tenemos que apuntar qué niños aún pueden salvarse. Sus padres y maestros los han criado en el ateísmo y la revolución, pero quizás aún se pueda reeducar a la mayoría —dijo.

Los hombres se quedaron quietos. Nosotros retrocedimos despacio y después nos marchamos a toda prisa. No regresamos a la escuela hasta que se hizo de noche, y a la hora de la cena pudimos comprobar que no todos habían sido tan decididos como nosotros. Un buen grupo de niños y niñas, en especial los más pequeños sin hermanos mayores, habían desaparecido.

# CAPÍTULO 29

# DESAPARECIDA

*Morelia, 24 de diciembre de 1939*

LA ESCUELA NUNCA PERDIÓ SU AIRE marcial de cuartel, pero a medida que quedábamos menos, los talleres, las clases y el comedor parecían más vacíos y tristes. No se escuchaban tantas risas, juegos y cantos como al principio. Algunos niños mexicanos también habían vuelto a sus casas, y los chicos españoles mayores eran enviados a la capital o escapaban para intentar independizarse, sin muchas esperanzas de volver a ver a sus padres.

Era víspera de Navidad, pero en la escuela parecía ser un día como otro cualquiera. Algunos cantaban villancicos y la cocinera se había esforzado en hacernos un plato un poco más especial, lo que conseguía que la melancolía fuera aún mayor. Esa tarde, mis hermanas y yo estábamos sentados cerca de la puerta del recinto cuando vimos aparecer al cartero. Nos sorprendió que trabajase un día como aquel, pero nos sorprendimos más cuando se nos acercó.

—Buen día, he venido hasta aquí sólo por ustedes. Esta carta llegó hace unos días, pero no había podido entregarla. Procede de Francia —dijo, mientras sacaba de su maletín un sobre color marrón.

Se la entregó a Isabel, que se quedó con ella entre las manos sin saber qué hacer. Al final, Ana se la quitó, la abrió ansiosa y comenzó a leer.

Queridos hijos:

Imagino que ya conocéis la terrible suerte de nuestro país. Los facciosos han ganado la guerra y desde su victoria no han parado de hacerles daño a todos los que consideran sus enemigos. No les importa si has luchado honorablemente o eres miembro de alguna checa sanguinaria, basta una acusación cualquiera, a veces de gente que quiere quedarse con tu casa o posesiones, para que te hagan un juicio militar y acabes en el paredón.

Ya sabéis que vuestro padre salvó a mucha gente en Madrid. Él nunca ha sido un criminal, no tiene sangre de asesino. A pesar de todo, en cuanto los franquistas entraron en Madrid, lo hicieron prisionero. Lo que más me sorprendió fue cómo mucha de la gente que antes aplaudía y celebraba la República, ahora se mostraba tan fascista. El recibimiento al dictador fue increíble. Decenas de miles de madrileños salieron a recibirlo. Yo asistí al desfile de la victoria, más que nada por curiosidad y para lograr convencerme de que habíamos perdido, que por intentar agradarle al nuevo régimen. Los ciudadanos gritaban y alababan a ese sanguinario general como si fuera un dios.

Hace unos días, los franquistas vinieron a casa a por vuestro padre. Lo acusaban de sindicalista, de pertenecer al partido socialista y de haber matado a prisioneros en Madrid. Sabían que era mentira, pero la verdad importa poco en estos tiempos. En cuanto se lo llevaron, me vestí y corrí al barrio de Salamanca para visitar a un viejo conocido de vuestro padre, un notario muy rico al que había salvado de ser fusilado por un grupo de comunistas que había limpiado las cárceles de la ciudad, matando a cientos de prisioneros. El hombre me recibió con cortesía, lamentó mucho mi suerte, pero me mandó a casa sin prometerme nada. Decidí ir a ver al nuevo gobernador civil. Temía que me encarcelara a mí también, muchos me conocían en Madrid por mi carrera de artista y me había destacado en la defensa de la República, pero el cielo tenía preparada otra cosa. El nuevo gobernador conocía a vuestro padre, era otra de las personas que él había logrado salvar, y me prometió que lo sacaría de la cárcel con la condición de que nos fuéramos del país lo antes posible. Sabía que vuestro padre era un miembro destacado del sindicato y que había participado en el asalto al Cuartel de la Montaña. Lo sacaron a la mañana siguiente; yo lo esperaba en la puerta de la cárcel. Aquellos pocos días en prisión lo habían cambiado mucho. Tenía golpes y magulladuras por todo el cuerpo, parecía un esqueleto andante y se veía muy enfermo. El gobernador civil le había dado un pase que nos permitía recorrer el país y salir al extranjero. Nos pusimos camino a Francia, y tras una semana de vicisitudes y dificultades, logramos llegar a Figueras. Ya no dejaban pasar a españoles al otro lado. Las autoridades franquistas apresaban a los que lo intentaban ilegalmente y muchos terminaban en la cárcel de Gerona o Barcelona. Nosotros logramos pasar sin problemas, pero al cruzar la frontera los franceses nos llevaron a un campo de concentración en Rivesaltes. Las condiciones eran muy malas, pero logramos que nos dieran dos camas juntas e intentar recuperar un poco las fuerzas. Vuestro padre ha estado muy enfermo, por eso no hemos podido salir de aquí ni ponernos en contacto con vosotros antes.

No sabemos qué va a suceder. Los nazis están invadiendo toda Europa y tememos que Francia no resista mucho.

Por favor, no salgáis de México. España no es segura. Esperar a que nos pongamos en contacto pronto.

Ana, imagino que estarás muy grande, eres una niña muy despierta y decidida. Seguro que podrás hacer muchas cosas cuando este mundo vuelva a la normalidad y salga de su locura. Te quiero con toda el alma y te echo mucho de menos.

Querida Isabel, debes estar hecha toda una mujer. Ahora que podríamos comprar juntas, elegir bonitos vestidos que realcen tu figura, tenemos que estar separadas, pero pronto volveremos a reunirnos. Cuida de tu hermana pequeña, que aprenda todo lo que te enseñé. Que las mujeres somos tan valiosas como los hombres y que nadie tiene que hacerse dueño de nuestras vidas. Te quiero mi niña.

Amado Marco, el niño de mis ojos. Ya eres un hombre, por eso sé que serás uno tan bueno como tu padre. Siempre generoso y valiente, pero sobre todo consciente de que el tesoro más grande que tenemos es la familia. No lo olvides, tus hermanas son dos joyas que debes conservar hasta que volvamos a estar todos juntos.

Os queremos con el alma a los tres.

Vuestro padre os manda besos.

Francisco y Amparo

La carta nos dejó sin aliento. Ana fue la que peor reaccionó, como si aquel mensaje hubiera abierto de nuevo una herida muy profunda y dolorosa. Se marchó corriendo y salió de la escuela. Isabel tardó en reaccionar, pero terminó corriendo detrás de ella. Yo me quedé mirando la carta, aunque realmente no la leía. Me conformaba con contemplar la letra menuda de mi madre. Aquella tinta salía de una pluma que había empuñado un par de meses antes en Francia. El papel y los trazos precisos de sus manos eran lo único verdaderamente tangible, lo que me hacía creer que estaban vivos y que pronto volveríamos a reunirnos.

El regreso de mi hermana Isabel me sacó de aquel estado de ensimismamiento.

—No encuentro a Ana —dijo con el rostro angustiado.

—¿Qué? —le pregunté, aún medio ausente.

—No veo a nuestra hermana por ningún lado. Estoy preocupada, pronto se hará de noche.

—¿Crees que habrá ido a ver a María Soledad? —le pregunté. Ambas se habían hecho buenas amigas a pesar de la diferencia de edad. La mayoría de los domingos Ana me acompañaba a misa y vigilaba mientras nosotros dos hablábamos.

—Es muy tarde, pero puede ser —dijo Isabel, indecisa.

—Quédate aquí, es peligroso andar de noche por la ciudad. Hay muchos facciosos que intentan atrapar a niños españoles para deportarlos a España. Regresaré muy pronto.

Me dirigí a la casa de mi novia. Tenía el corazón en la boca y ganas de vomitar. Sabía de varios casos de desapariciones y de la pasividad de la policía y las autoridades. En el fondo, parte del gobierno quería deshacerse de nosotros cuanto antes.

Primero recorrí el pueblo en su busca, pero no había ni rastro de mi hermana por aquellas calles desiertas. Era víspera de Navidad y la mayoría de la gente se encontraba cenando en familia.

No tardé mucho en llegar a la casa de mi novia. Intenté llamarla por el balcón, pero no me escuchaba, la ventana estaba cerrada. Me arriesgué a trepar por la fachada. Logré asirme al balcón de la habitación de María Soledad y llamé al cristal. Me abrió asustada al verme allí.

—¿Estás loco? No sé qué haría mi padre si te encontrase aquí.

—No sabemos dónde está Ana. ¿La has visto? Estamos desesperados.

—Alguien llamó a la puerta hace una media hora, pero no vi de quién se trataba. Aunque sé que mi padre salió un momento, lo que me extraña porque estamos a punto de cenar.

—¿Dónde ha ido? —le pregunté asustado.

—No tengo ni idea —dijo María Soledad, algo nerviosa.

Sabía que su padre era capaz de cualquier cosa. Odiaba a los niños españoles, a los que consideraba bestias que debían ser domesticadas o enviadas de nuevo a su país.

—Piensa. ¿Dónde puede estar? Es posible que él sea el único que sepa dónde se encuentra Ana.

—Tiene un amigo español llamado Tomás. Es un tendero de la calle principal, vende legumbres y conservas.

No seguí escuchando, tenía una terrible corazonada. Salté del balcón y estuve a punto de romperme la crisma. Después corrí por la calle solitaria, mientras me prometía a mí mismo que no regresaría a la escuela hasta que hubiera encontrado a mi hermana.

CAPÍTULO 30

# DEPORTACIÓN

*Morelia, 24 de diciembre de 1939*

EL TIEMPO ES RELATIVO. MUCHAS VECES sentimos que se contrae hasta hacernos creer que apenas pasan las horas y en otras ocasiones tenemos la sensación de que se dilata haciendo que las semanas y los meses nos parezcan segundos. Mientras corría hacia la casa de aquel tendero español, el tiempo se detuvo, como si ya no existiera. Me paré frente a la fachada y vi cómo el padre de María Soledad salía de la tienda, que aún tenía las luces encendidas, y se dirigía calle arriba. Pensé en detenerlo y hablar con él, aunque enseguida me di cuenta de que no era una buena idea.

La luz del escaparate se apagó. El establecimiento debía tener una escalera interior, pero en la fachada había claramente otra puerta y estaba seguro de que por la parte de atrás había una segunda entrada que daba al callejón. Crucé la calle con las manos en los bolsillos, como si paseara sin prisa por la ciudad desierta. Entré en el callejón y calculé cuál podría ser la puerta trasera de la tienda. Después, miré hacia arriba. Había una valla alta, por lo que la puerta no daba directamente a la casa, más bien a un pequeño patio. Me aseguré de que nadie me seguía y pegué un brinco hasta alcanzar la parte alta de la valla, me encaramé y salté dentro. Apenas estaba incorporándome cuando escuché un gruñido a mi espalda. Un mastín me miraba fijamente. Sus dientes brillaban en medio de la oscuridad. Me quedé quieto, ya me había enfrentado a algunos perros callejeros en Madrid. Mi padre me había dicho que lo más importante era no perder la calma.

—Tranquilo perrito. No quiero hacerte daño.

El perro comenzó a ladrar. Sabía que si continuaba haciéndolo el dueño no tardaría en salir a ver qué sucedía. Entonces, saqué la navaja pequeña que siempre llevaba encima. En la escuela estaban prohibidas las armas, pero la había encontrado un día en la calle y siempre la llevaba conmigo. El animal se lanzó hacía mí, pero antes de que sus dientes se cerraran en mi cuello o mi brazo, adelanté la navaja y el animal cayó sobre ella, soltando un pequeño gruñido, se derrumbó en el suelo y comenzó a loriquear. Me dio pena verlo allí, agonizando. Nunca había matado a ningún ser vivo. En eso mi padre también era radical, creía que todos los animales tenían una dignidad que era necesario respetar y que únicamente debíamos matarlos para cubrir nuestras necesidades básicas. Hasta aquel momento nunca lo había entendido. Aquel día descubrí que terminar con cualquier vida es siempre un acto antinatural.

Escondí el cuerpo del perro entre las sombras y miré el patio con detenimiento. Había cajas vacías de madera, algunos sacos con patatas y unas bolsas de basura. En el fondo se encontraba una puerta con una escalera de dos o tres peldaños y más arriba dos ventanas. Escuché cómo se abría una de ellas y me escondí. El comerciante se asomó, seguramente alertado por los ladridos, y llamó al perro. Después, cerró la ventana y todo volvió a quedarse en silencio.

Me acerqué a la puerta e intenté abrirla, pero estaba cerrada con llave. Después me encaramé a una tubería conectada a los canalones del techo, y subí despacio por ella hasta la altura de la ventana y observé. En un salón iluminado había una mujer, dos niños pequeños y un hombre muy grueso. Estaban sentados alrededor de una mesa. Sin duda se disponían a cenar. Me giré hacia la otra ventana, que estaba a oscuras. La empujé, pero también estaba cerrada. Bajé de nuevo y busqué entre los cachivaches que había en el patio. Encontré una barra de hierro y la usé para forzar la puerta, que cedió produciendo un leve chasquido y el sonido de madera astillada. Entré despacio en un pasillo, olía a café molido y gofio, y llegué a la tienda, pero no vi nada a excepción de comida y unas tinajas de vino.

Detrás del mostrador había unas escaleritas. Me disponía a bajar para revisar el sótano cuando escuché un sonido a mi espalda y después un destello de luz. El tendero debía haber oído el ruido y había bajado a la tienda con una escopeta en la mano. La luz me cegó por unos instantes. Levanté instintivamente las manos y esperé a que él comenzara a hablar.

—¿Qué demonio haces aquí? Seguro que eres uno de esos ladrones de la escuela. España ha enviado a México la peor calaña que tenía.

El hombre soltaba espumarajos por la boca mientras hablaba. Lo miré fijamente, sin miedo, midiendo mis posibilidades.

—He venido a buscar a mi hermana. ¿Dónde la ha metido?

El hombre se quedó callado, como si no entendiera bien a qué me refería.

—¿Tu hermana? ¿Qué tengo yo que ver con tu hermana?

—Se escapó de la escuela esta tarde. Fue a casa de una amiga y sé que su padre se la ha traído hace un rato. ¿Qué pretende hacer con ella? Llamaré a la policía.

El hombre comenzó a reírse y no pude evitar sentir un escalofrío que me recorrió toda la espalda.

—¿Quién te ha dicho que vas a salir de aquí con vida? La policía no hará preguntas. No eres el primero que entra en mi tienda con la intención de robar. Los niños rojos sois una plaga que es mejor exterminar. Afortunadamente el Caudillo, en España, ha acabado con todos vosotros.

Estaba furioso, pero no me moví, no quería darle una excusa para que disparase.

—Únicamente quiero llevarme a mi hermana. Me iré con ella y no volverá a saber de mí.

El hombre levantó la escopeta, yo me lancé a un lado y escuché el estruendo justo en el saco que tenía enfrente. El tendero disparó de nuevo, pero no logró darme. Sabía que ese tipo de armas únicamente tenía dos cartuchos; así que me puse en pie y corrí hacia el hombre, lo empujé y se cayó de espaldas. Me le subí encima y comencé a apretar el rifle sobre su cuello.

—¡Maldita bola de sebo! ¿Me vas a decir dónde está mi hermana pequeña?

El hombre comenzó a ponerse rojo, y aflojé un poco para permitirle hablar, pero aprovechó la oportunidad para gritar. Lo apreté de nuevo y el tendero intentó quitarse el fusil del cuello. Era fuerte y logró zafarse un poco. Lo golpeé en la cara y comenzó a sangrar por una ceja.

Escuché unos pasos a mi espalda, era su mujer que corría hacia mí con un cuchillo en la mano. Me aparté justo antes de que me lo clavase. El hombre se incorporó y después se sentó sobre mi pecho. Sentía que me faltaba la respiración.

—Bueno, creo que es el momento de acabar con este crío estúpido.

—No quiero problemas —dijo la mujer—. Véndeselo a algún terrateniente, pagará un buen precio por él.

—No creo que ningún capataz logré doblegarlo, esta peste roja lleva la rebeldía en la sangre. Las niñas son otra cosa.

—La policía podría hacer preguntas y descubrirlo todo —comentó la mujer.

El hombre me miró con los ojos desorbitados. Intentó controlar su deseo de asfixiarme y tomando el rifle me golpeó en la cabeza. Me debió dar muy cerca de un ojo, porque comencé a ver borroso. Me golpeó de nuevo y perdí el conocimiento. Mientras mi mente comenzaba a desconectarse, no podía dejar de pensar en las palabras de mi madre: *Cuida a tus hermanas, no dejes que nada malo les suceda.*

*Parte 4*

# EL CAMPO DE
# CONCENTRACIÓN

# CAPÍTULO 31

# LA HUIDA

*Morelia, 25 de diciembre de 1939*

ME DESPERTÉ EN UN SÓTANO CON olor a fruta podrida y a humedad. Estaba muy oscuro y sentía un fuerte dolor de cabeza. Antes de abrir la boca intenté escrutar la habitación, pero no podía ver nada. Intenté moverme, pero además de tener el cuerpo adolorido, sentía como si me hubieran roto una costilla. Tenía las manos atadas a la espalda. Tiré de ellas y sonó algo metálico. Lo palpé en la oscuridad, parecía una tubería. Volví a tirar con fuerza, pero no pasó nada. Intenté aflojar las cuerdas, pero fue inútil.

—No podrás soltarte —escuché que me decía una voz al otro lado. Era de mujer o más bien de niña.

—¿Quién eres? —le pregunté angustiado. Me preocupaba lo que le pudiera suceder a mi hermana.

—Bueno, mi nombre es Lisa, aunque eso no importa demasiado. Un hombre me encerró en un coche hace un día o dos, he perdido la noción del tiempo, después me trajo aquí. El español baja un par de veces al día para darme agua y algo de comida, pero no sé mucho más.

—¿Estás sola?

—No, estás tú.

—Me refiero a si hay otra persona. ¿Trajeron a otra niña ayer?

Se hizo un silencio incómodo. Escuchaba con claridad la respiración de la chica.

—Ayer armaste un buen jaleo. Escuché los disparos, y tenía la esperanza de que viniera la policía, aunque es tan corrupta que, si el español le da una mordida, seguro que se hace la de la vista gorda.

—Anoche era Noche Buena, la gente debió pensar que se trataba de cohetes o petardos —le expliqué.

—Entonces eso quiere decir que llevo dos días aquí, por lo menos. Había salido de casa de mi madre para comprar algo para la cena de Navidad, mis padres son campesinos pobres. Esos tipos quieren a gente como nosotros, que nadie va a buscar si desaparece de repente.

—¿Escuchaste la voz de una niña?

—Sí, la escuché. La bajaron y la pusieron donde estás tú, pero cuando te trajeron, ella desapareció.

Las palabras de la chica me desalentaron más aún. ¿A dónde se habían llevado a mi hermana? Había escuchado rumores sobre la trata de blancas, pero nunca pensé que eso pudiera sucedernos a nosotros.

Comencé a forcejear desesperado y, después de un par de horas, logré que las cuerdas se aflojaran un poco. Si podía sacar una mano lograría liberarme y salir de allí. Cada minuto que pasaba era imprescindible, si se llevaban a mi hermana a otra ciudad, sería muy difícil volver a dar con ella.

—¿Cómo te llamas? —me preguntó la chica—. ¿Eres uno de esos niños españoles?

—Sí, soy de la Escuela España-México.

—Bienvenido a México —dijo sarcásticamente.

Me quería morir, pero seguí forcejeando hasta que al final logré sacar una mano. Luego me desaté la otra y caminé con cautela por aquel sótano apestoso, no quería hacer ruido y alertar al tendero.

—¿Te has logrado soltar? Por favor, sácame de aquí.

—Si te estás quieta y callada, regresaré. Te lo prometo.

—Desátame ahora, yo ya me encargaré de escapar.

Dudé por unos segundos, aquella chica podía advertir al tendero si no era muy cautelosa. Al final me acerqué a tientas y la desaté.

—Ahora me seguirás y no harás nada hasta que yo te lo diga —le dije muy serio.

Tanteamos las paredes hasta dar con la puerta. Giré el pomo despacio, pero estaba cerrada con llave.

—Mierda —susurré.

—¿Pensabas que la iba a dejar abierta? Podemos esperar a que regrese, no creo que tarde mucho en traer la comida.

—No tengo tiempo. Debo encontrar a mi hermana cuanto antes.

—Ya ella debe estar muy lejos. En la hacienda de algún terrateniente, me temo…

—Cállate, maldita sea.

Sabía que tenía razón, pero debía intentarlo. Aquel tipo me diría a quién se la había vendido y recorrería el país entero si era necesario.

Nos sentamos a esperar hasta que escuchamos ruidos. Volvimos a nuestros sitios y nos preparamos. El hombre abrió la puerta y la luz de las escaleras iluminó levemente el sótano. El cuerpo enorme del tendero se desdibujó en la claridad. Se acercó a mí y me miró con desprecio.

—Debería dejar que te mueras de hambre, pero eres más valioso de lo que piensas.

Depositó una bandeja en el suelo y comenzó a darme unas cucharadas de un puré asqueroso. La chica aprovechó la puerta abierta y salió corriendo.

—¡Qué demonios! —gritó el hombre, y golpeó la bandeja para seguirla, pero era tan pesado que apenas avanzó un par de pasos antes de que me lanzara a su cuello.

—Maldito cerdo —dije, derrumbándolo y cayendo sobre su espalda. El hombre se partió la nariz al darse de bruces y comenzó a sangrar.

—¡Ahora vas a decirme dónde está mi hermana! —le grité desesperado.

Su mujer apareció por la puerta y se lanzó sobre mí, pero no logró alcanzarme. La chica que había huido la golpeó con una sartén en la cabeza y la mujer perdió el conocimiento.

—¡Mi esposa! —exclamó el hombre.

—¿Dónde está mi hermana? —le pregunté al tendero mientras aplastaba su cara contra el suelo de tierra.

—¡Vete al diablo! —gritó de nuevo.

Lo comencé a golpear contra el suelo. Después de tres golpes le volví a preguntar, pero se negaba a hablar.

—Quemaré la tienda y a todos vosotros dentro —le advertí desesperado.

El hombre estaba medio inconsciente, pero mis amenazas surtieron efecto.

—Se la llevaron al convento de las clarisas.

—¿Qué convento? —le pregunté furioso.

—Está en Cuitzeo, al norte, junto a los lagos. Las monjas

necesitan criadas, algunas se convierten luego en novicias. No le van a hacer daño —dijo el hombre, casi sin aliento.

Me levanté, le pateé las costillas y después salí del sótano. La chica estaba llenando un pañuelo grande con cosas de la tienda, después le hizo un nudo y se lo echó a la espalda.

—Creo que me lo he ganado —me dijo con una sonrisa.

Era media tarde cuando salimos del lugar, pero apenas había nadie en la calle. La gente había trasnochado por la Noche Buena.

—¿Dónde está tu hermana? —me preguntó la chica cuando comenzábamos a caminar calle abajo.

—En un convento en Cuitzeo, creo que al norte de Morelia.

—Son seis o siete horas de camino. Llegarás de noche, si es que no te pierdes. Si me acompañas a mi casa, dejaré esto y te llevaré hasta allí.

# CAPÍTULO 32

# LOS AMIGOS FRANCESES

*Cuitzeo, 25 de diciembre de 1939*

LA CASA DE LISA ERA EXTREMADAMENTE pobre, aunque lo que más me impresionó fue que sus padres no se molestaron en preguntarle dónde había estado todo ese tiempo. Eso sí, se pusieron muy contentos al ver lo que les había traído. Salimos de la pequeña aldea al norte de la ciudad y comenzamos a caminar. Las pequeñas colinas coronadas con vegetación baja y arbustos que nos rodeaban, apenas rompían la monotonía del paisaje. De vez en cuando veíamos alguna tierra cultivada y nos cruzábamos con campesinos que viajaban en sus carromatos cochambrosos. Un par de coches pasaron por el camino, pero no pararon a pesar de que intentamos hacerles señas para que nos llevaran.

—¿Cómo es España? —me preguntó la chica.

Me parecía más infantil que cuando estábamos en la tienda y durante el camino hacia su casa. Se había recogido el pelo negro en una coleta y se había cambiado la ropa por otra tan pobre y ajada como la anterior, pero más limpia.

—Se parece un poco, al menos esta zona me recuerda el lugar donde vivían mis abuelos. Madrid es mucho más grande que Morelia, pero imagino que más pequeño que la Ciudad de México. Hace más frío en invierno y nieva mucho, pero la primavera es muy bonita y en verano hace un calor de mil diablos.

—Me gustaría conocer Madrid, aunque nunca he ido más lejos de una jornada de Morelia. ¿A dónde podría ir alguien como yo? Los pobres tenemos siempre un horizonte muy pequeño. No nos permiten tener ni sueños.

—Bueno, eso siempre podemos cambiarlo. En mi país luchábamos para que los pobres y los ricos fueran iguales.

—¿Y qué ha pasado? —me preguntó curiosa.

—Pues que ahora gobiernan los ricos. Hubo una guerra y la ganaron.

—¿No ves cómo digo la verdad? Los ricos siempre terminan quedándoselo todo.

Sabía que tenía razón, al menos en parte, pero mi padre siempre decía que la resignación es la excusa de los débiles.

—Seguiremos luchando. Mira lo que ha pasado en Rusia, la revolución lo ha cambiado todo —le dije algo más animado.

—¿La revolución? Mis padres me han contado que aquí también hubo una y no creo que las cosas hayan cambiado mucho. Los ricos pagan a hombres armados para que los protejan, tienen las tierras y el dinero, si no trabajamos para ellos nos morimos de hambre. Dicen que podemos votar, pero para qué. El mundo no cambia porque la gente eche papeles en una caja —dijo la chica con una media sonrisa.

—Yo no hablo de votar. La única forma de terminar con la injusticia es con las armas. Ellos nunca van a ceder voluntariamente. Hay que tomar el cielo por asalto.

El sol parecía adormecido detrás de las colinas y las sombras se alargaban cada vez más; en una hora se habría hecho de noche.

—¿Crees que llegaremos antes de que anochezca?

—Justo a la puesta del sol, pero lo malo será volver. No es seguro hacerlo de noche, hay espíritus, bestias y bandidos que salen de noche en busca de víctimas.

No le tenía miedo a la oscuridad. Tampoco a un camino solitario y polvoriento, pero si regresaba con mi hermana, debería protegerla de algún modo. Había perdido mi navaja y ahora andaba desarmado.

—Será mejor que nos colemos en el convento y no hagamos nada hasta por la mañana —le comenté.

—Esas monjas son muy astutas, no estoy segura de que podamos entrar al convento sin que se den cuenta. Aquello es como una fortaleza, pero por el pueblo hay lugares donde pasar la noche. No te preocupes, traje algunos burritos para cenar.

Llegamos al pueblo por la noche. Apenas había iluminación en las calles empedradas. Las fachadas de color blanco, medio desconchadas, brillaban a la luz de la luna. Llegamos a una plaza y la chica me señaló el convento. Lo rodeaba una muralla, y era cierto que parecía más una fortaleza que un establecimiento religioso.

Nos sentamos en un banco y comenzamos a cenar en silencio. Era la primera vez que dormía en la calle, aunque mi compañera parecía estar acostumbrada.

—¿Es seguro quedarse aquí? —le pregunté, dudoso.

—No lo es —me dijo, con una sonrisa que no comprendí en aquel momento.

En mi tierra había muchos peligros y acabábamos de vivir una guerra que había matado a miles de personas, pero existía un estado que al mismo tiempo que reprimía, protegía en parte a sus ciudadanos. En México imperaba la ley del más fuerte. Para Lisa, sobrevivir cada día ya era toda una aventura, no necesitaba pensar en lo que podía sucederle en el futuro.

Tras la leve cena, buscó un buen escondite entre los arbustos, y nos metimos allí en silencio.

—¿No te importa? —me preguntó, apoyándose en mi brazo.

—No —le contesté inquieto. Nunca había tenido a una chica tan cerca, si exceptuaba a mi novia.

—Hace un poco de frío —dijo, acurrucándose muy cerca de mí.

—Buenas noches —le dije, y me dormí casi de inmediato.

A la mañana siguiente, cuando me desperté, Lisa no estaba allí. Me desperecé y salí de entre los arbustos. No había rastro de la chica. Estaba a punto de dirigirme solo al convento cuando apareció con dos sombreros en una mano y en la otra unas tortas de tamal. Comimos sentados en un banco, estaba muerto de hambre.

—Traje los sombreros para engañar a las monjas. Es más fácil entrar por la puerta que saltar esa tapia tan alta. Podemos hacernos pasar por campesinos que van a arreglarles el huerto y el jardín. Me han dicho que a las nueve entra una partida, y ya he hablado con el encargado para que nos deje trabajar.

—Muy buen plan —le dije sorprendido.

—Piensas que soy una pueblerina boba, pero aquí dentro hay muchas ideas. Sé leer y escribir, fui a la escuela hasta los once años.

—¿Qué edad tienes?

—Catorce años, creo. La verdad es que nunca celebramos el día de mi santo.

Era bajita para su edad, pero no tenía por qué dudar de su palabra.

—¿Por qué haces todo esto?

La chica me sonrió de nuevo, tenía unos dientes grandes muy blancos.

—Me paso el día buscando qué comer porque tengo que llevar algo a casa. Al menos hoy me divertiré un poco con el españolito.

Nos unimos a la cuadrilla de jardineros. A la hora señalada nos abrieron las puertas del convento y nos dieron las herramientas. La mitad de los trabajadores se dedicó al huerto y la otra, a los jardines y los patios.

—Creo que son de clausura —me comentó la chica.

—¿Y eso qué significa? —le pregunté.

—No salen nunca de aquí ni hablan con nadie de afuera. Si nos ven, seguro que se esconden. Tampoco nos hablarán.

—¿Cómo vamos a encontrar a mi hermana? —le pregunté preocupado.

—Yo la buscaré —dijo, quitándose el sombrero y un poncho con el que había disimulado su ropa—. No sospecharán de una chica.

Me quedé limpiando la maleza de uno de los patios. El sombrero tapaba mi pelo rubio. Mi piel, después de tanto tiempo en México, estaba muy tostada por el sol, y mis manos se habían endurecido por el trabajo en el taller. El resto de los trabajadores no me habló en ningún momento.

Una hora más tarde comencé a preocuparme. No era normal que no hubiera regresado. Dejé la hoz a un lado y me metí en el edificio principal. Comencé a buscar por las diferentes estancias, pero no vi a nadie. Al final entré en lo que parecía la cocina del convento. Un grupo de muchachas jóvenes se asustó al verme y salieron corriendo. Tenía que darme prisa antes de que dieran la voz de alarma.

Recorrí más estancias hasta dar con una puerta cerrada. Me alejé un poco y la golpeé con el hombro. Logré abrirla y pasé a una sala en penumbra. Después seguí por un pasillo hasta que vi unas escaleras que descendían. Bajé a tientas y llegué a otra puerta. Estaba abierta, giré el pomo y al entrar vi a dos monjas que sujetaban a Lisa.

—¿Qué están haciendo?

Las dos monjas se asustaron, y una de ellas se giró hacia mí, llevaba una especie de látigo en la mano. Intentó golpearme con él, pero le detuve la mano en el aire, le quité el látigo y la golpeé. La otra se quedó paralizada.

—¡Suéltela! —le grité.

La monja soltó a Lisa de inmediato, y la chica corrió hacia mí.

—¡Malditas monjas! —gritó Lisa.

—¿Dónde está la niña que trajeron ayer? —les pregunté con el látigo en la mano. Señalaron a una habitación que se encontraba a mis espaldas. Abrí la puerta y vi a Ana, estaba llorando acurrucada en un rincón.

La tomé de la mano y salimos corriendo. Lisa nos siguió. Llegamos a la puerta del convento y la abrimos. No dejamos de correr hasta estar muy lejos de allí.

Caminamos de regreso a Morelia con el miedo aún en el cuerpo. Ana no dijo nada en todo el trayecto. Cuando llevábamos algo más de dos horas de viaje mi pobre hermana ya no podía más. Nos sentamos a un lado de la carretera para descansar. Un coche se detuvo a nuestro lado. Era elegante y estaba limpio, a pesar del polvo del camino. Una mujer vestida con un traje caro descendió de él y se paró a nuestro lado. Nos habló con un extraño acento y nos quedamos mirándola como hipnotizados.

—¿Puedo ayudaros en algo? Parecéis un poco perdidos.

—Vamos a Morelia —le dije, algo inquieto. Sabía que no era muy buena idea fiarse de un desconocido.

Un hombre se apeó del coche. Le miramos los zapatos relucientes y después lo observamos con cuidado. Nos chocó su mirada fría y su aspecto, algo rechoncho.

—Señor Indalecio, parecen niños españoles.

—Súbalos al coche.

Dudamos por unos momentos. El hombre, que ya se había vuelto a subir al vehículo, bajó la ventanilla trasera y dijo:

—Soy Indalecio Prieto, el representante de la República en el exilio mexicano, hagan el favor de subir al coche. No quiero estar ni un minuto más en este páramo solitario.

# CAPÍTULO 33

# EL VIAJE A LA CAPITAL

*Morelia, 1 de agosto de 1940*

RESISTIMOS EN MORELIA MEDIO AÑO MÁS esperando noticias de mis padres, pero fue inútil. No sabíamos nada de ellos. Tras la visita del enviado de la República las cosas se calmaron un poco. Para la mayoría fue un día algo especial. Indalecio Prieto y un par de personas más repartieron chocolatinas, nos dieron un breve discurso para animarnos y regresaron a la Ciudad de México. Cada día llegaban más refugiados españoles al país y por eso no perdíamos la esperanza de ver a nuestros padres. Sabíamos que Francia había capitulado y ahora la gobernaban un gobierno títere en el sur y el ejército nazi en el resto del país. Conocíamos que nuestros padres habían estado en un campo al sur Francia, pero no habíamos vuelto a tener noticias de ellos.

El presidente Cárdenas debía dejar la presidencia en noviembre de ese año, y no sabíamos si el nuevo candidato a la presidencia llegaría a algún acuerdo con el dictador Franco.

El tendero había abandonado Morelia, tal vez temeroso de que pudiéramos dar parte a las autoridades del secuestro de mi hermana pequeña. El padre de mi novia también había regresado con su familia a su tierra. Apenas pude despedirme de ella de lejos, mientras sus grandes ojos negros me decían adiós por última vez.

Lisa venía a veces a vernos; mis hermanas se llevaban muy bien con ella. Mi hermana Ana no nos había querido contar nada de lo sucedido, y nosotros tampoco quisimos insistirle en que lo hiciera. Tanto Isabel como Ana estaban cada vez más inquietas al no tener noticias de nuestros padres.

Aquella tarde, estábamos sentados con Lisa debajo de la sombra de un árbol, mirando los coches y los carros pasar por la calle. Teníamos mucho calor, pero había comprado unos refrescos para refrescarnos un poco.

—He oído que en la Ciudad de México los exiliados han creado una organización llamada Junta de Auxilio a los Refugiados Españoles, puede que ellos nos ayuden a encontrar a nuestros padres. Si logran salir de Francia, pasarán por allí primero —les comenté a mis hermanas.

Ana me miró ilusionada. Ya tenía doce años, pero tenía miedo de andar sola por la calle después de lo ocurrido. Yo había logrado terminar la primaria y no podía permanecer por más tiempo en la escuela, pero por nada del mundo iba a dejar a mis hermanas solas. Además, Isabel terminaría al año siguiente y lo que temía era que nos dispersáramos, permitiendo que nuestra familia se diluyera en aquella tierra, impidiendo que regresáramos alguna vez a España.

—Los nazis ocupan Francia, no creo que sea muy fácil escapar de allí —dijo Isabel, poco convencida. Sentía que aquella escuela era lo único seguro que teníamos.

—Ya sé que no eres muy aventurera, pero debemos dejar todo esto atrás. Padre y madre nos necesitan, así que debemos intentar acercarnos un poco a ellos. Nuestros padres siempre nos han cuidado, ahora nos toca a nosotros cuidarlos a ellos. Esa organización de exiliados puede echarnos una mano —le dije firmemente, dejándole saber que ya había decidido que nos iríamos a la capital.

—¿Cómo vamos a pagar el viaje en tren? No tenemos dinero —dijo Isabel, preocupada.

—Voy a hablar con el director. No creo que haya problemas con mi billete, pero necesitamos que pague los vuestros.

—¿Qué vamos a hacer solos en una ciudad tan grande? —preguntó Ana.

—Hace unas semanas le escribí a la organización y nos han buscado un sitio donde quedarnos en una de las casas de acogida. No tendremos lujos. Solo nos darán de comer y una cantidad semanal para los gastos. Allí podremos hacer los trámites para buscar a nuestros padres en Francia y llevarlos a casa.

—¿Puedo marcharme con ustedes? —me preguntó Lisa, que hasta ese momento se había mantenido callada—. Una vez dijiste que todos podemos cambiar de horizontes. Aquí no tengo nada, tal vez allí consiga más cosas.

No le contesté de inmediato. Ella no podría quedarse en la casa de acogida porque era únicamente para españoles. La gran ciudad podía ser muy peligrosa para alguien que venía de fuera.

—No sé si es una buena idea. Además, no tienes dinero para pagar el billete.

—Tengo algo ahorrado. No les causaré molestia. Una vez allí buscaré algún lugar donde quedarme y un trabajo. No me da miedo el ganarme el pan, no he hecho otra cosa desde los ocho años.

—¿Qué dirán tus padres? —le preguntó Isabel.

—Tendrán una boca menos que alimentar y, si encuentro trabajo pronto, les mandaré una ayuda. Mis hermanos pequeños necesitan comer todos los días.

Al día siguiente, fui directamente a hablar con el director. Después de tanto tiempo, nuestra relación había mejorado. Habíamos aprendido a respetarnos mutuamente. Cada vez había menos alumnos y el director era consciente de que con el cambio de gobierno, con toda probabilidad, llegaría un nuevo director a la escuela.

Reyes me recibió con una sonrisa. Ya había arreglado los papeles para mi traslado, pero no sabía nada de mi intención de llevarme a mis hermanas. Le expliqué la situación, y pareció entender que no quería separarme de ellas.

—Bueno, en la vida hay etapas que comienzan y otras que terminan. No ha sido fácil, pero nunca lo es lo que realmente merece la pena. La escuela más difícil de todas es la vida. Aquí les hemos enseñado disciplina, amor por las normas y el trabajo. No parecen cosas muy agradables en principio, pero para educar a hombres, primero hay que educar a niños. Hemos desarrollado en ustedes una fuerza interior, una resistencia, que los ayudará a pasar muchos problemas y dificultades. Espero que encuentren a sus padres. Si han logrado salir de ese infierno en el que se ha convertido Europa, son muy afortunados. Esperemos que los zarpazos de esa terrible guerra no lleguen hasta América.

—Muchas gracias señor director. Tengo que pedirle una última cosa, necesitamos que cubra los billetes de mis hermanas.

El hombre me miró y después abrió uno de los cajones de su escritorio con la llave que llevaba colgada en el cinto. Sacó algunos billetes y me los entregó.

—Espero que la fortuna les sonría. La vida es un camino repleto de obstáculos, pero al menos se tienen unos a otros. Le pediré a la cocinera que les prepare comida para el viaje y que les dé ropa nueva. No pueden ir con esos harapos a la capital.

Salí dando saltos de alegría, aunque en el fondo sentía una mezcla de emociones. Aquel sitio se había convertido en mi hogar durante más de tres años. En Morelia me había enamorado por primera vez, me había convertido en un hombre, había conocido la amistad, la traición y el miedo. Ana e Isabel tenían amigas que eran como hermanas para ellas. Algunos profesores habían dado lo mejor de sí mismos para ayudarnos. El presidente Cárdenas había sido nuestro mentor y protector. Ahora estaríamos bajo la protección del gobierno de la República en el exilio, pero nunca podríamos olvidar lo que México había hecho por nosotros.

Al llegar al comedor aquella noche, me di cuenta de que, de alguna manera, debía haberse corrido la voz de nuestra partida. Todos mis compañeros se pusieron en pie y me fueron abrazando uno a uno. Fue emocionante pensar que después de tanto sufrimiento, tras años de incertidumbre y temor, nos habíamos convertido en una gran familia. Cuando el último compañero me abrazó, mis ojos estaban anegados en lágrimas. Mis hermanas tuvieron el mismo recibimiento. Uno de los alumnos nos entregó un pequeño recordatorio que habían grabado en un tronco de madera.

—Amigos y hermanos de Morelia —comenzó a decir uno de nuestros compañeros—, hoy despedimos a tres de los nuestros. Recorrimos tierra y mar para llegar a este lugar apartado del mundo. Nos sentíamos solos y desdichados, perdidos y asustados, pero lo pasamos todo unidos. Algunos de los que llegaron con nosotros ya no están. La muerte los alcanzó muy pronto, casi al comienzo de su camino, mientras que otros se marcharon, buscando un futuro mejor. Los que quedamos seguiremos esperando noticias de nuestros padres. Queremos regresar a casa, aunque algunos hemos descubierto que nuestro hogar se encuentra muy cerca de los compañeros de Morelia, los que todavía permanecen y los que ya no están.

El compañero me abrazó y me levanté para decir unas palabras.

—Nos cuesta partir y dejaros aquí. No estáis solos, formáis una gran familia, pero debemos buscar a nuestros padres, ya que es la única forma de que algún día podamos ser felices. Hemos reído, llorado, cantado y bailado con vosotros. Durante un tiempo el destino nos unió, pero ahora debemos separarnos. Si la vida no nos reúne de nuevo, quiero que sepáis que ha sido un placer coincidir con vosotros en este trecho del camino. En nuestros corazones siempre habrá un sitio para todos vosotros. ¡Viva España! ¡Viva la República!

Todos gritaron a la vez las viejas consignas que ya nadie se atrevía a decir a viva voz en nuestro país. Nos habíamos convertido en los últimos vestigios de un mundo que se extinguía consumido por el fuego de su misma desesperación. Éramos como los restos de un naufragio, de una idea del mundo que deseaba hermanar a los hombres, pero que en lugar de eso había vuelto a unos contra otros. Una idea que había querido construir una sociedad nueva de las cenizas de la vieja, pero que había sucumbido a sus propias contradicciones. En aquel momento, ya no sabía lo que creía, pero sí lo que necesitaba. Mis padres eran ahora la única parte del mundo que me interesaba, la única que quería salvar, aunque el resto ardiera en una gran hoguera de odio y sufrimiento.

# CAPÍTULO 34

# EL TREN A ALEMANIA

*Camino de Mauthausen, 24 de agosto de 1940*

UNOS DÍAS DESPUÉS DE QUE TOMÁRAMOS el tren rumbo a la Ciudad de México, nuestros padres tomaron otro con un destino incierto. Tras varias negociaciones entre el gobierno de Franco y Hitler, el dictador español había ordenado a su Ministro de Asuntos Exteriores que los novecientos veintisiete republicanos que los nazis habían capturado en el campo de prisioneros de Les Alliers, cerca de Angoulême, fueran enviados a hacer trabajos forzados. Se trataba de un tren atiborrado de familias, hombres, mujeres, ancianos y niños, que viajaba lentamente hacia el norte. La sed los dejaba sin aliento, el calor sofocante consumía sus pocas fuerzas, mientras que el olor a orines y a heces lo invadía todo. En las pocas paradas que hacían, les daban un poco de comida rancia o repleta de gusanos. Los niños se deshidrataban y varios de los ancianos apenas se movían del rincón donde los nazis los habían arrojado días antes.

Los prisioneros les preguntaban a los vigilantes del convoy sobre su destino, y estos les contestaban que por los bombardeos tenían que dar un rodeo antes de ir a España.

Para la mayoría, el regreso suponía una muerte casi segura. Los fusilamientos y las ejecuciones sumarísimas continuaban por todo el país. La sed de venganza de los vencedores parecía insaciable.

Nadie habría imaginado que el infierno pudiera desplazarse por la tierra ante la indiferencia de todos. El tren cruzaba bosques y hermosas campiñas, reconstruidas tras la guerra fugaz del frente occidental, mientras los republicanos españoles que viajaba en él lloraban por su lejana tierra, imaginando los campos de trigo amarillentos y el sol caliente del verano, que maduraba las uvas para su pronta recolección. Sin embargo, ahora el cielo gris del norte de Europa les mostraba el verdadero corazón de las tinieblas.

Mis padres habían sido trasladados de su campo en Rivesaltes al de Les Alliers, al intentar escapar para ir al oeste; así que se encontraban en ese tren y, tras cuatro días de horroroso viaje, llegaron a una estación desconocida para todos. Se trataba de Mauthausen, cerca de Linz, en Austria.

Cuando el tren llegó con los novecientos veintisiete republicanos españoles a la estación cercana al campo de concentración, todos se pusieron a temblar. Se escuchaba cómo los nazis abrían bruscamente las puertas de los vagones y les preguntaban a los niños en alemán:

—*Wie alt, wie alt.*

Después, comenzaron a sacar a los hombres más jóvenes y sanos y también a los niños mayores de diez años de los vagones.

Mi madre se aferró a mi padre para que no se lo llevaran.

—¡No, por favor! —gritó, cuando uno de los nazis lo agarró por el brazo.

Mi padre levantó la mirada aturdida por la fiebre, y el alemán lo soltó. No querían a gente enferma en el campo.

La escena en los vagones no podía ser más dramática. Las madres se aferraban a sus hijos en medio de gritos y golpes, mientras los niños lloraban y pataleaban cuando los soldados los sacaban en volandas. Los hombres salían por sus propios medios, empujados por los soldados con fusiles en las manos.

Mientras casi la mitad de los hombres bajaba de los vagones, el resto se apretujaba en el fondo de los mismos, como si intentaran marcar distancia. De alguna manera todos intuían que aquella parada venía acompañada de la muerte, y que nunca más saldrían de esa oscura región de Austria.

Las puertas de los vagones se cerraron con la misma premura con la que se abrieron. Aquellos minutos dramáticos habían dejado a todos exhaustos. Se hizo un silencio largo, únicamente interrumpido por los lamentos de las esposas y las madres, que después de haber logrado mantener con vida a sus seres queridos durante la guerra en España y Francia, ahora los perdían para siempre.

Mi madre se asomó a una de las ventanas, y un hombre mayor vestido de tirolés la vio y le dijo en francés:

—Pobres, no volveréis a ver a vuestros hombres jamás.

Mi madre se volvió hacia mi padre, que parecía medio muerto, y lloró amargamente. Al menos todavía lo tenía a su lado.

El tren tomó el camino de España, y durante más de cuatro días atravesaron Alemania y Francia. A pesar de ir menos apretados, la pena y la desesperación podían verse reflejadas en cada rostro de aquellas viudas prematuras, aquellas madres que habían visto partir a sus hijos y de las niñas que se negaban a jugar en los vagones, porque su infancia había desaparecido de repente.

La llegada a Perpiñán no fue mucho más alegre. Una vez que cruzaran los Pirineos, todos terminarían en los campos de concentración españoles o en las cárceles. No existía un refugio para los republicanos españoles. Primero, el fascismo les había robado la República, después, el país, y ahora reclamaba la única cosa que aún les quedaba, sus vidas.

# CAPÍTULO 35

# UN BARCO A LA PATRIA

*Ciudad de México, 25 de Noviembre de 1940*

EL VIAJE A LA CAPITAL FUE emocionante. Ninguno de nosotros esperaba que después de varios años en México algo pudiera sorprendernos, pero el D.F. lo consiguió con sus hermosas avenidas, sus edificios suntuosos y las estatuas a los libertadores y los héroes revolucionarios. En el fondo, uno podía percibir muchas ciudades en una: la capital colonial construida sobre las ruinas de la gran urbe azteca, la ciudad del siglo XIX, hermosa y elegante, y la urbe moderna que parecía devorar todo lo que tenía alrededor. Millones de almas se movían cada día por aquella frenética ciudad, desde los campesinos desheredados de todo México, los emigrantes de los lugares más diversos del mundo, los funcionarios de las mil y una instituciones federales y los verdaderos habitantes de la ciudad, aquellos que constituían el corazón de la capital.

A mis hermanas y a mí nos encantaba la gran ciudad. Nos habíamos criado en Madrid, y estábamos acostumbrados al bullicio, al ruido de los coches y a las multitudes que corrían de un lado para el otro. Aunque nuestra ciudad comparada con la Ciudad de México era apenas un barrio. Nos sentíamos deslumbrados con sus calles de forma casi rectilínea, las avenidas gigantescas cuajadas de árboles y las hermosísimas villas de los prohombres de la ciudad.

Nuestra casa de acogida se encontraba en la calle Alfonso Herrera en la Colonia San Rafael. La regentaba un matrimonio español que desde el principio nos recibió con mucho cariño, los Sánchez. Habían consentido como algo excepcional que los tres hermanos viviéramos juntos en la misma habitación, a pesar de que el resto de los residentes de la casa eran todos varones. Mi hermana Isabel y yo estudiábamos en el Instituto Luis Vives, creado expresamente para los hijos de los exiliados. Lo dirigía Rubén Landa, un hombre estricto, pero un buen profesor. A mi hermana pequeña le daba clases la esposa de Alfonso Sánchez, que era además profesora, en la casa de acogida. Todavía no tenía edad para estudiar en el instituto.

Nuestra amiga Lisa vivía a las afueras de la ciudad y tenía que tomar dos autobuses para llegar al centro, donde trabajaba en una cafetería. Solíamos vernos con ella los domingos. Nos contaba cómo le había ido durante la semana y paseábamos con ella por El Zócalo, donde estaban el Palacio Nacional y la imponente catedral. A última hora de la tarde nos acompañaba hasta nuestra casa y después regresaba a la cochambrosa habitación que tenía alquilada al oeste de la ciudad.

Aquella tarde era fresca, el aire de la sierra nos helaba los huesos, pero el clima nos recordaba los días de otoño y primavera en Madrid.

—¿Hablaréis mañana con el embajador de la República? —nos preguntó Lisa, que temía que cualquier día tomáramos un barco de regreso a España.

—Sí, necesitamos saber qué ha sido de nuestros padres —le

respondió Isabel. Era ya una jovencita guapa y desarrollada, que se parecía mucho a mi madre. Cada vez que la miraba no podía evitar acordarme de ella.

—Lo entiendo. La relación que tienen con vuestros padres no es como la que tenía yo con los míos. No es que no los quiera, pero no me importa estar lejos de ellos. Creo que llega un momento en que cada uno debe hacer su propia vida.

—Al menos tú sabes que se encuentran bien. Los nuestros están perdidos en la Francia ocupada por los nazis o en España, donde el régimen persigue a todos los que lucharon a favor de la República —le contesté. Sabía que mi comentario era algo injusto. La vida de Lisa no había sido fácil, tampoco la de su familia. Los campesinos sin tierra estaban cargados de hijos a los que no podían darles casi nada. En cierto sentido su situación se parecía a la de los jornaleros en Andalucía y Extremadura.

—Espero que logren encontrarlos.

No era la primera vez que íbamos a la embajada a preguntar por mis padres, pero esta vez teníamos un poco más de esperanza. El señor Rubén Landa nos había dicho que en las últimas semanas habían llegado noticias de un tren de refugiados españoles enviados por los nazis de Francia a España.

Lisa se paró enfrente de nuestra casa. El viejo caserón, a pesar de estar algo destartalado, era lo más parecido que habíamos tenido a un hogar desde que llegamos a México.

—¿Nos veremos el domingo que viene? —nos preguntó, algo triste. Pensaba que un día llegaría a la plaza donde solíamos encontrarnos y no nos vería porque estaríamos camino a España.

—Sí, no podríamos irnos sin despedirnos de ti —le contesté.

—Saben una cosa, me encantaría ir con ustedes a España. Los

quiero más que a mi familia. De ustedes he recibido el cariño que nunca me dieron mis padres.

Ana le dio un largo abrazo, Isabel la besó en la mejilla y yo le sonreí mientras abría la verja. Entramos al pequeño jardín y nos quedamos parados conversando en la puerta.

—Me da mucha pena —dijo Isabel.

—Es muy dulce —comentó Ana.

—No puede venir con nosotros. España no es precisamente segura en este momento para llevar a Lisa.

—¿Piensas que será un buen lugar para nosotros? Somos los hijos de dos prófugos rojos. No creo que nos reciban con los brazos abiertos. Además, he escuchado entre los recién llegados que la gente se muere de hambre por las calles, el invierno del año pasado fue terrible. Cientos de personas murieron de frío. Se ha extendido la tuberculosis como una plaga. No hay nada para nosotros allí. En México, si hacemos el bachillerato, podríamos encontrar trabajo en un banco o en una oficina. Incluso podrías continuar tus estudios en la universidad, ya que el gobierno les da becas a los mejores estudiantes.

Mi hermana tenía razón. La vida era más fácil en México, pero a veces tenemos que escoger entre la felicidad y la supervivencia. Mi conciencia jamás estaría tranquila si no hacía el esfuerzo por encontrar a mis padres.

—Tengo que ir a buscarlos. Podéis quedaros vosotras aquí.

—No, les prometimos a nuestros padres que no nos separaríamos —dijo Ana, frunciendo el ceño. La simple idea de que cada uno tomara su camino era insoportable para los tres.

Entramos en la casa, y la esposa de Alfonso nos llamó para la cena. Nos reunimos la casi docena de estudiantes. A dos los conocíamos de Morelia, el resto había llegado en el último año de España.

Nos sentamos alrededor de la mesa y el profesor Alfonso comenzó a contarnos las últimas noticias de la guerra en Europa y sobre la situación en España.

—Al parecer, los alemanes están intentando invadir Grecia. Aunque lo que me parece más interesante es la posibilidad de que España entre en el conflicto bélico.

—Pero la población no podrá soportar otra guerra —le dijo Juan, uno de los residentes. Aquel chico había perdido a sus padres en la huida masiva de la población civil de Valencia a Alicante, en los últimos días de la contienda. Estaba completamente solo en el mundo.

—Si nuestro país entra en la guerra y Alemania pierde, los aliados invadirán la Península —dijo el profesor.

—Esas son vanas ilusiones —contestó su esposa—. Los ingleses son los únicos que resisten en su isla. Los franceses se han vendido a los alemanes y el resto está sometido a su poder.

—Pero, queda Rusia, esposa mía.

—Te olvidas que la Unión Soviética llegó a un acuerdo con Alemania para repartirse Polonia. Ya te he dicho que el comunismo y el fascismo son dos caras de la misma moneda.

La pareja comenzó a discutir de política. Juan se acercó a mí.

—En una semana parte un barco para España. Sé que quieres regresar a buscar a tus padres —me susurró al oído.

—Gracias, pero aún no estamos decididos del todo. ¿Qué podríamos hacer tres adolescentes buscando a mis padres en Francia o España?

—Eso es cierto, pero te aseguro que si mis padres estuvieran vivos, los buscaría por cielo, tierra y mar.

Alfonso tomó un sorbo de vino y nos miró a todos.

—Me han comentado que el viernes un grupo de alumnos se peleó con los gachupines —dijo.

—Empezaron ellos —comentó Pedro, otro de los compañeros—. Esos fascistas siempre andan causando problemas.

Los gachupines eran hijos de fascistas españoles o pertenecían a familias de la monarquía española. Su escuela estaba casi enfrente de la nuestra. Cuando salíamos de clases solían insultarnos y normalmente el asunto terminaba en una refriega. Los españoles franquistas nos desprestigiaban ante las autoridades y presionaban para que nos enviaran a España.

—Que sea la última vez. Esos fascistas son unos cafres, pero nosotros somos los auténticos representantes del gobierno legítimo de la República.

Todos inclinamos la cabeza, aunque sabíamos que al día siguiente las peleas comenzarían de nuevo. No íbamos a dejar que nos humillaran los hijos de aquellos cobardes que no habían luchado en la guerra, pero ahora se las daban de patriotas.

—¿Mañana vais a la embajada a primera hora? —nos preguntó el profesor.

—Sí, puede que sepan algo de nuestros padres —contesté.

—Ojalá, mi niño. Seguro que les darán buenas noticias.

Después de la cena nos fuimos a dormir. Mis hermanas se cepillaron los dientes y se acostaron en una de las camas, mientras yo lo hacía en la supletoria.

—¿Qué crees que nos dirán mañana? —me preguntó Ana, que no podía dormir. Estaba ansiosa por saber algo nuevo sobre nuestros padres.

—No lo sé, espero que sean buenas noticias.

Al día siguiente, no hizo falta que las despertara. Saltaron de

la cama y en menos de diez minutos estaban completamente pre-
paradas. Salimos de la casa tras un breve desayuno y caminamos
hasta la embajada. Subimos al piso que hacía las veces de oficina.
La fila de personas que esperaban para ser atendidas aquel día llegaba hasta la calle. Nosotros teníamos cita previa y fuimos los primeros en pasar.

El embajador nos recibió con afecto en su despacho repleto de
cajas y archivos. Todo parecía provisional y apenas había recursos
para los cientos de refugiados republicanos que llegaban cada día
a la ciudad.

José María Argüelles tenía un aspecto quijotesco, uno podía
imaginárselo con el yelmo, la armadura y la lanza luchando contra molinos de viento. Aunque realmente eso era lo que hacía, al
intentar con tan pocos recursos dar algo de esperanza a los casi
treinta mil españoles que habían llegado a México.

—Siéntense jóvenes, les aseguro que es la visita más alegre del
día. Aunque tengo una buena y una mala noticia.

Nos sentamos expectantes, y noté cómo se me aceleraba el
corazón. Tomé de la mano a mi hermana pequeña y esperamos
impacientes lo que nos tuviera que contar el embajador.

—Ya saben que las cosas en España están muy mal. Hay hambre, desorden, pobreza y matanzas. Qué les voy a decir. Miles de
españoles están prisioneros en campos de concentración. La opinión pública internacional no condena estas cosas, están más en-
tretenidos con las barbaries de los nazis.

—Lo sabemos —le contesté, escueto, para que fuera al grano.

—Bueno, la situación de los republicanos en Francia no es
mucho mejor. Algunos lucharon en la Legión Extranjera, otros
fueron usados como carne de cañón por el ejército francés, mientras que a muchos otros les tocó cavar las trincheras del frente. Los

nazis están deportando a la mayoría de los españoles a Alemania y a Austria, a sus campos de concentración, para que realicen trabajos forzados. Todo esto sin importarles los tratados internacionales, y el maldito dictador Franco no les dice nada. De hecho, los anima a matar a sus compatriotas.

—¿Nuestros padres están entre los prisioneros enviados a Alemania? —le pregunté, preocupado.

—No, bueno sí. Al parecer los llevaron en un convoy que iba a Mauthausen, un campo de Austria. Al llegar allí, sacaron a los hombres del tren y a todos los niños mayores de diez años. El resto fue enviado de vuelta a España.

—Mi padre… —dijo con la voz temblorosa Ana.

—Bueno, no sabemos la razón, pero su padre regresó en el tren a España. Hemos logrado acceder al registro de nombres gracias a un funcionario de la resistencia. Ambos se encuentran en España. Todos los que iban en ese tren fueron ingresados en campos de concentración bajo el mando del ejército de Franco.

Isabel apretó mi otra mano, mientras Ana saltaba de alegría.

—¡Entonces están vivos!

—Sí, pero corren un grave peligro. Sabemos que la situación en esos campos de concentración es muy dura. La alimentación es mala, maltratan a los prisioneros y los obligan a realizar trabajos forzados. Muchos de ellos terminan siendo ajusticiados por los tribunales militares.

Ana pareció entender de repente, que, aunque estaban vivos, su situación era desesperada.

—Queríamos pedirle una cosa —le dije muy serio.

El hombre apoyó su cara en las manos y nos observó con ojos tristes.

—Usted dirá.

—Queremos regresar a España. Hay un barco que saldrá del puerto de Veracruz dentro de una semana.

El embajador no parecía muy sorprendido, aunque sí decepcionado.

—Si están en un campo de concentración no podrán verlos. ¿Cómo se mantendrán allí? Sabemos que los franquistas están encerrando a miles de niños huérfanos, o cuyos padres permanecen en prisión, en orfanatos. Los más pequeños son dados en adopción. La situación es terrible.

—Lo sabemos, pero queremos estar allí cuando los suelten.

El embajador me miró sorprendido. Sin duda creía que tenía un gran valor, pero lo confundía con la desesperación. La vida no tenía sentido para nosotros sin nuestros padres.

Tomó su pluma y firmó una orden de salida, para que no tuviéramos problemas al embarcar al ser menores de edad. También nos dio dinero para que pagáramos los pasajes.

—En el fondo los envidio —dijo mientras nos despedía en la puerta—, preferiría estar en una cárcel en mi querida patria que en un palacio tan lejos de ella, pero alguien tiene que recoger los restos de lo que queda del sueño colectivo al que un día llamamos la República Española.

# CAPÍTULO 36

# CRUCE DE CAMINOS

*Marsella, 30 de noviembre de 1940*

MI MADRE NO HABÍA LLEGADO A ver el puerto cercano a Burdeos del que partimos hacia América. Su barco debía de partir de uno de los pocos puertos que aún no controlaban los nazis. Aquella mañana en Marsella, al lado de mi padre, sentía que debía haber tomado ese barco mucho tiempo antes. Para ella, separarse de sus hijos fue como si le arrancaran las entrañas. Vacía, triste y sin fuerzas, había logrado superar los difíciles años de la guerra civil y la huida a Francia, para luego tener que vivir aquel viaje en tren que los llevó al norte y que recordaba con espanto. Aún tenía grabada en la mente a todas aquellas mujeres que se habían quedado sin maridos, pero sobre todo a las madres que habían perdido a sus hijos, arrancados de sus manos por los nazis. Ella y mi padre habían hecho el viaje de vuelta. Después de ocho días en un vagón de ganado infecto, sin apenas agua ni comida, se sentían sin fuerzas. Aunque lo peor fue compartir el horror y la pena de todas aquellas mujeres. Las madres son siempre las peores víctimas de las guerras. Les arrancan lo que más aman en esta vida, sus hijos. Se los matan de hambre, se los torturan o simplemente se los matan, para después entregarles los cadáveres amortajados, envueltos en una bandera que no podrá secar sus lágrimas. Otras nunca verán los cuerpos de sus criaturas porque estas serán arrojadas a fosas comunes o enterradas en las cunetas, como perros atropellados por el destino.

Al llegar el tren a Perpiñán, uno de los gendarmes franceses que hablaba español les contó desde fuera del vagón que los mandarían de vuelta a España. Mi madre se lo contó a mi padre y un pequeño grupo de amigos que viajaban con ellos en el tren, discutieron qué hacer. Esa misma noche comenzaron a arrancar los clavos de una de las esquinas del vagón. Les costó varias horas conseguirlo, pero a las cinco de la mañana lograron arrancar dos listones. Suficiente para que pudieran salir con dificultad. La estación de tren estaba vigilada por soldados nazis. Por eso decidieron esperar a las siete de la mañana cuando el tren se pusiera en marcha. En cuanto se alejara de la estación y antes de que tomara velocidad, se lanzarían a la vía y esperarían a que pasaran todos los vagones.

El primero en lanzarse fue mi padre. Seguía febril y débil, pero el deseo de escapar era más fuerte que su enfermedad. Lo siguió mi madre, que no lo pensó dos veces. Las otras cuatro personas se asustaron y se quedaron en el vagón, confiando que una vez en España las autoridades no serían tan duras con ellos.

Mis padres lograron internarse en un pinar y desde allí caminar hasta una aldea. Unos pastores los llevaron a una casa medio abandonada que tenían en mitad del monte. A los pocos días lograron contactar con la Resistencia que los llevó hasta Marsella. Allí, el cónsul de México les facilitó un visado y un billete para Veracruz.

Mientras nosotros preparábamos nuestro escaso equipaje para

ir a España, nuestros padres estaban a pocas horas de llegar a México. Aquella tarde, los compañeros de la casa de acogida nos habían preparado una despedida porque al día siguiente tomaríamos el barco. Aunque nuestro tren hacia Veracruz salía muy temprano y no queríamos acostarnos tarde.

La cena fue muy especial. A pesar de que deseábamos partir, aquel había sido nuestro hogar durante unos meses. Echaríamos de menos a nuestros compañeros y profesores. También sentíamos alejarnos de la tierra que nos había acogido en un momento tan difícil.

Alfonso Sánchez y su esposa habían hecho un gran esfuerzo por preparar algunos platos especiales y una rica tarta de chocolate. Al terminar la celebración, al menos estábamos llenos y satisfechos. Un par de compañeros tocaron canciones con sus guitarras y experimentamos la extraña sensación de sentirnos un poco más cerca de nuestra patria.

Juan se retiró antes que el resto, su habitación estaba junto a la nuestra.

—Espero que encontréis a vuestros padres y podáis ser muy felices —nos dijo con una sonrisa triste, como la de alguien que ha perdido las ganas de vivir.

Después se fue a la planta de arriba y nosotros continuamos la fiesta un poco más.

—Bueno, queridos niños, regresáis a Europa en un momento difícil. El fascismo es muy peligroso, por favor, cuídense. Una vez que estén en España no confíen en nadie. En Madrid acudan a las oficinas del Servicio de Colonias Penitenciarias Militarizadas, que es el organismo que coordina los campos de concentración. Al parecer hay cientos por toda España. Algunos dicen que Franco gobierna el país como si fuera un cuartel, pero la realidad es que lo hace como si se tratase de una cárcel. No digan que son hijos de prisioneros. Si lo hacen, intentarán ingresarlos en un orfanato. Digan que están buscando a sus tíos o a algún otro familiar cercano. ¿Tienen con quién estar en Madrid?

—Mis abuelos viven en un pueblo próximo, aunque antes probaremos contactar a algunos de los compañeros de teatro de mi madre.

—Denme un abrazo —nos dijo el profesor con los ojos llenos de lágrimas. Su mujer se acercó y nos dio un beso, mientras nos deseaba el mejor viaje del mundo. El resto de los compañeros se despidió con una mezcla de envidia y pena. La mayoría había perdido a sus padres en la guerra.

Subimos a la habitación. Mis hermanas se cambiaron y yo me puse a leer un poco. No tenía sueño, estaba demasiado nervioso. No quería quedarme dormido y que perdiésemos el tren y no llegáramos a tiempo al barco. Tampoco me hacía mucha ilusión la travesía por el océano, después de nuestra última experiencia. Aunque lo que realmente me preocupaba era qué haríamos al llegar a España. El barco nos llevaría hasta Lisboa, en Portugal. Después tendríamos que tomar un tren a Madrid. Debíamos pasar la frontera sin levantar sospechas, con unos pasaportes falsos que nos había dado el embajador de la República, y escondernos en la ciudad hasta que averiguáramos algo de nuestros padres.

Estaba comenzando a quedarme dormido cuando escuché un golpe fuerte en la habitación de al lado. Salté de la cama y corrí. Abrí la puerta de la habitación de Juan y lo vi colgado de su corbata de una lámpara del techo. Lo agarré por las piernas mientras se balanceaba. Su cuerpo pesaba mucho y escuchaba su respiración fatigada, pero no quise mirarle a la cara.

—¡Ayuda! —grité, esperando que alguno de nuestros compañeros viniera a socorrernos. En eso llegó mi hermana Isabel, y entre los dos logramos levantar el cuerpo un poco. Pedro acudió con la ropa a medio poner. Enderezó la silla que estaba en el suelo, se subió a ella y cortó la corbata con una navaja. El cuerpo se derrumbó sobre nosotros y caímos los tres al suelo. Miré la cara amoratada de mi amigo, el nudo le seguía apretando la garganta. Tenía los ojos saltones y una expresión terrible de dolor en la cara, pero aún respiraba.

—Te pondrás bien —le dije, con los ojos empañados por las lágrimas.

Juan me miró y negó con la cabeza. No quería seguir en este mundo, ya no tenía fuerzas ni ilusión, y la soledad le atenazaba el alma.

—Juan, no te mueras —le dijo Pedro, abrazándolo. Eran muy buenos amigos. Los dos habían huido en uno de los últimos barcos que habían partido del puerto de Alicante, justo antes de la llegada de los franquistas.

Alfonso y su esposa llegaron en bata e intentaron reanimar a Juan, pero todo fue inútil. El último hálito de vida se le escapaba, mientras todos sus compañeros lo rodeábamos sin poder creer aún lo que había sucedido. La última en entrar en la habitación fue Ana. Lo miró un instante y se marchó llorando.

—Ayudadme a acostarlo en la cama. Mañana llamaremos a las autoridades —dijo el profesor—. Ahora iros todos a vuestras habitaciones.

La mayoría de los compañeros se fueron, pero Isabel, Pedro y yo nos quedamos.

—Marcharos —insistió Alfonso.

—Yo lo velaré esta noche —dijo Pedro.

—Juan está muerto, no puedes hacer nada por él.

—Ya lo sé, profesor, pero quiero velar su cuerpo. Los dos estábamos solos en este mundo. No quiero que su última noche en la tierra la pase completamente solo.

Lo dejamos sentado en una silla. Una sábana cubría el cuerpo sin vida de Juan. Me pregunté mientras caminaba con mi hermana a nuestra habitación si algo sobreviviría al hombre después de la muerte. Hubiera deseado que sí. La vida me parecía tan corta y llena de insatisfacción, que la inmortalidad se me antojó como lo más lógico del mundo. Me tumbé en mi cama después de arropar a Isabel y darle un beso en la frente, como cuando era pequeña.

Cerré los ojos y pensé en Madrid antes de la guerra, cuando el mundo parecía en orden y se podía escuchar a las personas charlando en los cafés, se las podía ver paseando despreocupadas por las calles o bailando en las verbenas. ¿Volvería de nuevo ese mundo? Aún no sabía que cada día que pasa, el pasado se disipa como la niebla, para dar paso al presente. La tierra es un gran valle de huesos secos enterrados donde, generación tras generación, la gente lucha y vive con la misma falaz sensación de que son únicos, sin llegar a descubrir que apenas forman parte de una larga cadena, como meros eslabones, y que otros ocuparán su lugar cuando ellos desaparezcan para siempre.

# CAPÍTULO 37

# REGRESO

*Veracruz, 2 de diciembre de 1940*

NUNCA ES FÁCIL DEJAR ATRÁS UNA parte de tu vida. A veces uno no aprecia aquellas cosas que tiene hasta que las pierde. México había sido nuestro hogar. Allí había amado, en Morelia había creado lazos de amistad que vivirían para siempre en mi interior, pero sentía que ahora debía alejarme, debía dejar volar a todas esas personas que me habían acompañado en aquel tramo del camino. No es justo encerrar a bellos pájaros de plumas en una jaula, lo mejor es dejar que vuelen, aunque la tristeza te inunde el alma. Siempre queremos volver a los sitios en los que hemos sido felices. En México lo había sido a mi manera, pero aún mitificaba a Madrid, el lugar de la infancia, en el que todo encajaba y aun las tristezas tenían un halo de alegría.

Sabía que la nostalgia me perseguiría un tiempo, como un largo invierno en el que la luz del sol se niega a salir entre las nubes grises, pero una mañana, cuando menos lo esperara, cuando ya me hubiera acostumbrado a los días apagados, el sol saldría con toda su fuerza y devoraría aquellos días grises hasta transformarlos en pura luz.

El puerto de Veracruz parecía tan animado como tres años antes. Ya no era el niño asustado y temeroso que había llegado a México escapando de la guerra y con el alma rota por estar separado de mis padres, pero aún quedaba mucho de ese niño en mí. Crecer no es olvidar, es sumar nuevas capas de pasado hasta convertirnos en la misma persona una y otra vez. Mis hermanas me seguían con las maletas en las manos. Para ellas el puerto era casi un lugar mitológico, porque en sus mentes aquel lugar nunca había existido del todo.

Nos acercamos a nuestro barco. No me parecía tan grande como el *Mexique*, pero lucía más nuevo. Los billetes eran de segunda clase, pero al menos podíamos viajar en el mismo camarote. Antes de subir a la cubierta, echamos una última ojeada a las palmeras que había al otro lado. El calor sofocante nos ahogaba en nuestros trajes de paño, preparados más para Europa que para el Caribe. Mientras subíamos por la escalinata, sin saberlo, mis padres caminaban junto a nuestro barco, sorprendidos por la exuberancia de América y tratando de absorber cada detalle del paisaje. Nuestros caminos se cruzaban sin encontrarse, como una macabra broma del destino.

La vida es una búsqueda, aunque sin saberlo añoramos regresar a la nada de la que vinimos, confundidos por el juego en el que se convierte todo a nuestro paso. Tras cada decisión vivimos mil rechazos. No se nos ocurre sentir nostalgia por los besos que no dimos, las personas que no conocimos y los abrazos que nunca estrecharán las almas con las que no nos cruzaremos jamás. Aunque es mucho más triste no volver a ver a aquellos que añoramos.

El barco partió por la tarde. El mar estaba en calma, y el agua parecía abrirse a nuestro paso como si deseara que nos alejáramos de la dicha del pasado cuanto antes. Miramos desde cubierta por última vez a México. Nunca sabemos cuando partimos de un lugar si regresaremos de nuevo, aunque vivamos con la osadía inconsciente y arrogante de creer que sí lo haremos.

El barco se internó en aquella inmensidad azulada, donde el cielo y el agua se confunden, como si el horizonte se desplegara hasta cansar a nuestros ojos con la monotonía infinita de la distancia.

Cenamos frugalmente, después nos dirigimos a nuestro camarote y, tras charlar un rato, nos quedamos dormidos. Estábamos agotados.

La travesía fue muy tranquila. Paramos brevemente en La Habana, como en nuestro viaje de ida, y visitamos la ciudad en las pocas horas que el barco reposó en el puerto. Después seguimos viaje en un océano en calma hasta llegar casi diez días más tarde a las Islas Azores. Un par de días después nos encontrábamos ante la imponente ciudad de Lisboa.

La capital de Portugal nos produjo una extraña sensación. La gente no hablaba nuestro idioma, los edificios de fachadas blancas cubiertos de azulejos suntuosos eran muy distintos a los edificios con fachadas de granito de Castilla, y se diferenciaban aún más de los de ladrillos rojos de Madrid, pero sabíamos que estábamos en casa.

Llegamos en tranvía a la Plaza del Comercio, después caminamos hasta el Barrio Alto. Teníamos que pasar una noche en la ciudad, ya que el tren a Madrid no salía hasta la mañana siguiente.

Dejamos las maletas en la pensión. Apenas nos quedaba algo de dinero para cenar y desayunar al día siguiente. Caminamos por la ciudad empedrada. La tranquilidad de la capital de Portugal nos impresionó. Mientras Europa entera era sacudida por la guerra, los lisboetas disfrutaban de la inminente Navidad. La noche era perfecta. Bajamos por las empinadas cuestas hacia la parte central, buscamos algún lugar económico y comimos pescado. Mientras mirábamos la calle desde la ventana del mesón, mi hermana pequeña comenzó a llorar.

—¿Qué te pasa Ana? —le pregunté.

Durante casi toda la travesía se había mostrado taciturna. No hablaba, se limitaba a leer y a dar largos paseos por la cubierta. Ella era, en algún sentido, más mexicana que española. Apenas recordaba nada de nuestros padres o de Madrid.

—Tengo la sensación de no estar viva.

No le entendí al principio, pero enseguida me di cuenta de a qué se refería.

—¿Qué quieres decir? —le preguntó Isabel.

—La vida es como un *flash* de luz entre dos nostalgias.

Me quedé sin palabras. Sabía que mi hermana era una chica inteligente, pero aquella frase en labios de una persona de apenas doce años me parecía casi imposible. Era cierto que había tenido que madurar deprisa y que muy pronto tuvo que dejar atrás la inocencia de la infancia, pero aquella idea era difícil de entender hasta para un anciano sabio.

—Eres una filósofa —bromeó Isabel.

—Siempre añoramos lo que hemos perdido. Al menos vosotros lo recordáis, pero yo tengo que sentir nostalgia de vuestros recuerdos, no de los míos. También se puede sentir nostalgia por lo que ya no podremos vivir, por eso el presente es solo un instante, un segundo de certeza. Aunque lo peor es que mientras tenemos esa certeza, apenas eres consciente de la realidad, la sientes confusa y escurridiza.

—México es para ti el pasado y España, el futuro —le contesté.

—Sí y no. España es pasado, aunque no lo recuerde, y México es pasado también, pero es lo único que tengo realmente. Mañana llegaré de nuevo al mismo lugar del que partimos hace más de tres años. Hemos intentado vivir la vida como un paréntesis, pero siento que lo único que me quedará en verdad será lo que sentí allí, en Morelia.

Caminamos junto al mar y nos sentamos en una escalinata que terminaba en el agua. No podía dejar de pensar en lo que había dicho mi hermana. Tenía miedo de volver a España, miedo a descubrir que nuestros padres estaban muertos; sentía temor y angustia por el futuro, pero lo que más desazón me producía era el infierno de tener que elegir un solo camino y desechar otros. Por un momento sentí nostalgia por las vidas que ya no viviría y las oportunidades que me había negado a mí mismo al decidirme a volver a España.

# CAPÍTULO 38

# ESPAÑA

*Madrid, 20 de diciembre de 1940*

La ciudad estaba cubierta de blanco a pesar de ser el año más negro del franquismo. La población mendigaba por las calles. Los restos de las bombas aún se apreciaban en la Gran Vía. La alegría se había marchado de Madrid como el calor del verano, precipitadamente. Al menos los cuerpos de los fusilados, de los asesinados a palizas, ya no desprendían el olor a muerte de los meses anteriores. A los pocos perros que quedaban con vida, la gente los cazaba para comérselos, y los que lograban seguir vagabundeando por las calles, devoraban los cadáveres que la funeraria municipal no daba abasto a recoger. Los asesinatos espontáneos, los ajustes de cuentas, la gente uniformada por las calles, el miedo a que te sacaran por la noche de tu casa y ya no regresaras más, habían convertido a la ciudad en un lugar insomne. Las calles estaban sin luz y no había adornos navideños, solo había un nacimiento astillado y con huellas de balazos en la Puerta de Alcalá, además de algunos adornos rotos en la Puerta del Sol.

Logramos cruzar la frontera sin mucha dificultad. La gente

quería salir de España, no regresar a ella. Con nuestros papeles falsos y la excusa de que veníamos de México para visitar a una tía en Madrid, la policía de aduanas selló nuestros pasaportes falsos y continuó la revisión en el resto del vagón.

La Estación de Atocha se encontraba casi intacta. Salimos a la plaza y caminamos por la calle Atocha. Tenía en un papel la dirección de Jacinto Guerrero, el director de la compañía de teatro donde mi madre había trabajado muchos años. Nos conocía muy bien, en especial a mi hermana Isabel y a mí, pero en aquel Madrid inhóspito en el que cualquiera podía traicionarte por un plato de lentejas con gorgojos, era mejor no confiarse demasiado.

Llamamos a la puerta del director. El conserje del edificio nos había mirado de reojo al entrar, pero no nos cerró el paso. En los edificios había informantes, y los barrios estaban organizados por falangistas, jefes de portal y de zona, que querían saber los pasos que daban cada uno de sus habitantes.

Llamamos al timbre y una criada muy anciana salió a recibirnos. Estaba enjuta, con la piel trasparente y apergaminada, parecía un fantasma.

—¿Quiénes son? El señor se encuentra un poco indispuesto…

—Somos los hijos de Amparo, la señora de Alcalde, una de sus actrices principales.

La criada nos miró de arriba abajo.

—¿Sois los hijos de "la Amparito"? No lo puedo creer. Dios mío, qué mayores estáis. No os acordaréis de mí, trabajamos juntas cuando ella empezaba. Jacinto me empleó aquí tras mi jubilación. Después de la juventud, a las actrices solo nos queda el hambre y la pobreza. Bueno, no quiero amargaros con mis penas. Pasar. Estaréis agotados. ¿Venís de muy lejos?

—De México —le contestó Ana.

—La pequeña, cómo te llamabas. Ana, ¿verdad?

—Sí, señora.

Caminamos por un pasillo largo con las paredes cubiertas por viejos carteles enmarcados de funciones de teatro. La mujer nos llevó hasta un saloncito y nos sentamos en un largo sillón.

—Jacinto no suele levantarse casi hasta mediodía pero le avisaré y, mientras él se arregla, os daré un poco de leche en polvo y unos bizcochos. El director tiene enchufe y las autoridades le dan algunos productos que son imposibles de conseguir con los cupones de racionamiento.

La mujer se fue a toda prisa, no pensábamos que podía caminar tan ágilmente. Entonces, los tres nos miramos. Las cosas estaban saliendo mejor de lo esperado.

Unos minutos más tarde nos trajo en una bandeja de plata unas tazas con leche y los bizcochos. Los devoramos en pocos segundos. No habíamos tomado nada en el tren.

Luego Jacinto entró en el salón. Estaba mucho más gordo que la última vez que lo vi en el teatro, y eso que engordar en aquel Madrid de la postguerra era un lujo que solo se podían dar unos pocos privilegiados.

—Dios mío, los hijos de Amparo, una de mis mejores actrices. Al menos queda algo puro en esta ciudad del diablo. ¿Cómo se encuentra vuestra madre? ¿Está en la ciudad? Sé que su marido pertenecía a la UGT, pero si ella no está fichada, podría contratarla de inmediato. Estoy estrenando una nueva obra de Jardiel Poncela —dijo, haciendo todo tipo de aspavientos. Su bata de seda granate se movía por encima de su inmensa barriga. Nos besó en las mejillas.

—No sabemos dónde está. Nos envió a México en plena guerra,

y nosotros acabamos de regresar a Madrid. En México nos dijeron que nuestros padres podían estar en un campo de concentración.

—No pronunciéis esas palabras. Las paredes tienen oídos. Aquí no estáis seguros. ¿Os han visto entrar en el edificio? —preguntó, nervioso.

—El conserje estaba en la puerta —comentó Isabel.

—Bueno, ese no me preocupa. Todos los días le doy algo de comer, el pobre lo está pasando muy mal. Tengo un almacén en el que guardamos los trajes y otros cachivaches, allí estaréis seguros por ahora. No pueden vernos juntos en la calle, pero pasaré todos los días para saludaros. Tomad —dijo, dándonos dinero—. Con esto tendréis para una temporada. Ahora mismo todo está racionado, pero en el mercado negro se pueden conseguir muchas cosas. No le digáis a nadie vuestra verdadera identidad. Espero que logréis encontrar pronto a vuestros padres.

—Gracias —le dijimos.

Jacinto se asomó a la ventana y miró por el visillo de la puerta.

—No se ve nada sospechoso, pero será mejor que os vayáis con Angelines cuando anochezca. Terminad la merienda.

El hombre salió del salón. Al principio nos miramos preocupados, no éramos conscientes hasta ese momento del peligro que corríamos en Madrid. Si nos detenían no tardarían en separarnos y enviarnos a un orfanato.

La criada nos sacó de allí justo cuando se encendían las escasas farolas que aún funcionaban. Caminamos quince minutos por las calles semidesiertas hasta llegar al barrio de Lavapiés. Entonces nos detuvimos frente a un edificio pequeño y entramos. Parecía haber sido una tienda en otros tiempos, estaba lleno de vestidos colgados en perchas. Era más bien un bosque de ropa de todas las épocas y estilos. Al fondo había un cuarto con dos camastros, además de un baño con lavabo y taza.

—No salgáis por ahora, es mejor que Jacinto tanteé el terreno. Él hará algunas preguntas sobre vuestra madre, tiene muchos contactos. En esa cesta está vuestra cena y algo para desayunar. Adiós criaturas y que Dios os guarde.

La mujer nos dejó solos. Encendimos una vela, para que no se viera la luz desde la calle y después nos tumbamos vestidos en los camastros. Aquella noche nos dormimos así, con la sensación de que de nuevo éramos extranjeros y que no pertenecíamos a ese mundo. No nos faltaba razón.

# CAPÍTULO 39

# EL CAMPO DE CONCENTRACIÓN

*Madrid, 23 de diciembre de 1940*

LOS DÍAS PASABAN, MONÓTONOS, EN AQUEL almacén abandonado, y cada vez teníamos menos esperanzas de que Jacinto encontrase a nuestros padres. No había venido a vernos ni una sola vez, como nos había prometido. La que pasaba todos los días era Angelines. Nos traía comida, libros y mantas para que nos protegiéramos del gélido frío que azotaba a la capital.

Estábamos comenzando a perder la esperanza cuando una mañana muy cercana a la Navidad, Jacinto vino a contarnos lo que había descubierto.

Vestía de una forma un tanto extravagante, sobre todo para aquel Madrid con olor a sacristía y a pólvora.

—Queridos niños, perdonad que no haya acudido antes a verlos, pero estamos con las funciones a pleno rendimiento. Esos falangistas parecen ávidos de comedias, como si ya no los saciaran la sangre y el sufrimiento de sus enemigos. Por lo que me ha contado mi contacto, hay más de ciento ocho campos de concentración repartidos por todo el territorio nacional, aunque los más improvisados y pequeños están cerrando. Allí llevan a todo tipo de personas, sobre todo a disidentes políticos, pero también a miembros de minorías religiosas, a homosexuales, a gitanos y a todos aquellos que no encajen en la nueva España. El contacto ha estado tres días mirando en los archivos. Como comprenderán, las cosas son un poco caóticas, ya que el estado se encuentra patas arriba. Además, algunos centros los gobierna la falange, otros los requetés, incluso otros son gobernados por los gobernadores civiles y militares.

Lo miramos impacientes. Jacinto le estaba dando mil vueltas al asunto antes de concentrarse en lo verdaderamente importante.

—Al parecer vuestros padres llegaron hace unos días al puerto de Bilbao en un barco que traía café desde México.

—¿Desde México? —pregunté sorprendido.

—Sí. Al parecer fueron a buscarlos, pero al no hallarlos decidieron regresar. La guardia aduanera los arrestó y se los entregó a las autoridades de la ciudad. Vuestra madre ingresó en uno de los campos de prisioneras de las afueras de la ciudad, vuestro padre fue trasladado a uno de los peores campos de concentración, el de Aranda de Duero, próximo a Burgos.

No sabíamos si alegrarnos o entristecernos. El hecho de que al menos estuvieran vivos ya nos parecía suficiente.

—¿Podremos verlos? ¿Cuándo saldrán de esos lugares tan horrorosos? —preguntó Ana, que no comprendía la gravedad de su encierro.

Cada día el gobierno mataba a cientos de personas. Franco tenía su escritorio abarrotado de sentencias de muerte que firmaba con gran alegría. El resto del mundo estaba demasiado ocupado con la guerra en Europa para hacerle caso a lo que sucedía en España.

Únicamente la voz de alguna autoridad eclesiástica y de políticos más moderados se alzaba pidiendo que terminara la matanza.

—No, mi hija, no pueden recibir visitas. Los campos al parecer no son como las cárceles. Los prisioneros no tienen derechos, como en las penitenciarías, están bajo el régimen militar. Se los considera traidores. Tienen que hacer trabajos forzados para ganarse el pan y las condiciones de vida son terribles.

Ana comenzó a llorar, e Isabel intentó consolarla, pero apenas podía contener las lágrimas.

—¿De qué los acusan? —logré preguntar, aunque yo también tenía un nudo en la garganta.

—Sedición, traición, rebeldía, crímenes de sangre. No hay pruebas de que le hayan hecho daño a nadie, pero me temo que los tribunales militares apenas les hacen caso a esos detalles.

—¿Podría hacer algo por ellos? ¿Intentar que los suelten?

Jacinto era consciente de que se estaba exponiendo demasiado al preguntar por nuestros padres, nadie estaba a salvo en aquel régimen de terror y opresión. De un día para otro, los que te alababan como dramaturgo y director de teatro, podían ser los mismos que te acusaran antes las autoridades. La censura, el control y la purga en las compañías, así como el pago ilegal a funcionarios para que se hicieran los de la vista gorda, estaban a la orden del día.

—El caso de vuestra madre es más sencillo. No hay ningún papel que la vincule con un partido u organización. La han acusado de animar a las tropas republicanas en el frente, pero ese no es un delito serio. Le pedí a mi contacto que tramitara una orden de liberación y sobreseimiento de su caso. Me ha prometido que hará lo que pueda. En cambio, vuestro padre es otro cantar. Pertenecía a la UGT, al Partido Socialista, participó en el asalto al Cuartel de la Montaña, capitaneó soldados y trabajó en las cárceles de Madrid durante la guerra. Si consiguiéramos encontrar a alguien que testificara a su favor, a alguna persona que salvara de la muerte…

Era muy difícil encontrar a algunas de las personas que mi padre había salvado y más aún que esa persona se atreviera a testificar.

—Mi padre ayudó a mucha gente, por eso pidió su traslado a la defensa y protección del Museo del Prado. Algunos de los anarquistas y comunistas lo tenían en el punto de mira —le conté. Mi padre me lo había dicho antes de que nos fuéramos a México.

—Necesitamos nombres concretos, personas que puedan testificar a su favor.

Jacinto se fue antes de que anocheciera. Nos había traído algunos mantecados, polvorones y figuras de mazapán. Un manjar en los tiempos que corrían.

Nos sentamos alrededor una minúscula mesa redonda y comenzamos a cenar.

—¿Qué vamos a hacer? —preguntó Isabel.

—Tenemos que buscar a esos testigos. No recuerdo sus nombres, pero puede que sí los sepan algunos de los amigos de padre —les comenté.

—Pero salir de aquí es muy peligroso —dijo Isabel, que desde que habíamos llegado a España tenía el miedo metido en el cuerpo.

—Vosotras os quedaréis. Seré yo el que busque a los testigos. Mañana es Nochebuena, imagino que los controles se relajarán un poco. Regresaré antes de que se haga de noche.

Ana me abrazó asustada.

—No podemos separarnos, no quiero que te suceda nada malo. Ya sabes que se lo prometimos a nuestra madre.

—Si no hacemos nada, nuestro padre podría morir, madre lo entenderá —le contesté.

Después de la cena estuve leyendo un poco. Se trataba de un libro de aventuras de un escritor inglés llamado Charles Dickens. Las desgracias ocurridas a sus protagonistas me recordaban un poco a las que nosotros habíamos vivido en México. Antes de dormirme pensé en mi madre, me había pedido que no la olvidase y no lo había hecho. Su recuerdo era unas de las pocas cosas que me ayudaban a seguir adelante.

Por la mañana me abrigué bien y salí antes de que mis hermanas se despertaran. No quería que se preocuparan, pero temía que, si no lo hacía así, me suplicaran que no me fuera.

Me sentí extraño caminando por las calles, me parecía como si me encontrase en un sueño. En mi mente, Madrid se había convertido hacía tiempo en una especie de ciudad mítica e idealizada, pero de nuevo pisaba sus calles y recorría con la mirada sus bellos edificios. La guerra había logrado herirla, pero no terminar por completo con su esencia.

Me crucé con un sacerdote que se me quedó mirando fijamente.

—¡Maldito rojo! ¿No te han enseñado a besar la mano de un padre cuando se cruza en tu camino?

Me quedé paralizado por el miedo. Le besé el anillo y seguí mi camino temblando de pies a cabeza.

Llegué hasta la Plaza Mayor. Después me acerqué a una de las cantinas que mi padre solía frecuentar con sus amigos después del trabajo. Apenas quedaba alguno de sus viejos camaradas. Los que no habían huido o muerto, estaban encerrados en las cárceles o se encontraban en los campos de concentración del régimen.

El único que parecía no haber cambiado nada era el cantinero.

Tenía más canas en la barba y se veía más delgado, pero en esencia era la misma persona de mala cara y pendenciera.

—Señor Ramón, no se acordará de mí, pero soy el hijo de Francisco, el impresor.

El hombre se me quedó mirando, como si le hablara de un pasado lejano del que se había olvidado por completo.

—¿Eres el hijo de Francisco? La última vez que te vi eras un niño. Veo que la guerra convierte a los mocosos en hombres más rápido de lo que uno se imagina. ¿Qué te trae por aquí? No veo a tu viejo desde hace mucho tiempo. Desde el día en el que… Nos liberaron los nacionales —dijo, pensando en la mejor manera de no levantar sospechas entre su clientela.

—No lo busco a él. Estoy intentando localizar a Sebas, su amigo y ayudante.

—¿Sebas? A ese sí lo he visto. Creo que trabaja en las prensas de un periódico falangista. *Arriba*, creo que se llama. Ahora están en el edificio del periódico *El Sol*.

—Sé dónde está —le contesté.

Salí de la cantina y caminé por las calles heladas hasta el edificio del periódico. En la puerta había un conserje con cara de pocos amigos, pero intenté probar suerte.

—¿Dónde cree que va, mozalbete? —me preguntó al verme pasar.

Llevaba un café con leche en la mano, era la única cosa que se me había ocurrido para poder pasar.

—Soy camarero del café de la esquina. Al parecer uno de sus redactores ha pedido uno de estos, el señorito no tiene tiempo de ir al bar.

El hombre con su bigote negro y su cara picada por la viruela frunció el ceño, pero me dejó pasar. Subí al ascensor, pero en lugar de ascender, apreté el botón que me llevaría a los sótanos, donde imaginaba que se encontrarían las máquinas de impresión. Abrí la puerta y dejé el café en las escaleras. Caminé entre las prensas con la esperanza de encontrar a Sebas, pero no estaba por ninguna parte.

—Perdone, señor. Estoy buscando a Sebastián Bustamante —le dije a uno de los operarios.

—¿El Sebas? Está arriba, en la redacción. Ha subido unas pruebas de la portada de la edición de la tarde.

Tomé de nuevo el ascensor a toda prisa. El conserje no tardaría en sospechar si no salía del edificio. Busqué entre los periodistas. La mayoría vestía uniforme de la falange, su simple presencia me ponía muy nervioso.

—Sebas —dije, al verlo con unos pliegos de papel en las manos.

El antiguo ayudante de mi padre me miró sorprendido.

—¿Marco Alcalde? Me parece estar viendo a un fantasma. Ven conmigo —dijo, tomándome por un hombro. No quería hablar delante de todos aquellos fascistas.

—Dios mío, pensaba que te encontrabas con tus hermanas en México. Tus padres intentaban reunirse con vosotros.

—Sí, pero no lo lograron. Ahora están encerrados en un campo de concentración. Necesito tu ayuda.

El hombre frunció el ceño extrañado.

—¿Mi ayuda? No pienses que porque trabajo aquí conozco a nadie que pueda echarte una mano.

—No es eso. Quiero encontrar a algunas de las personas que mi padre ayudó. Ya sabes que él no estaba de acuerdo con la matanza de la quinta columna.

El hombre miró a un lado y al otro, como si quisiera asegurarse de que nadie nos escuchaba.

—Este no es el mejor lugar para hablar. Dime dónde puedo verte y te llevaré una lista.

Dudé unos momentos. Después le di la dirección del almacén en Lavapiés y me dirigí al ascensor.

Sebas se acercó a una de las mesas mientras me alejaba y comenzó a hablar con un periodista. Salí del edificio y caminé por las calles abarrotadas. Me encantó pasear por la Gran Vía hasta la Plaza de España. Por un instante me limité a disfrutar del momento. Apenas recordaba lo que era perderse por las calles y caminar sin rumbo, por el simple hecho de disfrutar del bullicio de una gran ciudad y convertirme en invisible en medio de la multitud.

CAPÍTULO 40

# SEPARADOS

‹‹‹‹‹‹‹‹‹‹‹‹‹‹‹‹‹‹‹‹‹‹‹‹‹‹‹‹‹‹‹‹‹‹‹‹‹‹‹‹‹‹‹‹‹‹‹‹‹‹‹‹‹‹‹

*Madrid, 24 de diciembre de 1940*

LAS ÚLTIMAS NAVIDADES HABÍAN SIDO AMARGAS. Lejos de casa y de nuestros padres, rodeados de extraños y con la amarga sensación de que nunca volveríamos a reunirnos con nuestros progenitores. Mientras caminaba de regreso al almacén de ropa, por primera vez en años me atreví a soñar con las siguientes Navidades. Me imaginé a los cinco alrededor de una mesa tomando una suculenta cena y abriendo los regalos el Día de Reyes. Poco a poco las calles comenzaban a quedarse desiertas. La gente intentaba llegar a sus casas lo antes posible para celebrar las fiestas en familia. Me encaminé hasta el edificio del almacén y saqué la llave, pero la puerta estaba abierta. Entré temeroso, todo estaba a oscuras. Caminé entre los trajes, que parecían fantasmas amenazantes, y abrí la puerta de la habitación. Me sobresalté al ver a dos hombres vestidos con gabardinas grises. Miré a ambos lados, pero no había rastro de mis hermanas.

—Creo que te llamas Marco Alcalde. ¿Buscas a tus hermanas?

No te preocupes, están a buen recaudo. Esta noche dormirán en un convento cercano de monjas, mañana las llevarán a un orfanato.

Aquellas palabras me helaron la sangre. ¿Cómo nos habían descubierto?

—¿Por qué han hecho eso? Ellas no son huérfanas, están a mi cargo.

Uno de los hombres se puso de pie y retrocedí un poco.

—Tus padres, unos rojos de mierda, os enviaron a México en el año 1937. Sois de los niños de Morelia. Algunos ya han vuelto, y otros no tardarán en hacerlo. Después dejasteis México y habéis entrado en el país de manera ilegal. Hemos encontrado los pasaportes falsos. ¿Sabes que ese es un delito muy grave?

—No podíamos hacer otra cosa —les dije con la boca seca. Quería escapar de allí en ese mismo instante, pero sentía las piernas agarrotadas.

—¿Cuántos años tienes? ¿Dieciséis? Por ahora te enviaremos a un orfanato, pero el año que viene, si no te portas bien, puede que termines en la cárcel. Ahora será mejor que nos dejemos de cháchara, que se nos va a pasar el turrón. Esta noche es Nochebuena, joder.

Me giré y comencé a correr, pero antes de que llegara a la puerta un hombre me interrumpió el paso.

—¿Sebas? ¿Cómo has podido?

El antiguo ayudante de mi padre me miró con desprecio, como si viera a una rata que se había cruzado en su camino.

—Hay que adaptarse a los nuevos tiempos y estas cosas ayudan. El redactor de *Arriba* me prometió que podría trabajar de oficial de primera en las máquinas si os delataba. No es nada personal. A esta gente no le importa que tu padre salvara a un par de curas o señores del barrio de Salamanca, es un rojo peligroso y no tiene cabida en la nueva España.

Lo miré con desprecio. Mi padre había hecho todo por él. Le había enseñado un oficio, lo habíamos acogido en nuestra casa como uno más, pero la lealtad humana es siempre condicional.

—¡Eres despreciable! —le grité, y después le escupí en la cara.

Los policías me tomaron por los brazos y me sacaron del edificio. Justo en ese momento comenzaba a nevar y se escuchaban unos villancicos en la lejanía. Pensé en mis pobres hermanas aterrorizadas, precisamente en un día como este. Imaginé a mi madre encerrada en una mazmorra en el campo de mujeres de Bilbao, angustiada al no saber dónde nos encontrábamos y sentí la preocupación de mi padre en Miranda de Ebro, al haber perdido a su familia sin poder hacer nada para protegerla.

Caminamos hasta un coche parado enfrente del almacén. Me metieron en la parte trasera y se dirigieron a la Puerta del Sol, para encerrarme en uno de los calabozos de la Dirección General de Seguridad hasta mi traslado al día siguiente a uno de los orfanatos del régimen. Miré por la ventanilla medio empañada por el frío. Mi familia estaba dispersa por todo el país, y dentro de unos días todos estaríamos encerrados, unos lejos de otros. Intenté no perder la esperanza e hice una corta oración, aunque no estaba seguro de que nadie pudiera escucharme. Simplemente pedí que volviéramos a estar todos juntos de nuevo. Después pensé en los millones de personas que aquella noche echarían en falta a alguien en su mesa. Esposos, padres, hermanos, hijos, hijas, amigos o simplemente conocidos que nunca más celebrarían junto a ellos la Navidad. Apenas noté cuando las lágrimas comenzaron a rodarme por las mejillas congeladas. Sentía un fuerte dolor en el pecho y tuve ganas de rendirme, dejar que el destino terminara por imponerse a mi terca voluntad, pero debía tener esperanza. Era a lo único que podía aferrarme. La misma esperanza que hay en el corazón de un enfermo cuya vida pende de un hilo, la que le queda a un padre al recibir la carta del hijo que creía perdido, de la que vivían los que aquella noche no tendrían nada que poner en la mesa y la que les quedaba a aquellos que en la cárcel escuchaban los disparos de los fusiles en los paredones. En ese momento comprendí que, de esa endeble y fina cuerda, pendía la vida de millones de personas en aquel invierno de 1940.

*Parte 5*

# EL ORFANATO

# CAPÍTULO 41

# PARACUELLOS

*Paracuellos, 27 de diciembre de 1940*

DESPUÉS DE TRES DÍAS EN UN calabozo frío y sucio, el simple hecho de salir fue para mí el mejor regalo de Navidad. Durante aquel tiempo no dejaba de torturarme pensando qué habría sido de mis hermanas. Si los franquistas habían creado más de cien campos de concentración para adultos, imaginaba que habrían hecho algo parecido con los centros de menores. Además de los miles de huérfanos, otras decenas de miles de niños tenían a sus padres en las cárceles o en el extranjero. El estado se había hecho cargo de ellos y aunque parecía un acto compasivo, muy pronto descubrí lo contrario.

Una pareja de policías me llevó hasta una pequeña furgoneta que estaba en la calleja detrás del edificio donde había estado prisionero, y me sentaron junto a otros cuatro menores, cerrando la puerta bruscamente detrás de mí. Recorrimos las calles nevadas de Madrid en dirección a la carretera de Aragón, y algo más de cuarenta minutos después, llegamos a un pueblo de las afueras de

Madrid. El vehículo entró en un recinto rodeado por una tapia alta de ladrillo y paró frente a un edificio decrépito y cochambroso.

—¡Venga, maleantes rojos! —gritó uno de los policías mientras nos sacaban a empujones. En la entrada nos esperaban cuatro guardianes con uniformes falangistas.

El director del lugar se llamaba Juan Rufián, un "camisa vieja", terminología que usaban los falangistas para denominar a los fascistas más veteranos que no habían entrado en el partido al calor de los beneficios que podía darles el nuevo estado. Los falangistas, a pesar de estar integrados en la Falange de las JONS, seguían manteniendo su ideario fascista y creían que España podría convertirse en algo similar a Italia o a Alemania. La mayoría de los ministros de Franco, muchos de ellos militares y monárquicos, los veían con malos ojos, pero la dictadura necesitaba el apoyo de Hitler y les daban algo de margen, para mostrar al mundo que detrás de aquella guerra civil cruel y estúpida había una verdadera ideología.

Juan Rufián nos examinó uno a uno. Nos miró los dientes, los brazos y las pupilas.

—Al menos estos servirán para trabajar. Muchos de los rojos son escoria. Antonio Vallejo-Nájera lo deja muy claro en sus artículos: el marxismo es una muestra de inferioridad mental —dijo, provocando la carcajada de sus camaradas.

En ese momento apareció un cura con sotana. Llevaba el símbolo del yugo y las flechas en la solapa. El padre Onésimo Sánchez se encargaba de adoctrinarnos para convertirnos de nuevo en buenos católicos. Aunque casi todos nosotros no estábamos bautizados, para él, el simple hecho de ser español ya te convertía automáticamente en católico.

Nos hicieron pasar a la enfermería a golpes. Luego nos pidieron que nos desnudáramos mientras el médico nos revisaba. A todos nos costó ponernos en cueros delante de aquellos hombres, en especial del cura, que nos miraba con los ojos desorbitados.

—¿Habéis desayunado? —nos preguntó el director.

Negamos con la cabeza sin atrevernos a abrir la boca.

—Pues os jodéis, que aquí no estamos para engordar a rojos. Fermín, rápales el pelo y enséñales las estancias del palacio. Aquí tendréis que trabajar para ganaros el pan, no mantenemos a vagos en la nueva España que estamos construyendo.

El tal Fermín era un falangista que provenía de la clase obrera, al que tenían como criado y mandadero. El chico era como la mascota de aquellos falangistas. Podía haberse marchado del orfanato el año antes, pero lo mantenían allí para hacer el trabajo sucio.

Nos enseñó el cuartucho sucio y lleno de cucarachas en el que nos alojaríamos y, sin tomar bocado, nos dijo que teníamos que ir al taller, otro cuchitril en la planta baja donde fabricaríamos cuerdas. Un jefe de taller nos asignó varias tareas y estuvimos trabajando en silencio hasta la hora de la comida.

Aquel orfanato terrible no se parecía en nada a la escuela de Morelia. A pesar del primer director que nos despreciaba o al segundo que nos trataba como si estuviéramos en un cuartel, el orfanato de Paracuellos era una cárcel y de las más duras. Comprobé cómo el fanatismo siempre lleva a los seres humanos a realizar barbaries inimaginables.

En la comida me sentaron junto a uno de los chicos más pequeños, no debía tener más de nueve años. Lo llamaban el Rubio.

—¿Acabas de llegar? —me preguntó en un susurro.

—Sí, ¿qué demonios es esto?

—El infierno. El Auxilio Social ha creado centros de estos por todas partes. Los fascistas los llaman Casas Hogar para los huérfanos de la guerra. Pero yo no soy huérfano, mi madre está viva en la cárcel. Estuvimos juntos allí un par de meses. Creía que aquello era malo, pero esto es peor.

—¿Quién está hablando? —gritó el tal Fermín.

Nos callamos atemorizados. Después de la comida regresamos a trabajar hasta la hora de la cena. Nos dejaron asearnos un poco y después nos enviaron a la cama. Estaba prohibido hablar, jugar, cantar, reunirse en grupos o hacer cualquier otra actividad espontánea. La vida estaba organizada en función del trabajo desde que te levantabas hasta que te acostabas. El único día que teníamos un poco de tiempo libre era el domingo. Por la mañana era obligatorio ir a la misa y por la tarde podíamos estar en el patio.

El Rubio se acercó a mi cama. Nos quedaba media hora antes de que apagaran las luces y el silencio fuera obligatorio.

—Dios mío, ¿qué pasa en este lugar?

—Dicen que es un orfanato, aunque en el fondo solo sirve para torturarnos. Yo lo único que recuerdo, desde que soy consciente, es la guerra. La pasé en el barrio de Vallecas con mis padres, los dos eran anarquistas. En los últimos años, se persiguió a los anarquistas en Madrid. Los comunistas le pegaron un tiro a mi padre, y mi madre y yo nos quedamos solos. No teníamos nada que comer, pero al menos estábamos juntos. Cuando los franquistas entraron en Madrid, unos vecinos nos denunciaron y nos llevaron a la cárcel de las Ventas. Las mujeres y los niños estábamos hacinados en las celdas sin agua ni apenas comida. Los bebés lloraban por la sed, no les daban a las madres pañales limpios para cambiarlos, y el olor era insoportable. Una vez a la semana dejaban a las mujeres lavar la ropa, pero no secarla afuera. Se metían las prendas de los bebés entres los pechos para secarlas con el calor del cuerpo. Cada día se llevaban unas pocas para fusilarlas, y los niños se quedaban sucios, sin sus madres. Eran atendidos por las otras mujeres, hasta que las falangistas venían y se los llevaban. Después de unos meses, se comenzaron a llevar a todos los niños, primero a los más pequeños. Los arrancaban de los brazos de sus madres, mientras les gritaban y les pegaban. Al final nos sacaron de allí al resto. Yo ya soy muy mayor para que me den en adopción, pero los pequeños eran entregados a familias del régimen.

No podía creer lo que escuchaba. ¿Qué tipo de personas eran capaces de hacer algo así? Una cosa era castigar a los padres, aunque lo único que hubieran hecho fuera apoyar al gobierno democrático de la República, pero otra muy distinta era robarles a sus hijos.

—¡A dormir! —escuchamos decir a Fermín, mientras apagaba las luces.

—¿De dónde vienes tú? —me preguntó el Rubio—. Hablas con un acento raro.

—De México —le contesté en voz baja.

—¿México? ¿Dónde está eso?

—En América.

—¿Por qué viniste a España? Aquí ya no hay nada. Esto es una tumba y nosotros somos muertos en vida.

Tardé mucho en dormirme aquella noche. Me arrepentí de haberme ido de México, en especial al pensar que mis hermanas estaban sufriendo algo parecido en algún lugar. Debía escapar de allí como fuera. Después de todo lo que había pasado no me iba a quedar de brazos cruzados mientras mi familia se destruía por completo.

Nos despertaron a voces. Debíamos vestirnos rápidamente y tomar nuestro desayuno frugal. Luego dábamos un par de horas de clases donde nos enseñaban lo básico, porque para ellos que supiéramos las cuatro reglas matemáticas y aprendiéramos a leer ya era más que suficiente. Más tarde íbamos al taller y así pasábamos el día sin parar.

—Este domingo viene un jefazo —me dijo el Rubio a la hora de la comida.

Yo no hacía más que darle vueltas con la cuchara a aquellos garbanzos llenos de gusanos. Teníamos que comernos todo sin rechistar. Nos decían que Franco era tan bueno y magnánimo que alimentaba a los hijos de sus enemigos por puro amor cristiano.

—¿Eso es bueno o malo? —le pregunté.

—Según cómo se mire. Nos darán mejor comida y ropa limpia, pero estarán nerviosos, y como alguien se pase de la raya, le darán para el pelo. Ya me entiendes. El gobierno da un dinero por cada uno de nosotros, pero el director compra lo peor para quedarse con una parte. Así es la España que comienza a amanecer —comentó el Rubio, parafraseando uno de los eslóganes del franquismo.

El cura entró en el comedor.

—Hoy toca confesión por la tarde. Venir de uno en uno, en orden de lista de clase. ¿Entendido? —nos dijo.

El Rubio se puso a temblar. Lo noté tan nervioso, que le pregunté si le pasaba algo.

—Nada, pero ten cuidado con el padre Onésimo. Además de ser un falangista fanático y cruel, es muy peligroso.

Aquella advertencia me asustó un poco. Ya tenía casi diecisiete años, pero aquella gente daba verdadero pavor.

Por la tarde tuve que llevar unas muestras por orden del jefe del taller al director, y aproveché para echarle un vistazo al recinto. La valla era muy alta, de casi cuatro metros, con una alambrada en la parte superior. Menos en una parte, en la que un montículo de tierra acortaba algo más de tres metros. Me parecía imposible de escalar. La puerta siempre estaba cerrada. El edificio principal parecía haber sido un antiguo monasterio. Tenía una piscina con agua sucia, un patio grande donde estaban la bandera franquista y otra de la falange, una capilla, un campo de fútbol repleto de agujeros y unos huertos, en los que trabajaban algunos de los chicos. Entré en el edificio principal. Apenas conocía la parte baja porque nosotros dormíamos en la de arriba, solo nos dejaban pisar el comedor y un par de veces al mes el gimnasio.

Las oficinas del director se encontraban en la parte más agradable del edificio. Las paredes estaban forradas de madera, lo que las hacía mucho más cálidas que las nuestras de ladrillo, y los suelos estaban alfombrados. En las paredes había cuadros de los líderes falangistas o de escenas heroicas de la historia de España. El director tenía una secretaria, que junto a un par de monjas enfermeras, eran las únicas mujeres del orfanato.

—¿Qué quieres? —me preguntó con brusquedad la secretaria. Era una mujer muy fea, con gafas de botella, pelo grasiento e iba vestida con el uniforme de la falange.

—El jefe de taller me ha dado unas muestras para que las vea el director, no quiere que haya errores, me ha dicho.

—Un momento —dijo, mientras se ponía en pie con desgano, y llamó a una puerta.

—Este crío tiene unas muestras.

—Que pase —escuché desde fuera.

Entré tembloroso. Aquel hombre más que respeto me daba verdadero pánico. Me quedé allí parado delante de su escritorio mientras él leía el periódico.

—Trae —dijo, extendiendo la mano. Le di las muestras y las observó un momento. Después escribió una nota breve y me la entregó.

—Siéntate —me ordenó, y se puso de pie y comenzó a caminar

por el despacho. La decoración era pretenciosa, casi ridícula, como si aquel pobre director de una institución benéfica se considerara uno de los grandes líderes del régimen.

—He leído tu expediente. Por fin nos han traído a alguien interesante, no al típico rojo muerto de hambre, que no sabe hacer una "o" con un canuto. En 1937 te llevaron a México, eres uno de esos niños de Morelia. Allí fuiste aplicado y terminaste bien la educación básica, en la Ciudad de México empezaste el bachillerato. Un chico listo, según Vallejo-Nájera, la gente como tú se puede salvar. No tenéis carcomido el cerebro por el virus rojo. ¿Por qué regresaste a España? Imagino que te invadió la nostalgia, no hay ningún lugar tan hermoso como este.

No sabía qué contestar. Cualquiera de mis respuestas podía ser mal interpretada.

—Bueno, echaba de menos a España, pero sobre todo a mi familia. No sabía lo que les había sucedido. Creo que la familia es muy importante.

El hombre se sentó al borde de la mesa y comenzó a tocarse el mentón.

—Respuesta correcta. La familia es un valor muy importante, aunque en tu caso es una mala influencia. Tu padre es socialista y sindicalista, además de que tuvo un cargo importante entre los impresores de Madrid y fue uno de los asesinos de nuestros compañeros en el asalto al Cuartel de la Montaña.

—Mi padre no es ningún asesino —respondí sin pensar.

El hombre me dio una bofetada que me cruzó la cara.

—Tu padre es lo que yo diga.

—Sí, señor —le contesté, con la mejilla en carne viva.

—Dos hermanitas, una madre también roja y actriz, una puta, todas las comediantas lo son, pero tú puedes salir de esta.

Necesitamos a chicos listos, valientes y con mundo. Te estaré vigilando de cerca.

Un escalofrío me recorrió la nuca y sentí cómo se me ponía la piel de gallina.

—México, una de nuestras conquistas. Ya me gustaría a mí verlo. Bueno, se están creando centros del Auxilio Social en el extranjero, creo que comenzarán en Cuba, y puede que pida un traslado. América tiene que ser muy hermosa.

—Lo es, señor director, estuve en La Habana.

El hombre entornó los ojos como si se la imaginase.

—Está bien, vete. Ya hablaremos en otro momento.

Me levanté y me dirigí a la puerta, pero antes de cerrarla me comentó.

—Se me olvidaba decírtelo, tu padre ha sido condenado a muerte. Todos los asesinos deben ser purgados en esta nueva sociedad. Para comenzar de nuevo hay que deshacerse de todo lo malo que llevó a nuestro amado país al desastre. Muerto el perro se acabó la rabia.

Aquel comentario me heló la sangre. Salí de allí aguantando las lágrimas, pero en cuanto me encontré afuera comencé a llorar. Mi padre había sobrevivido una guerra dura y larga, había escapado de España y por nuestra culpa, había regresado para que lo mataran como a un animal.

El resto del día fue caótico. No me enteraba de nada, como si mi mente solo pudiera pensar en las palabras del director. Por la tarde, después de la comida, comenzaron las confesiones. Lo único bueno que tenían era que no trabajamos. Nos dejaron estar al sol, y aunque hacía mucho frío, era mejor que pasar el día encerrados con la cabeza centrada en el trabajo.

Un chico se me acercó y se sentó a mi lado.

—Lo que daría por un cigarro ahora mismo.

—¿Fumas? —le pregunté. Había fumado un par de veces en Morelia, pero no me había gustado el sabor del tabaco.

—Sí, me calma los nervios. Aquí es imposible conseguir uno, a veces Chema nos da alguno, pero no siempre. Dicen que tenemos que tener una vida sana, los muy cerdos. Que nos den comida decente y no esa bazofia.

La comida era mala y escasa, aunque era casi peor la sed. Apenas nos daban agua y el café era inexistente. Muchos de los chicos bebían la nieve acumulada en el patio.

—¿Por qué estás tan nervioso?

—No me gusta la confesión —dijo, mirándome sorprendido.

—¿Por qué? ¿No eres católico? —le pregunté.

El chico sonrió. Después recogió un montoncito de nieve y comenzó a beber un poco.

—Ese cura es un pervertido, ya lo descubrirás por ti mismo.

Aquellas palabras me pusieron aún más nervioso. Salió el último confesante de la iglesia y me tocó el turno. Entré con las manos en los bolsillos. No me había confesado jamás, ni siquiera estaba bautizado.

La capilla estaba en penumbra, olía a humedad y a sudor. Era austera, casi espartana, pero la presidían un gran crucifijo y dos imágenes de madera de la virgen. Había un confesionario a un lado. Me acerqué temeroso y me arrodillé.

—Hola, hijo.

—Hola, padre —le contesté.

—Tienes que santiguarte —comentó el cura, desde el otro lado de la celosía. Apenas lo veía, era como si escuchara la voz de un fantasma.

Hice como si me santiguara. Había visto hacer el gesto en Morelia muchas veces, cuando iba a misa para ver a mi novia.

—En el nombre del Padre, del Hijo y del Espíritu Santo —dijo el cura molesto—. ¿Nunca te has confesado?

—No, padre.

—¿Estas bautizado? —preguntó, alzando el tono de voz.

—No, que yo sepa.

—Entonces, no has hecho la comunión. Eres un pagano, como un sarraceno. Válgame el cielo, cuánto daño han hecho estos rojos ateos. Eso tendremos que solucionarlo. ¿Cuéntame tus pecados? —me dijo impaciente.

—Bueno, no sé a qué pecados se refiere.

—Todo lo que me cuentes es confidencial. Gracias al secreto de confesión, lo que me digas quedará entre Dios y nosotros.

Dudé por un momento. Ya me habían advertido sobre aquel tipo repugnante.

—Intento ser honesto y bueno, no le deseo nada malo a nadie, busco ayudar a los demás…

—Esos no son pecados. ¿Has tenido pensamientos impuros? ¿Te has tocado?

Aquellas preguntas me dejaron de piedra.

—No —le contesté.

—A tu edad, eso es imposible. Si no eres sincero no puedo ayudarte, hijo.

—Aquí no paramos de trabajar. Lo único en lo que pienso es en salir de aquí y encontrar a mi familia.

El sacerdote retiró la celosía y comenzó a gritarme.

—¡Te vas a ir al infierno, maldito ateo! ¡Dios te castigará con el fuego eterno! ¡Confiesa!

Lo miré asustado, mientras él comenzaba a golpearme en la cabeza.

—¡Vete de aquí! ¡Ya le pasaré el informe al director y te dará tu merecido!

Salí corriendo de la capilla confundido y asustado. No entendía nada. ¿Por qué debía contarle mi vida a un desconocido? Si Dios existía, cosa que no tenía clara, ya me encargaría de contarle lo que pensaba.

Aquella noche la pase en un armario, donde solían meter a los rebeles. Apenas podía estar sentado. No había luz ni nada que comer, lo único que podías hacer era pensar. Intenté dormirme, olvidarme de todo, entregarme al mundo de los sueños, pero las palabras del director me venían una y otra vez a la mente: mi padre había sido condenado a morir. El mundo que conocía se desmoronaba. Aquel lugar oscuro y macabro era tan distinto al país que recordaba, que apenas lo reconocía, a pesar de haber pasado sólo unos pocos años afuera. Ni en la peor de mis pesadillas hubiera creído que España se convertiría en un infierno en la tierra, donde la vida de un hombre no tenía valor y aquellos cuervos oscuros querían adueñarse de tu alma. Con el corazón hecho pedazos intenté recordar los momentos felices, nuestra casa humilde pero llena de amor, y comencé a llorar amargamente. Lo había perdido todo, ya no me quedaba ni la esperanza de que algún día las cosas volverían a ser iguales.

# CAPÍTULO 42

# EL INFIERNO

*Paracuellos, 28 de diciembre de 1940*

AL DÍA SIGUIENTE ME DEJARON SALIR del armario. Me dolía todo el cuerpo y tenía un hambre y una sed atroces. Mis compañeros me dieron un poco de pan negro del que guardaban para quitarse el hambre. Aquel gesto me animó un poco. Dejaron que me aseara y acudí a clases; me costaba seguir la lección, pero lo intentaba.

—Mañana, domingo, viene a ver la escuela el Delegado Nacional del Auxilio Social, don Manuel Martínez de Tena, espero que os portéis bien. Tenemos que dar una buena impresión. Nuestra fundadora, Mercedes Sanz-Bachiller, ya no puede ejercer el cargo por sus obligaciones como esposa, pero a ella debéis el que podáis tener un techo donde pasar el invierno y comida en el plato —comentó José María Pérez, más conocido como Chema, el único profesor que nos trataba con algo de humanidad.

—Querido Marco, tienes muy mala cara —me dijo—. Vete al cuarto, ya me ocuparé de comentárselo al director.

Lo cierto es que me sentía mal. Recogí mis cosas y me fui directamente a la habitación. No tardé en caer en un profundo sueño, pero apenas llevaba una hora descansando cuando escuché unos ruidos. Me asusté un poco. A aquellas horas nadie rondaba por las habitaciones. Caminé sigilosamente hasta el baño y oí la voz del Rubio.

—No, por favor, padre Onésimo.

La voz de mi compañero parecía angustiada. Abrí la puerta un poco. El sacerdote estaba de espaldas y tenía a mi compañero delante. No vi más. Cerré la puerta y regresé a la cama. Me tapé la cabeza con la almohada y comencé a llorar.

A la mañana siguiente, como nos habían prometido, tuvimos una jornada de descanso, casi de fiesta. Nos tocó ir a misa, y mientras aquel repugnante sacerdote hablaba, no podía dejar de pensar en la escena que había presenciado el día anterior en el baño. Tenía ganas de vomitar, pero intentaba aguantarme. Observé de reojo al Rubio. Tenía unas profundas ojeras grises que opacaban sus ojos azules. Por un instante nuestras miradas se cruzaron. Sabía que los había visto.

—Queridos hijos de Dios. A pesar de los pecados de vuestros padres, Dios os ama. La santísima Virgen os cuida como una madre desde el cielo y Franco, el Caudillo de España, os da el pan que coméis cada día. Las fuerzas del mal quisieron destruir nuestro amado país, la reserva espiritual de Occidente, pero la Divina Providencia nos salvó del comunismo. Ahora nuestros camaradas de Alemania e Italia luchan en una cruzada contra el ateísmo. Muy pronto esa terrible y malévola ideología del demonio de Marx será borrada de la faz de la tierra. Oremos por los que nos gobiernan, para que Dios les dé sabiduría y prudencia.

Al terminar la misa, el profesor Chema se me acercó.

—Ayudarás a servir la mesa del director. ¿Puedo confiar en ti? Si lo haces bien, te daré después un premio.

—¿Qué premio? —le pregunté.

—Ya lo verás —me contestó.

A la una de la tarde llegó al orfanato un lujoso Mercedes-Benz. El chofer abrió la puerta trasera y descendió un hombre con un abrigo gris y un sombrero. No llevaba el uniforme de la falange. El director lo esperaba en la puerta del orfanato. Hizo varias genuflexiones y todos se dirigieron al comedor de los profesores.

Dos de mis compañeros y yo estábamos vestidos de camareros. Les servimos el vino, y después los tres platos principales y el postre. Llevaba años sin ver algunos de los manjares que degustaron aquel domingo los profesores.

—Gracias por recibirme en vuestro hogar con tantos lujos —comentó Manuel Martínez de Tena.

—Señor Delegado Nacional, para nosotros es un honor.

—Joder, Rufián, llámame Manuel, que nos conocemos desde el principio. Cuánto echo de menos a José Antonio, él sí hubiera construido una España Falangista, no "Paquita la culona*".

Todos se rieron a carcajadas. A pesar de la purga que Franco había hecho en los mandos de la Falange con tal de crear un partido unificado, del que él era el líder indiscutible, muchos soñaban con que Hitler los ayudara a quitarlo del poder e instaurar un verdadero régimen fascista.

—Las cosas están muy mal, camarada. El "Cuñadísimo" hace y deshace a su antojo. Ya habéis visto lo que ha sucedido con Mercedes, esa mujer era una santa, pero Pilar, la "Hermanísima", quiere dominar la Sección Femenina. Qué sabrá esa tortillera de feminidad —comentó el director.

—Lo importante es que los rojos estén controlados. Les estamos

* Nombre con el que se conocía a Francisco Franco.

dando el paseíllo a miles, pero no podemos matar a todos. Algunos tendrán que volver a las fábricas. El marxismo los engañó, pero nosotros les mostraremos que con el falangismo vivirán mejor —dijo Manuel, y levantó su copa para hacer un brindis—. Por el regreso del Imperio Español. Muera el comunismo y viva la Falange.

Todos gritaron a una. Luego, tras el postre, tomaron algunos licores y comenzaron a cantar canciones patrióticas. El director me mandó a llamar.

—Este rojito era uno de los niños de Morelia —le dijo a su jefe.

—Estamos tramitando el traslado del resto de los menores, los hijos de la patria deben volver a su casa. Esos malditos rojos tienen hasta una embajada en México y mantienen un gobierno en el exilio. Si no fuera tan patético, sería una afrenta al régimen —dijo Manuel, que parecía algo bebido.

—Este crio vino solito con sus hermanas —se rio el director.

—Muy bien hecho, hijo. Ojalá otros sigan tu ejemplo. Hay miles de niños todavía en Rusia, Francia, Inglaterra, Bélgica, Argentina y México. Son españoles robados por los rojos —comentó Manuel.

—Ya puedes irte —dijo el director.

Una hora más tarde, se marchó la visita. Nos tocó recoger y limpiarlo todo. Terminamos muy tarde, pero antes de que me marchara, Chema me llamó aparte.

—Bueno, creo que te lo has ganado. Quería decirte que tus hermanas están en un orfanato a las afueras de Madrid, en San Fernando de Henares. Se encuentran bien y están juntas, no tienes por qué preocuparte por ellas. Cuando cumplas la mayoría de edad podrás pedir su custodia si tienes un trabajo, pero a un chico listo como tú, eso no le costará mucho. La mayoría de edad es a los veintiuno, pero si te mantienes a ti mismo antes de cumplir esa edad, dejarán que te reúnas con ellas.

—Gracias —le dije sinceramente. Quizás aún quedaba una posibilidad de volver a reunir a mi familia.

Subí a la habitación, casi todos ya descansaban. Tomé la ropa y me dirigí al baño para asearme. Lo primero que me extrañó fue que estuviera la luz encendida. Dejé la ropa a un lado y me preparé para ducharme con agua congelada. Entonces, vi la sangre. Salía por debajo de una de las cabinas del baño. No sabía qué hacer. Me quedé paralizado, con el corazón latiéndome a toda velocidad. Me acerqué hasta la puerta y comencé a abrirla lentamente. No quería mirar, pero necesitaba saber si la persona que había dentro se encontraba viva o muerta.

# CAPÍTULO 43

# MENTIRAS

~~~~~~~~~~~~~~~~~~~~~~~~~~~~~~~~~~~~~~~~~~~~~~~~~~~~~~~~~~~~~~~~~~~~

*Paracuellos, 30 de diciembre de 1940*

MIS GRITOS SE ESCUCHARON EN TODO el edificio. Me hice a un lado y comencé a vomitar. Los chicos llegaron enseguida. Un chico llamado Daniel tapó el cuerpo con una sábana y Fermín llamó al director. Don Juan vino en bata y con una redecilla ridícula en la cabeza. Me preguntaron qué había sucedido, pero yo no podía hablar. Escuchaba sus voces como si fueran rumores lejanos. Hasta que llegó Chema y logró tranquilizarme.

—¿Qué ha sucedido, Marco? —me preguntó, con sus manos apoyadas en mis hombros. Yo no paraba de llorar y repetir el nombre del chico.

—¿Qué le ha sucedido al Rubio? —me preguntó de nuevo.

—No lo sé. Lo encontré tendido, muerto y con sangre por todas partes.

Mi mente no podía dejar de pensar en la cara pálida de mi compañero, en sus muñecas cortadas y en la sangre que lo rodeaba.

—Se ha suicidado —comentó el director, tras comprobar que estaba muerto—. Es una terrible desgracia.

El sacerdote llegó justo en ese momento y le aplicó los oleos al difunto. Después se giró hacia nosotros.

—Este angelito ya está en la presencia de nuestro Señor.

No pude evitarlo y le vomité encima.

El director mandó al resto a que saliera.

—Bueno, Marco. Las cosas se han puesto muy feas. Será mejor que cuando venga la inspección tengamos las cosas claras. El pobre niño ha tenido un accidente desgraciado, eso pondrá el médico en su informe. Si te preguntan, deberás decir que lo encontraste con el cuello roto. ¿Entendido?

No podía creer lo que estaba escuchando.

—Pero... —comenzó a decir Chema.

—Señor don José María Pérez, hay destinos peores que este, se lo aseguro. Si no quiere que informe sobre su incompetencia, no ponga las cosas más difíciles. El niño ha muerto tras sufrir un trágico accidente.

—Se ha suicidado —dijo Chema, muy serio.

—Suicidio, accidente, muerte natural. Esas son diferentes maneras de expresar lo mismo, el niño ha fallecido. No quiero que esta institución sufra ningún oprobio. La Iglesia critica a nuestras instituciones, quieren tener el control exclusivo de la educación, la Collares* únicamente piensa en complacer a los curas, y ya sabemos la influencia que tiene la mujer de Franco en el gobierno. Ahora lleve al chico a su cama e intente tranquilizarlo.

El director abandonó el baño. El cuerpo del Rubio seguía tendido en el suelo, como si a nadie le importara lo que le había sucedido al pobre niño.

—No te preocupes. Ahora se lo llevarán y lo limpiarán todo

---

* Nombre que se daba a Carmen Polo, la esposa de Franco.

—dijo el profesor como si me estuviera leyendo el pensamiento—. Lo siento mucho, Marco, de verdad.

—Yo sé lo que ha pasado —dije, con la voz ronca por las lágrimas.

—¿Has visto algo? —me preguntó extrañado.

—No, ya estaba así cuando lo encontré, pero el sacerdote, el padre Onésimo, abusaba del Rubio y puede que de otros chicos. Ese pobre niño no ha podido soportarlo y…

—Lo que dices es muy grave. ¿Lo sabes? Estás diciendo que un siervo de Dios ha cometido pecados terribles.

—Yo mismo lo vi el otro día, cuando usted me mandó a descansar.

—Eso no es posible.

—Lo vi, estaban aquí, en el baño, el sacerdote…

—¡Para, te he dicho! Ya has escuchado al director. Todo se debe a un trágico accidente. Tienes que aprender que para sobrevivir en este mundo a veces hay que mirar para otro lado. ¿Piensas que yo siempre fui falangista? Mi padre era capitán del bando republicano, un rojo, y ellos lo saben. Siempre seré un intruso en este mundo, pero si sabes adaptarte, a ti también te irá bien.

El rostro del profesor reflejaba una mezcla de pena y rabia por haberse rendido. En la nueva España todos tenían que saber cuál era su lugar, de otra forma el régimen terminaría devorándolos.

Me fui a la cama temblando y no pude dormir en toda la noche, pero en ese momento me prometí a mí mismo que saldría de allí cuanto antes. No podía quedarme ni un día más en aquel infierno.

Por la mañana nos formaron a todos en el patio para comunicar la noticia. Era el último día del año y, para mantenernos con la boca cerrada, nos prometieron hacer una fiesta.

El doctor escribió su informe falso. El director quería enterrar cuanto antes al muchacho. Sabía que nadie lo reclamaría, su madre estaba presa y no tenía por qué enterarse de nada.

Antes de la comida nos llevaron a todos a la capilla para una misa por el alma del difunto. Los alumnos estábamos de pie, vestidos con el uniforme falangista del orfanato. El director se paró frente al púlpito.

—Hoy es un día de luto para esta Casa Hogar. Un miembro de nuestra familia nos ha dejado. El pequeño Tomás ahora se encuentra en el cielo con la Virgen María y todos los santos. El Auxilio Social fue creado para ayudar a los niños de España, sin importar la ideología de sus padres. Los valores cristianos y falangistas están por encima de los pecados cometidos por vuestros padres. Estáis aquí para convertiros en buenos españoles y falangistas. El Caudillo os ha dado a todos una segunda oportunidad. ¡Viva España, Viva Franco!

Respondimos con vivas a su arenga, y después pasó a oficiar la misa el sacerdote, que aún parecía descompuesto.

—El pobre Tomás ya ha partido, pero los que quedamos en este valle de lágrimas seguiremos luchando para extender la luz del Evangelio al mundo. Franco ganó mucho más que una guerra, hizo una cruzada para devolverle la fe al pueblo. Tomás es uno de los pequeños sacrificios que arden en el altar sagrado de la nación española. ¡Una nación grande y libre!

Tras la ceremonia, cuatro compañeros levantaron el ataúd y lo llevaron hasta el pequeño cementerio que había detrás de la capilla. La tumba ya se encontraba abierta, me impresionó ver lo profunda que era. Sentí como si la tierra, de alguna forma, nos devorase después de muertos. Bajaron el sencillo ataúd de pino con unas cuerdas y se escuchó el golpe que hizo la madera al chocar contra el suelo. Después comenzamos a echar puñados de tierra de uno en uno, hasta que pasó el último de los compañeros. El sacerdote despidió al pobre chico y dos de los trabajadores de la finca comenzaron a lanzar paladas de tierra sobre el ataúd.

La tarde fue triste, apenas se escuchaban voces por los pasillos o las habitaciones. Pensé en Morelia, en aquel día en que había muerto por primera vez un niño. Todos nos rebelamos contra aquel director injusto, todavía teníamos suficiente valor para enfrentarnos al mal. Sin embargo, en este lugar, no éramos más que un rebaño dócil y asustado.

Daniel se acercó a mí y me pasó el brazo sobre el hombro. Los dos estábamos sentados en la cama. No tenía muchas ganas de hablar, pero el insistió en hacerlo.

—No lo pienses más, podías haber sido tú. A veces yo mismo lo pienso. ¿Sabes la gente que ha muerto? Pero nosotros estamos vivos, joder. Vivos y coleando.

—¿Vivos? ¿Acaso tú llamas a esto vida? —le pregunté, furioso.

—Llevas unos pocos días aquí. Te aseguro que las cosas allá afuera no están mucho mejor. Los chicos y las chicas se prostituyen por un trozo de pan rancio, otros mueren en la obras de reconstrucción por una paga miserable, la mayoría se muere de hambre. Aquí al menos podemos comer y…

—Y dejar que nos violen, pisoteen, maltraten, nos intenten convertir a su credo y su ideología fascista. Tienes razón, esto es mucho mejor.

—¿Qué podemos hacer? Han ganado la puta guerra. Mierda, ¿qué podemos hacer?

—Resistir, no dejarnos doblegar. Puede que controlen nuestro cuerpo, que intenten cambiar nuestra mente, pero tenemos un alma, eso no lo pueden dominar.

—Bonito discurso —dijo Daniel poniéndose en pie.

Mientras se marchaba, pensé en lo que me había comentado, y sabía que tenía razón, aunque no quisiera reconocerlo. A pesar de todo, no me iba a quedar con los brazos cruzados.

Nos dieron una cena especial. El arroz no estaba rancio, y por primera vez desde mi llegada al orfanato probé la carne. Era de cerdo, pero me supo a gloria. Nos dieron hasta medio vaso de vino con azúcar y de postre, algo de chocolate. Hicimos juntos la cuenta regresiva hasta llegar al nuevo año y nos dejaron tomar doce piñones, por las campanadas, ya que no teníamos uvas.

Después de la media noche, la mayoría de los profesores se encontraban borrachos. Busqué al sacerdote, pero no estaba presente. Salí del edificio, hacía un frío de mil diablos. Vi luz en la capilla y entré despacio. El sacerdote estaba abusando de otro chico en un banco. Llevaba un tenedor que había robado en la comida. Me acerqué sigiloso y, antes de que pudiera reaccionar, se lo hinqué con todas mis fuerzas en los testículos. Lo retorcí bien, y el cura comenzó a gritar, perdiendo el conocimiento poco después. El chico salió corriendo y yo me quedé quieto, sin saber qué hacer. Al final, salí al patio. Entré en el taller, tomé una de las escaleras y la llevé hasta la parte más baja de la tapia. No era lo suficientemente larga, pero estirando los brazos me agarré a la alambrada. Las manos comenzaron a sangrarme, pero no sentí dolor. Salté al otro lado y al caer me hice daño en una pierna, pero eso no me impidió comenzar a andar. No sabía a dónde me dirigía, pero quería alejarme lo más rápidamente posible de aquel maldito lugar.

# CAPÍTULO 44

# EL GOBERNADOR

*Camino de Madrid, 1 de enero de 1941*

ANDAR PERDIDO MUCHAS VECES ES MEJOR que estar en el lugar equivocado. La mayoría de nosotros preferimos la seguridad de una vida terrible, que la incertidumbre de emprender el camino sin un plan ni un destino claro. Muchas veces la desesperación nos salva de la infamia. Algo en nuestro interior nos impulsa a escapar, a pesar del miedo y la incertidumbre. Puede que para muchos sea simple instinto de supervivencia, aunque en realidad es lo contrario. En el fondo se trata de una lucha interior entre los instintos y los principios.

Al amanecer, llegué a un cruce de caminos que indicaba Alcalá de Henares. Sabía que desde allí podría colarme en algún tren que me llevara a Madrid. Mis hermanas se encontraban en San Fernando de Henares, muy cerca de Alcalá, pero no podía presentarme allí sin más y sacarlas del internado. Había agredido a un sacerdote, me había escapado de un orfanato del estado y era hijo de un condenado a muerte. Pensé en ir a la casa de mis abuelos, pero no deseaba causarles más problemas y sufrimiento. El único lugar en el que me podría sentir seguro era en la casa del antiguo director de la compañía de mi madre.

Me subí al tren cuando ya estaba en marcha y me pasé la más de media hora de trayecto intentando evitar a los revisores. Cuando llegué a la Estación de Atocha tuve de nuevo la sensación de ser libre. Esa es una de las sensaciones más misteriosas del mundo. Podría parecernos el estado natural del ser humano, pero la mayoría de las veces no lo es. Somos esclavos de tantas cosas, de los convencionalismos sociales que nos presionan, de los principios morales que nos enseñaron de niños, de los miedos y tabúes impuestos, de no cumplir las expectativas que nuestros padres tienen de nosotros, en fin, de no ser dignos. A veces la muerte parece una liberación, aunque en el fondo es siempre la última renuncia. Mientras vivimos estamos luchando, tenemos la posibilidad de cambiar e intentar transformar el mundo. La muerte, en cambio, es el mayor acto de impotencia de la vida, el último enemigo que no puede ser derrotado.

Llegué al portal de Jacinto y me quedé quieto. Recordé a mis hermanas y todas las esperanzas que teníamos al llegar a Madrid unos días antes. La ciudad parecía adormecida por la resaca de la Nochevieja. Apenas era consciente de que había comenzado un nuevo año, ya que yo seguía anclado en la desesperación, que siempre es atemporal, como una especie de purgatorio en el que los minutos se hacen años y los siglos, eternidad.

Llamé a la puerta de la casa y abrió al rato la criada. Angelines me miró sorprendida como si viera un fantasma. En cierto sentido lo parecía, con aquel absurdo uniforme de falangista.

—Cielo santo, ¿cómo estás?

—Bien, ¿puedo ver a…?

—El señor está dormido. Ayer cogió una buena cogorza. Estamos en Año Nuevo.

—Necesito ayuda —le dije, mientras comenzaba a llorar.

La mujer me dejó pasar. Me preparó un chocolate con bizcochos, y después de entrar en calor y descansar, me sentí un poco mejor.

—El señor se metió en un buen lío. Al final lo ayudaron sus amigos, pero lo querían acusar de ocultar niños prófugos.

—Lo siento mucho —le comenté a la mujer.

—Ya sabes cómo es. Bueno, no lo sabes, pero es muy melodramático. Lo lleva en la sangre. ¿Dónde están tus hermanas?

La pregunta me devolvió a la realidad como si me hubieran dado un mazazo.

—Internadas en un centro del Auxilio Social. Mi madre también está en una cárcel y mi padre ha sido condenado a muerte —le dije, echándome a llorar.

—Cómo lo lamento, hijo. Qué tiempos tan horribles nos ha tocado vivir. Menos mal que estoy vieja y me iré pronto a la tumba, ya no reconozco a este país.

Escuchamos pasos, don Jacinto entró en el salón y se frotó los ojos al verme.

—El Año Nuevo trae misteriosos presentes —dijo, abrazándome.

Le expliqué lo que nos había sucedido en los últimos días. El hombre me observaba con los ojos muy abiertos. No podía creer todo lo que le contaba del orfanato y del maltrato que recibían los pobres niños. Mucho más un día como aquel.

—Después de que os descubrieron en el almacén de ropa me hicieron algunas preguntas, pero gracias a mis contactos no pasó nada. Ya sabes que estuve indagando sobre la situación de tu madre en la cárcel de mujeres cerca de Bilbao. No he logrado mucho, lo siento. Ella no está condenada a muerte, pero por ahora la mantendrán en la cárcel.

Me eché a llorar, no podía soportar más. Mis hermanas encerradas en un orfanato, mis padres encarcelados. Me sentía impotente. Durante todos aquellos años me había enfrentado a cosas terribles y había logrado superarlas, pero la situación presente se escapaba de mi control.

—Lo siento mucho. Podría pedir la custodia de tus hermanas, aunque no estoy seguro de que me la concedan.

—Gracias, pero creo que ya ha hecho suficiente por nosotros. A veces hay que dejar las cosas en manos del destino.

El hombre le pidió un vino de oporto a Angelines, necesitaba tratar de olvidar todo lo que le había contado. El país en el que vivíamos ya no nos pertenecía.

—Te conseguiré algo de dinero, puede que con un poco de ayuda…

—Gracias —le comenté, pero el dinero tampoco iba a cambiar nada.

Me dejó dormir en su casa aquella noche y al día siguiente, antes de que la criada y él se despertaran, me marché. Al principio vagué por la ciudad sin rumbo, aunque cada rincón y cada calle me recordaban los sitios en los que había sido feliz. Uno nunca es consciente de la felicidad cuando la vive, sino hasta después, es como si en medio de la neblina uno fuera capaz de vislumbrar algo de luz, un pequeño faro que te indica el camino.

Terminé caminando por la Ciudad Universitaria. Las huellas de la guerra eran tan patentes en aquella zona, que se podían ver restos de obuses y los cráteres de las bombas. Después crucé un

extenso pinar hasta llegar a una zona de pequeñas villas palacie-
gas. Los perros me ladraban desde las verjas al verme pasar, mos-
trándome sus dientes afilados, pero apenas los miraba. Me sentía
totalmente ido, como si estuviera fuera de mí y lo observara todo
con la indiferencia del que ya no desea vivir.

Al final, me senté en un tronco derribado y me quedé mirando
el campo y las pequeñas villas de los nuevos dueños de España.
Entonces, escuché voces de niños a mi espalda. Me giré y observé
a una criada que empujaba un carrito, mientras dos gemelos de
unos cuatro años caminaban a su lado. Me entretuve unos minutos viéndolos jugar, me recordaron a mis hermanas cuando eran
pequeñas y me eché a llorar.

—¿Te encuentras bien? —me preguntó una voz femenina. No
me molesté ni en levantar la cabeza. Pensé que pasaría de largo y
me dejaría en paz.

—¿Puedo hacer algo por ti? —repitió la mujer, insistente.

Miré los zapatos relucientes de charol, unas medias oscuras y
los bajos de un vestido de satén rosado. Negué con la cabeza, pero
la mujer se puso en cuclillas.

—¿Tienes hambre? —me preguntó.

La miré con los ojos llenos de lágrimas. Me encontraba furioso,
y no deseaba la maldita compasión de los vencedores. Me hubiera
gustado escupirle en la cara, pero no tenía fuerzas.

—Vivo muy cerca, aquellos son mis hijos. ¿Necesitas trabajo?
Mi jardinero está buscando un ayudante —me dijo.

La miré directamente a la cara y, por mi primera vez, su rostro
me resultó familiar, pero no lograba recordar dónde lo había visto
antes.

Al final, me llevó hasta donde estaban la criada y los niños.
Luego, caminamos unos minutos. Nos paramos enfrente de una

tapia alta. La verja estaba pintada de dorado y negro y tenía dos leones en los pilares que la sujetaban.

La señora me llevó hasta la pequeña casa del jardinero y me presentó.

—Sebastián, este chico te ayudará con el jardín.

—Pero, señora, necesito a alguien con experiencia. No puedo perder tiempo enseñando a un crío —se quejó el hombre, que a pesar de su avanzada edad parecía aún fuerte y ágil.

La mujer frunció el ceño. Después me dio un leve empujón con la mano para que me pusiera enfrente del jardinero.

—Este chico parece fuerte y listo. Espero que le enseñe bien el oficio.

Cuando la señora nos dejó a solas, el hombre comenzó a maldecirla.

—¡Maldita bastarda engreída! Nos trata a todos como si fuéramos esclavos. Los Gonzaga son una de las familias del nuevo régimen. Su marido es una de las manos derechas de Franco, aunque me imagino que un tipo como el Caudillo, únicamente tiene mano derecha. ¿De dónde diablos has salido tú?

No supe qué contestarle, todavía me encontraba aturdido. Había decidido dejarme llevar, ya que no sabía qué hacer con mi vida. Tal vez un trabajo me ayudara a arreglar mi situación y a sacar a mis hermanas del orfanato lo más rápidamente posible.

—Me llamo Marco Alcalde, la señora…

—Otro pobre desgraciado que ha abandonado el campo con la esperanza de encontrar un futuro mejor en la ciudad, pero aquí no hay futuro, en realidad no lo hay en ninguna parte. El mundo se ha vuelto loco.

Me dejó entrar en la casa y me enseñó un camastro con mantas raídas en el desván.

—Te daré algo de ropa de trabajo. Quiero que recuerdes cuatro reglas muy simples: la primera es que nunca se entra en la casa de los señores a no ser que ellos te lo pidan; la segunda es que nunca se habla con ellos hasta que se dirijan a ti; la tercera regla es que harás todo lo que te diga sin rechistar; y la última es que cuando los señores tienen fiestas, no se puede estar en el jardín. ¿Te ha quedado claro?

Asentí con la cabeza e intenté hacerme invisible. La señora jugaba todas las mañanas con los niños en el jardín, todavía se hacían fiestas por la Navidad y el Año Nuevo, y los chicos no iban al colegio. Los observaba escondido detrás de los setos y pensaba en mi familia, pero al menos al verlos felices me sentía reconfortado. Muy pocos podían decir lo mismo en aquel país desbastado por la guerra y el odio.

Los señores hicieron una fiesta la víspera del Día de Reyes. No era de las más grandes que hacían, según me explicó el jardinero, más bien era un evento familiar. Por la tarde comenzaron a llegar algunos coches lujosos, y aparcaban junto a la puerta principal. Las mujeres vestían hermosos vestidos de noche y los hombres chaqué o el uniforme de la falange. El mayordomo los recibía en la entrada con mucha solemnidad y los hacía pasar al gran salón. No había mucha luz, porque el cielo estaba nublado y la noche estaba a punto de extender sus sombras sobre aquel jardín moribundo de invierno.

Contraviniendo las instrucciones del jardinero, salí de la pequeña casa donde ahora vivía y me dirigí a la parte trasera de la casona. Escondido entre las sombras, pude ver el gran salón acristalado y a los invitados tomando copas de vino y comiendo canapés de la bandejas de plata. Me quedé un rato observando. No podía creer que tanto lujo y suntuosidad pudieran existir tan cerca de los barrios más míseros de la capital.

Los niños corrían alrededor de un árbol de Navidad, que a sus pies tenía un montón de paquetes de regalos, mientras los ancianos charlaban en los sillones tapizados con seda. La señora de la casa iba de un lado al otro agasajando a sus invitados.

Me disponía a marcharme de allí furioso ante semejante despilfarro mientras la mayoría de la población pasaba hambre, cuando choqué con una invitada. Tenía un cigarro en la mano y se asustó mucho al verme.

—Lo siento. No se preocupe, soy el jardinero. Únicamente quería…

—No se preocupe —dijo la mujer reponiéndose un poco del susto.

—Ya me voy.

—¿Le gusta la fiesta? Yo odio estas celebraciones huecas y superficiales, pero el hermano de mi marido es un hombre muy poderoso y le encanta demostrarlo a la menor oportunidad.

Mientras hablaba sentía una extraña sensación. Había escuchado aquella voz en otro lugar, aunque no era capaz de recordar dónde.

Me guardé de dar mi opinión. Me resultaba difícil creerle a una mujer vestida con un traje que valía más que lo que un obrero podía ganar en varios años de duro trabajo.

—Lamento molestarlo —dijo la mujer al ver en la claridad mi cara contrariada.

—Perdone, tengo que irme.

Comenzaba a alejarme de allí cuando la mujer me llamó.

—¿Marco?

Me giré asustado. ¿Cómo sabía mi nombre? Yo no lo había mencionado en ningún momento.

—¿De dónde me conoce? —le pregunté nervioso. No creía que quedara mucha gente en Madrid que supiera quién era.

—No te puedes acordar de mí. Yo salía un día de clases y tú estabas perdido en medio de la Ciudad Universitaria. Te llevé hasta tu casa, después de invitarte a comer algo. Me contaste que habían detenido a tus padres…

Me quedé paralizado. Aquella mujer era la chica que me había llevado en tranvía a mi casa muchos años antes. No entendía cómo me había reconocido después de tanto tiempo.

—Has cambiado mucho, pero esos ojos no se olvidan fácilmente —me dijo como si estuviera leyéndome el pensamiento.

—Señorita…

—Ana Sánchez, aunque ahora soy la señora de Artola. A final me casé con un… amigo.

—Creo que será mejor que me marche.

—Sí, tengo que regresar a la casa. Toma —dijo, sacando algo de su minúsculo bolso. Era una tarjeta con su teléfono y dirección—. Puedes llamarme para cualquier cosa que necesites. Mi marido tiene muchos contactos.

Después se alejó meciendo su vestido satinado. A medida que se aproximaba a la luz que salía del inmenso salón, tuve la sensación de que mi suerte podía cambiar de nuevo. Regresé a la casa del jardinero dando saltos de alegría. Me preguntaba cómo el destino podía jugar con todos nosotros de aquella manera. Dos encuentros casuales con casi ocho años de diferencia con la misma persona, me habían cambiado la vida para siempre.

# CAPÍTULO 45

# EN NOMBRE DEL PADRE

*Madrid, 8 de enero de 1941*

TARDÉ MUCHO EN DECIDIRME, PERO AL final telefoneé a Ana. Cada día que pasaba me sentía más angustiado y preocupado por la terrible situación de mi familia. Desafortunadamente, no fue ella quien contestó al teléfono, sino una de las mujeres del servicio.

—Buenos días. Residencia de la familia Artola, ¿en qué puedo ayudarlo?

Al principio no supe qué responder, pero justo cuando la mujer estaba a punto de colgar, me decidí a hablar.

—Buenos días. Me llamo Marco Alcalde y necesito hablar con la señora.

—Un momento, por favor.

Aquellos segundos se me hicieron eternos. Estuve tentado a colgar el teléfono, dudoso de cómo reaccionaría Ana ante lo que necesitaba pedirle.

—Buenos días —dijo la voz amable y juvenil de Ana.

—Soy Marco.

—Sí, ya me lo comentó Lolita. ¿En qué puedo ayudarte?

—¿Podríamos vernos? Tengo que contárselo en persona.

La mujer se quedó en silencio, como si estuviera consultando su agenda.

—Esta tarde en el Café Central. ¿Sabes dónde está?

—Sí, en la Plaza de Bilbao.

—¿Te parece bien a las cinco?

—Sí, allí estaré. Muchas gracias.

Cuando colgué el teléfono tenía el corazón acelerado. Intenté tranquilizarme. Después miré mi ropa sucia llena de tierra y mis botas gastadas. No podía ir a un café en el centro de Madrid en esas condiciones.

Regresé a la casa pequeña y fui directamente al armario del jardinero. Apenas había abierto la puerta cuando escuché una voz a mi espalda.

—¿Se puede saber qué demonios estás haciendo?

—Necesito…

—¿Necesito? Estás robándome. Ahora mismo se lo diré a la señora y te pondrá de patitas en la calle.

—No, por favor —le supliqué.

El jardinero salió de la habitación y lo seguí a toda prisa. Lo agarré de un brazo antes de que abriera la puerta de la casona.

—Usted me dijo el primer día que llegué a esta casa que esa gente nos daba las migajas y que nos habían robado nuestro país. Es cierto, mi padre está sentenciado a muerte, mi madre encerrada en una cárcel de mujeres y mis dos hermanas se encuentran en un orfanato. La cuñada de la señora quiere ayudarme, pero no puedo ir así a Madrid. Por favor, ayúdeme.

El hombre se me quedó mirando, no sabía si creerme.

—Eres un verdadero misterio. Yo llevo escondido aquí desde el final de la guerra. También tengo una sentencia de muerte pendiendo sobre mi cabeza. En la guerra maté a unos cuantos de esos malditos fascistas, pero cuando cayó Madrid no me dio tiempo a escapar a Valencia. Logré que me dieran trabajo aquí. La señora no me hizo muchas preguntas, a pesar de lo que dije tiene buen corazón. Aunque su marido es un verdadero hijo de Satanás. Creo que tengo algo que puede sentarte bien, me lo regaló la señora, pero yo no tengo tiempo de usar trajes ni ropa elegante.

El hombre regresó a la habitación. Después, se apareció con un traje de chaqueta elegante y unos zapatos algo desgastados, pero con aspecto de ser muy caros.

Me ayudó a vestirme.

—Tenía un crío de tu edad. Era solo un chaval. Lo llamaron a filas en los últimos meses de la guerra a "La quinta del biberón"; no regresó con vida —dijo, mirando al espejo mientras se le saltaban las lágrimas.

Salí de la casa y tomé el tranvía hasta Cuatro Caminos. Desde allí fui en Metro hasta la Plaza de Bilbao. Mientras caminaba por las calles algo más animadas de la capital, no dejaba de mirarme en los escaparates de las tiendas. Me paré enfrente del café. Luego empujé la puerta giratoria y miré en el salón. Un camarero vestido con una chaquetilla blanca y una corbata se me acercó.

—¿Está buscando a alguien?

—Sí —comencé a decirle, pero antes de que pudiera continuar, Ana levantó la mano en una de las mesas del fondo y me dirigí hacia ella.

Le di la mano, y mientras me sentaba comenzó a alabar mi ropa.

—El traje te sienta muy bien.

—Gracias —le contesté, ruborizándome un poco.

Pedí un café y mientras el camarero lo traía, miré por el cristal a la calle. En el local hacía mucho calor y comencé a sudar debajo de la gruesa chaqueta de invierno.

—Me comentaste que necesitabas una cosa —dijo Ana con una sonrisa.

A pesar de los años se veía tan joven y guapa como la primera vez que la vi. Ahora vestía un traje de mujer casada, pero aquella ropa no parecía opacar su carácter juvenil y rebelde.

—No quiero pedirle ningún favor para mí. Yo estoy bien, pero mi familia —dije, intentando aguantar las lágrimas.

—¿Qué le sucede a tu familia? —me preguntó, tomándome la mano con ternura.

Le conté todo lo que había sucedido durante aquellos años. La guerra, el hambre, el exilio y lo que habíamos sufrido al separarnos de nuestros padres. También de nuestro regreso a España y cómo nos habían separado a mis hermanas y a mí. Ana expresaba con sus ojos grandes una profunda tristeza. Imaginaba que ella tampoco era feliz, como si después de la guerra a todos nos hubiera tocado representar un papel que no deseábamos, pero que venía impuesto por las circunstancias.

—Lo siento mucho. No imaginaba que tu vida hubiera sido tan difícil. La guerra ha sido dura para todos, pero cada uno la intenta superar a su manera. Mis padres —comenzó a explicar, pero tuvo que parar, sus ojos comenzaron a llenarse de lágrimas.

Saqué un pañuelo de la chaqueta y se lo ofrecí.

—Gracias. No quería llorar, de hecho, hace mucho tiempo que no lo hago. Sé que soy una afortunada. Mis padres murieron en uno de los bombardeos, aunque a veces pienso que es lo mejor que les pudo pasar. La guerra en Madrid fue muy dura, yo vivía en el barrio de Salamanca y los asaltos a las viviendas por las checas y los grupos de ladrones eran constantes. Una vez entraron en mi casa y...

Ana intentó taparse los ojos con el pañuelo. Al verla llorar comprendí que a veces nos precipitamos al juzgar a la gente por su apariencia. Los vencedores también tenían historias amargas que contar.

—Es mejor no recordar esas cosas —dijo Ana—. Dios nos ha dado a todos una segunda oportunidad. Tal vez nos haya mantenido con vida con un propósito, para que enmendemos tanto sufrimiento y dolor.

—No creo en Dios, pero estoy convencido de que debemos intentar enterrar tanto odio y dolor —le contesté. No era fácil para mí hablar así, pero el resentimiento estaba carcomiéndome por dentro. Si no lograba frenarlo, ya no habría sitio en mi corazón para nada más que el odio y el desprecio.

—Mi marido trabaja en el Ministerio de Justicia. Están desbordados de trabajo, y apenas lo veo, aunque la verdad es que no me importa mucho. El nuestro fue un matrimonio de conveniencia. Mi tía Susana logró convencer a mi suegra de que yo era un buen partido. Mis padres tenían muchas tierras en Jaén. Por mi parte, hubiera preferido quedarme soltera, pero fui demasiado cobarde. Ahora las mujeres somos ciudadanas de segunda categoría, las nuevas leyes del régimen no nos permiten hacer nada si no tenemos una figura masculina a nuestro lado. Me paso el día asistiendo a obras benéficas, espectáculos y cenas de gala.

—Lo siento —le comenté, algo confundido. No me parecía una vida tan mala. Aún no comprendía que Ana vivía en una hermosa jaula de oro. Sus sueños de estudiar y ejercer como periodista se habían esfumado como los de millones de españoles.

Ya nadie se atrevía a soñar, simplemente nos conformábamos con sobrevivir.

—Le pediré a mi esposo que consiga que saquen a tu madre de la cárcel. Lo de conseguir un indulto para tu padre no es tan sencillo, pero si es cierto que ayudó a tanta gente, podremos hacer algo. Cuando liberen a tus padres, podrán reclamar la custodia de tus hermanas.

Salimos del café y nos despedimos a la entrada del metro. Al día siguiente tenía que acudir al Ministerio de Justicia para hablar con el esposo de Ana. Aquella noche apenas pude dormir. Le pedí permiso al jardinero para faltar al trabajo y a las nueve de la mañana me encontraba enfrente del edificio. Afortunadamente, el esposo de Ana había incluido la cita en su agenda y la policía no me pidió ninguna documentación para entrar en el edificio. Subí hasta la cuarta planta y una secretaria me pidió que esperase un momento.

El marido de Ana me recibió al filo del mediodía. Estaba desesperado mientras las horas pasaban en aquel pequeño cuarto sin ventanas.

—Ya puede pasar —me anunció la secretaria.

—Tome asiento —me dijo el marido de Ana mientras terminaba de revisar unos papeles.

—Gracias por recibirme —le dije, y me senté en una de las sillas.

—Dele las gracias a mi esposa, Ana tiene un gran corazón. Al parecer se conocieron antes de glorioso Alzamiento Nacional.

—Sí, señor —le contesté tenso. Su aspecto me resultaba desagradable. Tenía el pelo peinado hacia atrás con gomina, un bigote fino y un traje de rayas que lo convertían en el estereotipo perfecto de falangista.

—Le seré sincero. No me importa que maten a todos los rojos que puedan. El estado debe garantizar que lo que pasó en España no vuelva a suceder. El fascismo y el comunismo están en guerra permanente. No tardaremos mucho en ponernos a favor de nuestros aliados naturales contra Rusia y las caducas democracias burguesas, pero mientras tanto, debemos limpiar este país de rojos. De todas formas, no soy tan radical como algunos de mis camaradas. Soy consciente de que si matamos a todos los rojos no habrá gente que recoja las cosechas en el campo o trabaje en las fábricas. Debemos debilitar a la clase obrera, pero no exterminarla. En el fondo, los obreros no son culpables de su propia alienación. El capitalismo burgués los obligó a ello. Ya verá cuando podamos poner en práctica nuestras medidas sociales. A este país no lo va a reconocer ni Dios.

Escuché en silencio su discurso, y cuando pareció cansarse de sus pomposas palabras agregó:

—Bueno, lo de su madre es relativamente sencillo. Es una roja bocazas, pero no parece peligrosa. He escrito una carta a la cárcel de mujeres de Bilbao pidiendo que la suelten, pero lo de su padre es más complicado. La sentencia de muerte que hay contra él está por ser ejecutada, lo que quiere decir que ha terminado el periodo de apelaciones o indultos. La justicia militar es muy estricta en esos casos. He conseguido que el ministro firme un indulto, pero deberá llevarlo usted mismo a la Colonia de Miranda de Ebro. El tribunal de la cárcel tendrá que dictaminar la libertad y la conmutación de la pena de su padre. ¿Lo ha entendido?

—Sí, señor.

El hombre me entregó una carpeta con el yugo y las flechas impresos en la portada.

—Espero que su padre sepa servir al nuevo estado. No le

estamos dando una nueva oportunidad, le estamos regalando una nueva vida. No podrá volver a trabajar de impresor, pero al menos no morirá enfrente de un pelotón de fusilamiento —dijo, mientras se ponía en pie y dando por terminada la reunión.

Mientras bajaba en el ascensor no podía dejar de pensar en mis padres; tenía en mi poder los documentos que podían salvarles la vida. Al llegar a la calle, me dirigí de nuevo a la casa donde trabajaba de jardinero. Tenía que meter algo de ropa en una maleta y tomar el primer tren hacia Bilbao.

El jardinero estaba comiendo en la cocina cuando entré. No hizo falta que nos dijéramos nada. Se puso en pie y me dio un abrazo.

—Espero que lo logres. Al menos alguien tendrá justicia en este maldito país.

—Gracias —le dije sinceramente. Después preparé las cosas para el viaje.

Estaba saliendo por la puerta cuando me encontré con Ana.

—Mi esposo me llamó por teléfono para contarme sobre la reunión. Imaginé que estarías aquí. Quería prestarte algo de dinero y desearte que todo salga bien.

—Gracias, pero tengo suficiente. No sé cómo agradecerle.

Ana me abrazó, y me sentí algo intimidado, pero al final acepté su gesto de cariño. Llevaba mucho tiempo sin que nadie me mostrara sus verdaderos sentimientos.

—Corre, no puedes perder más tiempo —dijo, apartándose de mí. Sus ojos brillaban por las lágrimas.

Tomé el tranvía hasta la Estación del Norte, compré un billete de ida y un par de horas más tarde tomé el tren. Me senté en uno de los vagones de tercera y estuve observando el paisaje durante horas. El jardinero me había preparado un pequeño bocadillo y una bota de vino. Comí algo, y después me quedé dormido. Llegamos a Bilbao de noche. Me bajé en la estación, y la ciudad me pareció gris y sucia. Entonces, busqué una pensión cercana. Mientras intentaba dormirme entre aquellas sábanas gastadas y con mal olor, volví a soñar de nuevo. No imaginaba cómo encontraría a mi madre ni cómo lograría reunir a mi familia de nuevo, pero nunca había estado tan cerca de conseguirlo.

Me levanté muy temprano. Estaba tan impaciente que no tomé el frugal desayuno que se ofrecía en la cocina de la pensión. Fui en autobús hasta la prisión de mujeres e hice una larga cola para entrar. Después logré que la directora me recibiera en su despacho.

—Señor Marco Alcalde, he leído el indulto para su madre, la señora Amparo Alcalde. No sé cómo lo ha conseguido, imagino que con los contactos adecuados, uno puede conseguir cualquier cosa; pero no se haga ilusiones. Aunque salga de entre estas cuatro paredes y yo no pueda hacer nada para impedirlo, le aseguro que no podrán dar un paso en falso sin que nos enteremos. Ningún enemigo del estado podrá dormir tranquilo en su cama. Si fuera por mí, fusilaría a todas esas rojas, pero tengo que cumplir órdenes.

La directora firmó la libertad inmediata de mi madre y me pidió que la esperase en una sala cercana. Las casi dos horas que tardaron en liberarla me parecieron eternas, hasta que al final escuché cómo se abría la puerta de la sala. Entonces vi cómo una funcionaria dejaba pasar a una mujer con el pelo totalmente blanco. Tuve que observarla durante un rato para reconocer en aquellos ojos hundidos y aquel rostro surcado por las arrugas a mi madre. Me puse en pie y corrí a abrazarla. Mi madre abrió los brazos y comenzó a gemir, mientras sentía el calor de su cuerpo, aquel mismo que tantas veces me había cobijado en las noches de pesadillas y temores, y en ese momento sentí que de nuevo recuperaba lo que me unía a este mundo.

—Veo que no me has olvidado —me dijo entre lágrimas de felicidad.

—No, madre. Me pediste que te recordara y no he dejado de pensar en ti ni un solo día en todos estos años.

Sentí que el tiempo se detenía, y nos volvimos a abrazar. Por mi mente pasaron a toda velocidad las imágenes de todo lo que había vivido durante aquellos años. Sentía que lo más terrible de todo, aún más que el desprecio, la soledad, el miedo y la angustia, había sido tenerla lejos. Mientras la abrazaba, intentando creer que aquello era real y que no se trataba de un sueño, no podía dejar de pensar que por fin había vuelto a casa.

# CAPÍTULO 46

# ÚLTIMOS DÍAS EN CASA

*Bilbao, 10 de enero de 1941*

MI MADRE SOLO SE SINTIÓ ALIVIADA cuando se encontró fuera de los muros de la cárcel. Parecía asustada y temerosa, como si el tiempo en prisión hubiera logrado arrebatarle su espíritu de lucha. Nos dirigimos a la ciudad y dormimos en la misma pensión en que había dormido la noche anterior. Cenamos en una pequeña taberna cercana. Durante varias horas estuvimos hablando de los últimos años y de la esperanza que siempre había tenido en volverla a ver.

—Me arrepiento de haberos dejado partir. Si volviera ese momento, creo que no lo haría. Habéis sufrido mucho, y aunque en España las cosas andaban muy mal, al menos habríamos estado juntos —me dijo con una expresión de tristeza que me partió el alma.

—Nosotros estuvimos bien en México. Fue difícil al principio, pero en general nos trataron muy bien. Creo que aprendimos cosas que nos marcarán para el resto de nuestras vidas. Vosotros hicisteis lo que pensabais que era mejor para nosotros.

Se aferró a mi mano, y sentí sus huesos debajo de la piel pálida. Estaba muy delgada y su rostro había envejecido rápidamente.

—Nos llevaron en un tren a Alemania. Allí sacaron a todos los hombres de los vagones para que trabajaran en un campo de concentración. Nosotros logramos escapar e ir a buscaros, pero no estabais en México.

Me sentía culpable, si los hubiera obedecido y no hubiera regresado a España, nada malo habría sucedido. Podríamos haber rehecho nuestra vida en ese país.

—Lo siento —dije con un nudo en la garganta.

—No es culpa tuya. Quisiste regresar para que tus hermanas se reunieran con nosotros. Dios mío, no puedo creer que estés tan guapo. Gracias a Jacinto y a esa mujer has podido sacarme de la cárcel.

—Tengo que contarte algo importante —le dije. Hasta ese momento no había querido que supiera cuál era la situación de mi padre.

Se quedó callada, mirándome con sus inmensos ojos verdes, su brillo hipnotizador era lo único que quedaba de la mujer joven y fuerte que había conocido.

—¡Cuéntame, no puedo soportar más la incertidumbre! ¿Tiene que ver con tu padre?

—Sí. Ya sabes que él también está en prisión.

Su cara se apagó de nuevo, como si aquello fuera suficiente para que todo el peso y el sufrimiento de los últimos años regresaran de nuevo.

—Nos encerraron a los dos a la vez.

—Bueno, en su caso, un tribunal militar lo ha condenado a muerte. La sentencia aún no ha sido ejecutada, pero el marido de Ana me advirtió que no quedaba mucho para que la cumplieran.

Me miró confundida, como si no entendiera mis palabras.

—Tu padre nunca le ha hecho daño a nadie. De hecho, salvó a muchos de una muerte segura.

—Ya lo sé, pero los tribunales militares son muy estrictos y lo han condenado por participar en el asalto al Cuartel de la Montaña.

—¡Eso es una locura! —gritó mi madre, furiosa.

La gente del local se giró para observarnos. Los pocos parroquianos que tomaban un poco de sidra o cerveza intentaban hablar en susurros. Nadie se fiaba de nadie, ya que los espías del régimen podían estar en cualquier parte.

—Mañana saldremos para Mirada de Ebro, estoy seguro de que todo se solucionará.

Pareció tranquilizarse un poco. Luego tomó un sorbo de vino y acabó el plato.

—Pensé que la guerra era lo peor que le podía pasar a España, pero estaba equivocada, la postguerra es mucho peor. Esos cerdos están sedientos de venganza. Lo más duro es que lo excusan todo con el cuento del espíritu cristiano y el amor al prójimo, cuando en realidad son como bestias rapaces. Nuestras carceleras eran falangistas, pero también nos atendían monjas. No he conocido a gente más cruel y sanguinaria.

—Lo siento mucho.

—En la cárcel nos han robado el alma, y pienso que es mejor que lo sepas todo. Saben que su mayor victoria consiste en conseguir que les tengan miedo. Nos tenían aterrorizadas. Desde que llegué se ensañaron conmigo. Lo hacen con todas las que ven fuertes. Es como si disfrutaran doblegándonos. Al poco tiempo de ingresar en la cárcel, una de mis compañeras dio a luz a un bebé prematuro. La mala alimentación y las palizas hicieron que el niño naciera antes de tiempo. El pobre, era tan pequeño. Pedimos que alguna comadrona la asistiera en el parto, pero una de las monjas nos contestó que las rojas éramos como conejas y no necesitábamos ayuda. Tras una larga noche de dolores, al final nació el bebé. Se lo pusimos sobre el pecho y al verlo sonrió, a pesar del sufrimiento, pero al poco tiempo, mi compañera comenzó a sangrar. Una de las prisioneras que había sido enfermera intentó detener la hemorragia, pero fue inútil. Pedimos ayuda a gritos, golpeamos los barrotes de las celdas, pero nadie vino a socorrerla. Al día siguiente, dos hombres la sacaron de la celda. Les dijimos que el niño no había comido nada, que se lo llevaran a alguna de las mujeres que estaban criando a sus hijos en la cárcel. Los hombres se compadecieron del pequeño y mandaron a llamar a una monja. Sor Diana vino a verlo casi al mediodía, el pobre bebé poco a poco perdía la poca energía que le quedaba. Lo miró y después nos dijo con desprecio que no merecía la pena intentar salvar a esa rata roja. Nos lo dejó allí en la celda, y murió entre mis brazos. A veces pienso que era lo mejor, vivir en este infierno era peor que irse al otro mundo.

No podía creer lo que me contaba mi madre, aunque después de lo que había vivido en propia carne, ya no me extrañaba nada. Muchos de los verdugos del régimen habían perdido la poca humanidad que les quedaba.

—Otra de las prisioneras, que estaba allí con dos de sus hijas, unas niñas gemelas preciosas, se volvió loca. A las pocas semanas de llegar la llamaron a una sala y la entrevistó un cura. Después la devolvieron a la celda de al lado. Al día siguiente, dos de las carceleras se llevaron a sus niñas para darlas en adopción. Mi pobre compañera gritaba que sus hijas ya tenían madre y se negó a comer. A los pocos días amaneció muerta.

—Lo siento mucho —le contesté.

—Menos mal que vosotros estáis bien —dijo, acariciándome las mejillas.

Nos fuimos a la pensión muy tarde, como si quisiéramos llegar tan agotados que al recostar la cabeza sobre la almohada no nos quedara otro remedio que dormir profundamente.

A la mañana siguiente, nos levantamos muy temprano, tomamos un desayuno ligero y un café aguado. Luego nos subimos a un autobús de línea y al amanecer estábamos atravesando los bosques de Euskadi. Un par de horas más tarde, hicimos una parada en Vitoria para luego seguir nuestro camino hasta Miranda de Ebro. El autobús nos dejó allí al mediodía, y continuó rumbo a Burgos. El campamento se encontraba entre las vías del tren y el río. Caminamos unos diez minutos en el frío intenso hasta llegar a la verja principal, donde hacían guardia unos soldados.

—¿Qué quieren? —nos preguntó uno de los soldados que parecía congelado. Llevaba una manta sobre los hombros y el fusil en la mano.

—Traigo una orden de indulto para un prisionero.

El soldado frunció el ceño y llamó a su superior, aquello era muy irregular. El cabo salió de la garita. Era muy gordo, con la piel de color rosado, y un bigote negro espeso le tapaba parte de sus labios gruesos.

—¿Traen una orden de indulto para un prisionero? Las órdenes nos llegan siempre de manera oficial; así que regresen a su casa y sigan el procedimiento —dijo el hombre mientras regresaba a su garita.

—Cabo, la orden está firmada por el Ministro de Justicia.

El soldado se giró de nuevo y me pidió la carta. Se la entregué y la leyó con dificultad, como si no estuviera acostumbrado.

—Síganme —dijo secamente.

Los soldados abrieron la barrera de seguridad para que pasáramos, y caminamos por el lodo a través de una fila de barracas pintadas de blanco hasta llegar a un edificio más grande, custodiado por soldados. Nos hicieron entrar y el calor del interior del edificio logró calmarnos un poco. El cabo entró en un despacho y salió a los pocos minutos.

—Pasen —dijo, mientras nos abría la puerta.

Dentro había dos hombres, uno de aspecto extranjero y otro español. El de aspecto extranjero comenzó a hablarnos con un marcado acento alemán.

—Siéntense. ¿Quién les dio esta carta? —me preguntó enfadado, como si le hubiera molestado su simple existencia.

Le expliqué brevemente cómo la había conseguido. El español asentía con la cabeza, pero sin decir palabra.

—Los indultos siempre llegan por vía oficial, no transportados por uno de los familiares del reo —dijo el alemán.

—Lo siento, pero fue la manera en la que me lo entregaron —insistí.

—Paul, al parecer hay gente en Madrid que piensa que aquí no estamos haciendo un buen trabajo —dijo el oficial español.

—Aquí hay pocos prisioneros españoles, ya que la mayoría son de otras nacionalidades. Casi todos eran antiguos miembros de las Brigadas Internacionales o extranjeros sospechosos de espionaje. Comprobaremos que su padre está realmente en este campo.

Mi madre apenas levantaba la cabeza. De alguna manera aquel lugar le recordaba la cárcel en la que había estado los últimos meses.

Llamaron al cabo, y este se fue a buscar en el registro el nombre de mi padre.

—Todos los que están aquí merecen morir. Los extranjeros se

salvan por el momento porque el Caudillo no quiere problemas diplomáticos con otros países, pero de los españoles quedan muy pocos —dijo el alemán.

—Mi padre nunca ha matado a nadie. De hecho, salvó a varias personas en Madrid, gente acusada de traición o de trabajar para el enemigo.

El oficial español se nos acercó y miró a mi madre.

—¿Su marido militaba en algún partido político?

Mi madre lo miró asustada, sin saber qué responder.

—Sí, como mucha gente durante la República.

—¿Tuvo algún cargo?

Mi madre afirmó con la cabeza.

—Eso es suficiente para que se cumpla la condena.

El cabo regresó y le murmuró algo al oído al oficial.

—Me temo que ya no se puede hacer nada. Hace media hora su marido salió con otros prisioneros al campo de tiro. A estas alturas, los soldados ya habrán terminado su trabajo —dijo el oficial español con total indiferencia.

El alemán nos sonrió, como si estuviera disfrutando la escena. Mi madre perdió los estribos y se puso en pie. Tomó la orden de indulto de la mesa y comenzó a agitarla.

—Es una orden del ministro, tienen que detener la ejecución ahora mismo.

Los dos hombres se miraron sorprendidos. El cabo se acercó a mi madre para quitarle la carta, pero yo me le interpuse.

—Tranquilo, Curro, no perdamos la calma —dijo el español—. No creo que sirva para nada, pero lleve a estas personas al sitio de la ejecución, si no han procedido que saquen al tal…

—Francisco Alcalde —dijo el alemán.

Salimos del edificio a toda prisa. El cabo no parecía muy

contento con su misión y a cada momento se quedaba rezagado. Llegamos a la puerta del campo de concentración y caminamos hacia el río. Antes de llegar vimos un camión aparcado entre los árboles. Seguimos caminando hasta que mi madre comenzó a correr. Yo la seguí, y el cabo también aceleró el paso.

Vimos a lo lejos una tapia y a una decena de soldados en formación. En ese momento, un oficial levantó la mano y nosotros comenzamos a gritar.

El oficial mantenía el brazo en alto mientras el pelotón de fusilamiento apuntaba a los prisioneros. Se giró al escuchar las voces, pero al mismo tiempo bajó la mano y los soldados interpretaron el gesto como la orden de disparar. Se escucharon varios tiros. El oficial les dijo que parasen, pero los prisioneros ya estaban tendidos en el suelo rodeados de sangre.

—¡Alto al fuego! —gritó el oficial furioso.

—Capitán —dijo el cabo, que por primera vez parecía reaccionar.

—¿Qué sucede, cabo?

—Tengo órdenes de detener el fusilamiento. Se ha recibido un indulto para Francisco Alcalde.

El oficial se encogió de hombros y se acercó a uno de los cuerpos.

—Todavía respira —dijo, al examinarlo.

Corrimos hasta mi padre y le levanté la cabeza. Mi padre abrió los ojos y sonrió al verme.

—Marco, mi niño.

—¡No te mueras! —comenzó a gritar mi madre llorando.

—Lo siento —dijo mi padre con la voz entrecortada, como si la vida se le escapase con cada segundo.

Mi madre lo abrazó, mientras yo lo sostenía por detrás, pero su cuerpo cada vez se ponía más rígido.

—¿Cómo están las niñas? —acertó a preguntar.

—Están bien —le contesté, con las manos empapadas de sangre y la voz ronca por el llanto.

—Deben estar muy grandes. Ya no las veré, pero decirles que su padre las quiere con toda el alma y que siempre estará a su lado. Prefiero morir, yo no tengo cabida en un sitio como este. Tú, sigue luchando, algún día las cosas cambiarán.

—Francisco —dijo mi madre, besándole la cara.

Un hilo de sangre salió de entre los labios de mi padre y su mirada se congeló. El débil vaho que salía de sus labios se extinguió, como una llama agonizante.

Nos dejaron llorar a su lado durante un rato. A su lado había otros cinco cadáveres por los que nadie gritaba ni vertía lágrimas, asesinados en el altar de la rabia y la venganza, mientras sus verdugos fumaban un cigarro con indiferencia y con la conciencia tan tranquila como si terminaran de cazar a algún animal en pleno campo.

Levanté a mi madre con dificultad porque no quería separarse del cadáver, aunque era consciente de que aquel ya no era mi padre, sino un cuerpo vacío y sin alma.

Comenzamos a caminar y pasamos por entre las filas de soldados, la mayoría de ellos muy jóvenes, algunos con lágrimas en los ojos. Sentí que eran tan víctimas como nosotros, reclutados a la fuerza y obligados a asesinar a los suyos, a campesinos y a obreros, como sus padres. El capitán y el cabo nos miraron con indiferencia. Mientras nos alejábamos, escuchamos varios tiros de gracia en la distancia.

Llegamos hasta las vías del tren y observamos una fila de prisioneros que salía del campo de concentración a trabajar. Sus caras pálidas, ojerosas y llenas de golpes nos entristecieron aún más. Mi padre, en cierta manera, había logrado escapar de aquel infierno, pero ellos continuaban sufriendo las vejaciones y maltratos de los vencedores.

No cruzamos una palabra hasta llegar a la estación de tren. Mi madre parecía ausente, como si su cerebro no pudiera asimilar tanto dolor.

—Lo siento —le dije entre lágrimas.

Me abrazó, pero ella ya no lloraba, como si se le hubiera agotado el caudal de sus hermosos ojos.

—Recuerda todo esto —me dijo—. No importa el tiempo que pase. El mundo debe conocer la verdad. La historia la escriben los vencedores y cuando todo vuelva a la normalidad, negarán estas cosas. Que tu padre y muchos como él no caigan en el olvido.

—Lo haré, madre —le prometí. Sus palabras habrían de perseguirme toda la vida, como aquellas que me dijo en Burdeos poco antes de separarnos.

—Es muy triste, Marco, que tus hermanos sean tus enemigos. Al fin y al cabo, es la misma sangre derramada en ambos bandos. Dos Españas enfrentadas por los malditos ideales. ¿Es necesario hacer tanto daño para poder vivir en paz? La vida de cualquier ser humano tiene más valor que las malditas ideologías. Creíamos que íbamos a construir un mundo nuevo, un país ideal en el que se terminaran la injusticia y la desigualdad, pero el mal se encuentra en el corazón del hombre y eso nadie lo puede cambiar. Antes de que terminara la guerra, ya la habíamos perdido, al realizar las mismas inhumanas acciones que nuestros enemigos. Al final, las guerras las sufren siempre los inocentes, mientras que los malditos

cobardes que no van al frente, matan por la retaguardia en nombre
de Dios, la República o Franco, qué más da. De cualquier manera,
me siento asqueada.

El tren se acercó lentamente, cruzando el campo helado y de-
teniéndose frente a la pequeña estación donde apenas una docena
de pasajeros lo esperaba. Subimos al vagón de tercera clase, nos
sentamos en los duros bancos de madera y escuchamos el sonido
de la máquina de vapor, mientras el humo pasaba por delante de
la ventanilla cerrada. Hacía mucho frío y la gente viajaba muy pegada, para al menos sentir algo de calor. Todos estaban en silencio.
No se escuchaban risas, ni canciones ni conversaciones, como si el
país entero se hubiera convertido en un inmenso cementerio. Mi
madre cerró los ojos, pero sabía que no dormía. Estaba seguro de
que intentaba irse muy lejos de allí, tal vez a aquel pasado feliz en
el que los cinco formábamos una familia, cuando la vida era futuro
y esperanza, juventud y sueños. Aquel día comprendí que el sufrimiento es el único amigo fiel que nos acompaña toda la vida, para
recordarnos que somos mortales y que detrás de cada esquina podemos perder la felicidad y desear maldecir el día en que nacimos.

Agaché la cabeza e intenté recordar los buenos momentos vividos junto a mi padre y lo que había aprendido a su lado. Entonces
me di cuenta de que nunca moriría del todo mientras yo estuviera
vivo, porque seguiría presente en cada uno de mis gestos y en mis
recuerdos.

# CAPÍTULO 47

# MADRID

*Madrid, 11 de enero de 1941*

LLEGAMOS TARDE A LA CIUDAD Y fuimos directamente a la casa de Jacinto. Angelines nos abrió la puerta y lanzó un grito al ver a mi madre, la abrazó y la cubrió de besos. Entramos en la casa, la criada nos pidió que nos sentáramos en el sillón, y cuando Jacinto apareció en el salón, mi madre se echó a llorar. Jacinto no le dijo nada, se limitó a abrazarla. Después hizo lo mismo conmigo. No le contamos nada de lo sucedido en Miranda de Ebro, no hacía falta. Comimos una sopa caliente en la cocina y un poco de pan. Jacinto estaba sentado a nuestro lado y no dejaba de mirarnos, pero sin decir una palabra.

—Los teatros han vuelto a abrir, ¿verdad? —preguntó mi madre.

—Sí, ahora mismo tengo una obra en cartelera y estoy preparando otra —dijo Jacinto, intentando esbozar una sonrisa.

—Me alegro mucho, la risa es más necesaria que el pan en estos momentos. Este país se ha quedado muerto, sin alma.

—Querida Amparo, cómo te he echado de menos. Los actores jóvenes apenas conocen las cuatro reglas del teatro. En estos años nadie ha podido formarlos. Los más viejos ya no se encuentran con nosotros o han huido a América. Yo estuve tentado de hacer lo mismo, pero alguien tiene que levantar el telón.

—Hiciste bien —le contestó mi madre.

—¿Qué vas a hacer cuando recuperes a tus hijas? —se atrevió a preguntarle.

Mi madre se quedó pensativa, como si la pregunta la pillara de sorpresa. En los últimos años se había acostumbrado a sobrevivir, porque en la guerra nadie hace planes.

—No lo sé. Te admiro, querido amigo, pero no estoy segura de poder subirme a un escenario, al menos en España. Tengo la sensación de que el país que amaba ya no existe.

Jacinto pareció entristecerse antes sus palabras, como si secretamente albergara la esperanza de que ella volviera al escenario.

—Lo que hagas será correcto —terminó diciendo, aunque en el fondo deseara que no abandonara España ni el teatro.

—¿Lo correcto? Tengo la sensación de que ya nadie piensa en hacer lo correcto. Volvemos a ser el país de pícaros y beatas, celestinas y lazarillos que hemos sido siempre. Nos gobierna un golfo, rodeados de otros peores que él, porque no son lo suficientemente valientes para quitarle el poder.

—No es cobardía, querida, es interés. Este régimen no tiene ideología, todo es una fachada. Lo único que le interesa a la mayoría es hacerse con el pedazo más grande del pastel. Los monárquicos no claman por la vuelta del rey, al menos la mayoría, los militares están bien pagados por su caudillo, los falangistas camisas viejas se quejan en privado, pero en público son tan halagadores como los camisas nuevas, los curas siguen haciendo lo mismo de siempre y el resto tiembla y reza para que no los lleven al paredón.

Terminamos la cena y nos fuimos a dormir. Mi madre me

arropó y se echó en la cama de al lado. Después de un rato, aún estaba despierto.

—¿Duermes? —me preguntó.

—No —le dije mientras me giraba hacia su lado.

—¿Qué piensas que es mejor, que intentemos irnos a América o nos quedemos aquí?

—No lo sé. Por un lado, me iría hoy mismo a México, echo de menos a la gente de allí, pero por el otro, no quiero marcharme, no deseo que estos asesinos me roben mi país.

—Te entiendo, eres demasiado joven para no entender que ya te lo han robado. La guerra se llevó mucho más que a cientos de miles de personas, nos robó el futuro. No sé cuánto tiempo permanecerá Franco en el poder, pero España no volverá a ser la misma jamás. Siempre habrá perdedores y ganadores, verdugos y víctimas, hermanos contra hermanos.

Tal vez mi juventud me impedía ver lo mismo que mi madre, pero no quería perder la esperanza, aunque sabía que en el fondo tenía razón.

—Aquí no hay futuro —añadió—, quiero que crezcáis con la sensación de que podéis hacer lo que queráis con vuestras vidas.

Al final nos quedamos dormidos. Estábamos tan agotados que no despertamos hasta bien entrada la mañana. Jacinto había hecho unas llamadas para que nos recibieran en las oficinas centrales del Auxilio Social en Madrid. Mi madre se puso una ropa elegante que le dio su amigo y yo mi mejor traje.

—Gracias por todo —le dijo mi madre a Jacinto antes de que nos fuéramos.

—Podéis quedaros el tiempo que necesitéis, también trabajar en la compañía si lo deseas. Pagaré el estudio de los chicos.

Mi madre lo abrazó.

—Gracias, todavía se pueden encontrar almas nobles en este país. Quiero pedirte un último favor, necesitamos dinero para el viaje, cuatro billetes en barco y en tren. También…

—No te preocupes —dijo el hombre, y se retiró a su despacho. Regresó con un sobre lleno de dinero.

—Gracias, te lo devolveré —le dijo mi madre.

—No es un préstamo, es un regalo. La amistad es mucho más que palabras. Me gustaría que os quedarais, pero entiendo que necesitáis marcharos.

Se volvieron a abrazar. Angelines comenzó a llorar al abrir la puerta. Esperamos al ascensor y nos despedimos por última vez.

Las oficinas del Auxilio Social no eran muy elegantes, apenas dos plantas llenas de archivadores viejos, mesas desportilladas y funcionarios falangistas que tenían cierta vocación de servicio o no habían logrado ocupar un cargo mejor en la administración.

Una señora llamada doña Ágata nos recibió amablemente y buscó las fichas de mis hermanas. Comprobó que seguían en el mismo orfanato de San Fernando de Henares y autorizó su salida.

—Hemos cuidado de las niñas en su ausencia, espero que puedan reunir a toda la familia —nos comentó la mujer.

Estuve a punto de decirle todo lo que había sufrido en uno de sus malditos orfanatos, pero preferí callarme. Hasta que no estuviera fuera de España no me sentiría a salvo.

Una hora más tarde estábamos en el centro del pueblo, en una plaza con una extraña forma. Llamamos a la puerta y salió a recibirnos una monja vestida de negro.

—¿Qué desean?

Mi madre le entregó la carta sin mediar palabra.

—Pasen —dijo la monja. Nos llevó ante la superiora y fue a buscar a mis hermanas.

—Sus hijas se han portado muy bien. Les hemos enseñado a ser buenas esposas y madres. España necesita muchos de sus hijos para que logremos superar tanta muerte —dijo la superiora.

Nos quedamos callados. La monja parecía incómoda, pero no dejaba de sonreír. Abrieron la puerta y escuché la voz de mi hermana pequeña.

—¡Mamá! —gritó Ana emocionada. Corrió hasta ella y la abrazó con fuerza.

Isabel me rodeó con sus brazos y los cuatro estuvimos un buen rato llorando y abrazándonos.

—Les deseo mucha suerte —dijo la superiora.

Salimos del orfanato. El cielo estaba despejado y el intenso azul de la mañana me hizo recordar las fiestas de Madrid, unos años antes, mientras recorríamos las calles de mi bella ciudad.

—¿Dónde está padre? —preguntó Isabel.

Mi madre la miró en silencio, como si las palabras que tenía que pronunciar le rasparan la garganta.

—Vuestro padre ha muerto —dijo, intentando suavizar la noticia, aunque era consciente de que eso era imposible.

Mis hermanas se quedaron calladas, sin saber cómo reaccionar, hasta que Ana comenzó a llorar y se abrazó a mi madre. Isabel la imitó, y al final los cuatro nos abrazamos; sentí que se me erizaba el bello de todo el cuerpo. El amor en muchas ocasiones puede experimentarse físicamente. Caminamos sin soltarnos las manos hasta la carretera en la que estaba la parada del autobús. Nuestro tren salía de Atocha y no queríamos quedarnos ni un minuto más en Madrid.

Mi madre cargaba con las maletas de mis hermanas y yo con la nuestra, que era más grande y pesada. Buscamos el tren por el andén. Esperamos a que llegara la hora de la partida en la tarde; el trayecto nos tomaría toda la noche.

—Jacinto nos ha reservado un compartimento entero para nosotros —dijo mi madre, que quería pasar aquellas primeras horas juntos en soledad. Nos sentíamos incompletos y, en cierto sentido, siempre lo estaríamos, aunque todos llevásemos a nuestro padre en el corazón.

Mis hermanas se sentaron con mi madre, una a cada lado. Me gustaba verlas a las tres abrazadas. Sentía que mientras estuviéramos unidos, no podrían separarnos de nuevo.

—Madre, teníamos miedo de que nadie viniera a buscarnos. Las monjas nos trataban bien, aunque nos obligaban a trabajar todo el día. Decían que era para enseñarnos un oficio, pero en el fondo se enriquecían con nuestro trabajo —comentó Isabel.

—Tenéis que agradecérselo a vuestro hermano. Luchó mucho para que volviéramos a estar todos juntos de nuevo.

Mis hermanas me sonrieron, aunque sus semblantes seguían tristes. No tardaron mucho en quedarse dormidas. Yo estuve observando el paisaje hasta que se hizo de noche. El tren paró en muchas estaciones, y pensé que en el fondo era como una metáfora de la vida. Cada una de las vivencias de los últimos años había sido una parada, con la diferencia de que en la vida nunca sabemos cuál es la última. Madrid, San Martín de la Vega, Valencia, Barcelona, Perpiñán, Burdeos, Veracruz, la Ciudad de México, Lisboa, Bilbao y Miranda de Ebro habían sido algunas de las estaciones de aquellos años terribles. En cada una de ellas había dejado una parte de mí, pero también había aprendido algo. Ahora, mientras miraba a mi familia, sentía que el largo trayecto había merecido la pena.

A media noche, el tren paró en la frontera. Los aduaneros no nos molestaron, tal vez por tener reservado un compartimento. Al cruzar la frontera me sentí aliviado y triste, una mezcla de sensaciones que no he dejado de experimentar en todos estos años.

Siempre con el corazón dividido por la mitad, sin saber cuál es mi verdadera identidad.

Por la mañana, llegamos a Lisboa. La ciudad parecía más bella que la primera vez que la vi. La gente se movía frenética de un lado para el otro y, a pesar de que el país estaba gobernado por un dictador, no se observaba la profunda tristeza que había experimentado en España.

En el puerto nos esperaba un enorme trasatlántico que nos llevaría de nuevo a México. Llegamos justo a tiempo, subimos por la larga pasarela y después de dejar los equipajes en el camarote nos fuimos a la cubierta principal. Miramos la ciudad, después a las cientos de personas que despedían a sus seres queridos, tal vez para un viaje del que ya no regresarían jamás. Mi madre nos abrazó, y nos sentimos seguros en sus brazos de nuevo.

—¡Recordad! —nos dijo mientras el barco comenzaba a alejarse de tierra—. Recordad, pero no odiéis. Recordad, que la memoria de lo que sois no se pierda, que la nación a la que siempre perteneceréis se quede pegada a la suela de vuestros zapatos. Nos han robado el futuro, nuestro amado país, pero nunca podrán robarnos nuestros recuerdos.

Mientras el océano parecía rodearnos con sus aguas cristalinas, imaginé a mi padre. Recordé su sonrisa picarona, su forma irónica de enfrentarse al mundo, su valor y entereza. Me juré a mí mismo que viviría como él lo habría hecho, quería sentirme digno de él y su sacrificio. Necesitaba poder mirarme a la cara en unos años y decir que mi vida había merecido la pena, que los ideales de aquella República moribunda aún resonaban en mi corazón, que sus ideales, por los que tanta gente había muerto, alguna vez convertirían a mi país en un lugar en el que la justicia y la verdad resplandecerían como la aurora, brotando sobre la sangre y las lágrimas de todos los que habían dado sus vidas, para hacer de este un mundo mejor.

# EPÍLOGO

*Veracruz, 21 de noviembre de 1975*

EL SOL, EL MAR Y LAS flores parecían haberse detenido en el tiempo. Mi familia se instaló en la Ciudad de México tras nuestra llegada al país. Mi madre consiguió un trabajo en el teatro y logró alcanzar cierta celebridad. Nos instalamos cerca del centro y asistimos a la escuela española. Yo estudié en la universidad la carrera de Leyes, pero no llegué a licenciarme. Trabajé en una editorial hasta que regresé a España; por alguna razón necesitaba volver allí. Mis hermanas estudiaron Medicina y Periodismo, se casaron con dos mexicanos y no regresaron jamás. Lo primero que hice, antes de instalarme en Madrid, fue visitar la tumba de mi padre en Miranda de Ebro. Al mi madre y yo ser testigos de su muerte, eso evitó que lo enterraran en una fosa común, como les pasó a muchos otros. Mientras depositaba unas flores sobre su modesta lápida, recordé el día de su muerte y una vez más me di cuenta de que el destino juega con nosotros como si fuéramos peones de una partida de ajedrez. Nunca me casé, siempre caminando solitario, mientras la ciudad de Madrid se transformaba poco a poco.

Mi madre falleció en México y no pude verla por última vez. Mis hermanas me escribían regularmente, pero no conocía a sus hijos.

Aquel día me enteré de que Franco había muerto; una era terminaba, dejando atrás tanto dolor y sufrimiento.

Bajé del barco y con mi maleta ligera atravesé la ciudad caótica, llena de colores y todo tipo de contrastes. Llegué a la estación de tren y recordé aquel primer viaje, cuando miraba todo con los ojos de un niño. El mundo era nuevo para mí y cada pequeño matiz, por insignificante que pareciera, me hacía sentir feliz. Miré la dirección de María Soledad de la Cruz. Durante todo el trayecto a la Ciudad de México me imaginé cómo sería el reencuentro. Pensé que estaría casada y tendría muchos hijos. Recorrí impaciente las calles de la ciudad hasta llegar a una pequeña villa. La fachada estaba pintada de rojo y dos grandes árboles le hacían sombra. Llamé a la puerta y esperé unos instantes. Me abrió una criada que me llevó hasta el salón. Miré impaciente el reloj y escuché unos pasos. La puerta se abrió y apareció una mujer madura, bella y de grandes ojos negros. Me sonrió al verme y dijo en un fuerte acento mexicano:

—Hola españolito, bienvenido a casa.

Por segunda vez en mi vida, sentí que regresaba a mi hogar, porque nuestra casa está siempre donde se encuentra nuestro corazón.

# ALGUNAS ACLARACIONES HISTÓRICAS

*RECUÉRDAME* ES UNA OBRA DE FICCIÓN, pero está inspirada en varias historias reales. El periodo de la Segunda República Española y la Guerra Civil nunca está exento de polémica. Muchos de los acontecimientos ocurridos siempre son interpretados de forma distinta por historiadores y el público en general, pero en lo que todos coinciden es en que fue una tragedia humana y una etapa muy triste y dura de la historia de España.

La Segunda República surgió de manera espontánea, y con la aprobación casi unánime de todas las fuerzas políticas y clases sociales del país. El mundo atravesaba en aquel momento una grave crisis económica, por no hablar de las particulares deficiencias estructurales y sociales de un país atrasado e inculto. La Segunda República intentó reparar en muy poco tiempo una larga desigualdad económica y secularizar el Estado. La reacción conservadora no se hizo esperar, la quema de conventos y las revoluciones sociales en diferentes partes del país, pusieron en peligro la convivencia pacífica, desatando la violencia partidista que desembocaría en una de las peores guerras civiles del siglo xx.

La coyuntura política internacional tampoco contribuyó a la estabilización del país. El triunfo de la revolución comunista en Rusia y del fascismo en Italia y Alemania, polarizó a Europa y cuestionó la viabilidad de los sistemas constitucionales clásicos.

La situación de la ciudad de Madrid en los años previos a la guerra y en el momento del golpe de estado del 17 y 18 de julio de 1936, están basados en hechos reales. La noche de infarto y la entrega de armas a los obreros, la toma del Cuartel de la Montaña y la matanza que se derivó en el frente en la Ciudad Universitaria y la Casa de Campo son reales.

También son veraces los bombardeos a Madrid, el papel de las checas represivas creadas por algunos grupos políticos, en especial comunistas y anarquistas, así como el intento de salvar el patrimonio cultural de la ciudad, en especial el Museo del Prado.

La situación en los pueblos limítrofes de la ciudad de Madrid también se basa en documentos y testimonios de supervivientes. La represión contra el cuerpo de docentes por parte del bando nacional o rebelde fue brutal.

La huida de muchos republicanos a Valencia y la evacuación de niños a diferentes países de Europa y América se basan en hechos reales.

Las historias de los Niños de Morelia y su viaje a México están basadas en los testimonios de varios de esos niños. La salida en barco desde Burdeos a bordo del buque *Mexique* de 456 niños y sus cuidadores se planeó cuidadosamente. El ofrecimiento de brindarles protección vino de parte de México, a instancias de la mujer del presidente Lázaro Cárdenas y del Comité Iberoamericano de Ayuda al Pueblo Español. México ayudó después de la guerra a más de 20.000 españoles, que encontraron allí su segundo hogar al huir de la represión franquista.

Es verídica la situación de los niños durante su estancia en Morelia y las dificultades que tuvieron para adaptarse a unas costumbres y un país tan distintos. Se basa en hechos reales el ataque a las iglesias en el pueblo, la muerte de los niños debido a la negligencia de las autoridades de la escuela, el trato vejatorio que sufrieron a manos de su primer director, el abuso que cometieron algunos de los niños mayores sobre sus compañeros más pequeños y los cambios que se fueron produciendo a lo largo del tiempo en la Escuela España-México.

La llegada al poder del presidente mexicano Manuel Ávila Camacho y el final de la Guerra Civil cambió radicalmente la situación de los niños de Morelia. Algunos fueron deportados a España y otros enviados a familias en adopción o a conventos.

También se basan en hechos reales las casas de acogida en la ciudad de México, el conflicto entre los españoles republicanos y franquistas de la ciudad, el secuestro de algunos de los menores y otros acontecimientos que tienen lugar en México.

La descripción de la España de la postguerra y la terrible represión franquista hacia los republicanos se basan en testimonios y documentos reales. Se crearon más de 108 campos de concentración por todo el país, la mayoría inspirados en los campos de concentración nazis. Uno de los que más perduró fue el de Miranda de Ebro, que se clausuró en 1947. A lo largo de los años, por este campo pasaron más de 60.000 personas, muchos de ellos extranjeros pertenecientes a las Brigadas Internacionales. Uno de sus supervisores fue el nazi alemán Paul Winzer, que asesoraba al director del campo.

La represión a las mujeres republicanas fue brutal. A muchas se les arrebató a sus hijos para darlos en adopción o ingresarlos en los orfanatos fundados por el Auxilio Social o las instituciones de la Iglesia Católica. El trato de los niños en dichos orfanatos fue muy duro. Además de explotarlos y abusar de ellos, se los separó de sus familias y se los intentó manipular para que olvidaran el ideario de sus padres.

Los indultos a condenados a muerte fueron comunes a partir del año 1941, sobre todo si los reos no habían cometido delitos de sangre.

La familia Alcalde es ficticia, aunque he usado los testimonios de varias familias y los hechos que les sucedieron, y es por ello que la historia se basa en acontecimientos sucedidos realmente.

Los profesores y cuidadores de los niños de Morelia son reales, aunque se ha cambiado el nombre de algunos de ellos, al igual que el de la mayoría de los niños mencionados en este libro.

# CRONOLOGÍA

*17 de julio de 1936*

La rebelión estalla un día antes de lo previsto y el Ejército de Marruecos se subleva contra el gobierno republicano.

*18 de julio de 1936*

En apenas unas horas, los rebeldes se levantan en casi todo el territorio peninsular. El presidente de la República, Manuel Azaña, encarga a José Giral que forme un Gobierno de Guerra. Una de sus primeras medidas fue facilitar armas a los obreros.

*20 de julio de 1936*

Tras cruentos combates en Barcelona, los izquierdistas y anarquistas, y en Madrid las milicias obreras, vencieron a los militares y ocuparon el Cuartel de la Montaña.

*21 de julio de 1936*

El bando nacional terminó controlando la zona española de Marruecos y los territorios insulares de las Islas Canarias y las Islas

Baleares, (excepto Menorca), además de parte de Castilla La Vieja y Andalucía. El único triunfo nacional en las grandes ciudades se produjo en la ciudad de Sevilla.

### 25 de julio de 1936
Franco solicita ayuda a Hitler por medio de contactos nazis en el norte de África.

### 15 de agosto de 1936
Badajoz cae en tan solo cuatro días ante las fuerzas nacionales de Yagüe y se desata una feroz represión contra la población.

### 27 y 28 de agosto de 1936
La población de Madrid sufre los primeros bombardeos, produciéndose numerosas víctimas civiles.

### 29 de septiembre de 1936
Franco es nombrado Jefe del Estado y Generalísimo de los Ejércitos. A partir de eso momento, dirigirá todas las operaciones militares y el curso de la guerra.

### 6 de noviembre de 1936
El gobierno de la República se traslada de Madrid a la ciudad de Valencia. Antes de marcharse, nombra una Junta de Defensa con representantes de todos los partidos, dejándola a cargo del general Miaja.

### 7 de noviembre de 1936
Miles de presos son ejecutados en la localidad de Paracuellos del Jarama, con el fin de limpiar la retaguardia de traidores a la

República. La matanza desprestigiará al gobierno democrático y aumentará la violencia entre ambos bandos en conflicto.

*8 de noviembre de 1936*
Comienza la batalla por Madrid.

*10 de noviembre de 1936*
Se trasladan a Valencia las obras del Museo del Prado, para mayor seguridad.

*20 de noviembre de 1936*
Al amanecer es fusilado en la cárcel de Alicante José Antonio Primo de Rivera, líder y fundador de la Falange Española. Franco se convierte en el líder indiscutible de los rebeldes sublevados.

*10 de enero de 1937*
Se decreta la evacuación de la población civil de Madrid. La mayor parte del pueblo madrileño no obedece la orden y permanece en la ciudad, a pesar de los bombardeos y las penurias. El pueblo crea el eslogan "No pasarán".

*17 de enero de 1937*
El presidente de la República, Manuel Azaña, se instala en la ciudad de Valencia. Sin casi combatir, los entre 60.000 y 100.000 republicanos que huyen por la carretera de Almería son acosados por las andanadas de los buques rebeldes *Canarias* y el *Almirante Cervera*.

*6 de febrero de 1937*
Con un ejército de 50.000 hombres al mando del general Orgaz, los rebeldes toman Ciempozuelos, y un día más tarde comienza

la ofensiva de los nacionales en el Jarama, con el objetivo de aislar Madrid.

### 19 de abril de 1937

Mediante el Decreto de Unificación, el general Franco obliga a la unión de falangistas, carlistas y las Juntas Ofensivas Nacionales Sindicalistas, formando la Falange Española Tradicionalista y de las JONS. Franco asume el poder político, uniéndolo a su poder militar.

### 26 de abril de 1937

El pueblo vizcaíno de Guernica es bombardeado por aviones alemanes e italianos.

### 16 y 17 de mayo de 1937

Largo Caballero dimite y el presidente de la República encarga al doctor Juan Negrín la formación de un nuevo gobierno más extremista.

### 27 de mayo de 1937

La expedición de niños republicanos hacia México parte de Burdeos.

### 7 de junio de 1937

Los niños republicanos son recibidos en el puerto de Veracruz por la multitud.

### 9 de junio de 1937

Los niños republicanos llegan a la ciudad de Morelia.

*13 de julio de 1937*
Francia abre sus fronteras con España, para recibir a los refugiados.

*7 de octubre de 1937*
Las mujeres de 17 a 35 años del territorio nacional son obligadas a presentarse como voluntarias para servir en el Servicio Social obligatorio y apoyar las obras del Auxilio Social.

*8 de febrero de 1938*
El ayuntamiento de Barcelona publica un informe sobre el impacto de las incursiones aéreas sobre Cataluña. En total, tienen lugar 212 incursiones aéreas y 17 bombardeos navales, con un balance de 1.542 muertos, 1.979 heridos y 1.800 edificios destruidos.

*6 de mayo de 1938*
El Vaticano reconoce al gobierno de Franco como el único gobierno legítimo en España.

*13 de junio de 1938*
El primer ministro, Edouard Daladier, presionado por el jefe del gobierno inglés, vuelve a cerrar la frontera francesa y miles de refugiados se ven atrapados.

*22 de septiembre de 1938*
Las propuestas internacionales de paz negociada entre ambos bandos son rechazadas por el general Franco.

### 15 de diciembre de 1938
La familia real española, exiliada desde la instauración de la República, recupera por decreto la ciudadanía española y sus propiedades.

### 15 de enero de 1939
Se reabre la frontera por parte del gobierno francés y continúa el éxodo de refugiados.

### 25 de febrero de 1939
El gobierno de la República se reúne por última vez en Madrid, antes de huir a Valencia.

### 27 de febrero de 1939
Francia y Gran Bretaña reconocen el gobierno de Franco como único en España. Azaña dimite desde su exilio en París.

### 28 de febrero de 1939
Martínez Barrio es el nuevo presidente de la República.

### 6 de marzo de 1939
Negrín, acompañado de la Pasionaria, Hidalgo de Cisneros y Álvarez del Vayo, entre otros dirigentes políticos, abandona definitivamente España rumbo a Francia.

### 12 de marzo de 1939
El Consejo Nacional de Defensa presenta un documento de paz negociada pero Franco lo rechaza.

*28 de marzo de 1939*

Las tropas nacionales, al mando del general Espinosa de los Monteros, entran en Madrid.

*31 de marzo de 1939*

Caen las tropas republicanas en Alicante, último frente de resistencia, terminando los enfrentamientos armados.

*1 de abril de 1939*

Franco firma el último parte oficial de guerra desde el Cuartel General del Ejército nacional en Burgos: "En el día de hoy, cautivo y desarmado el Ejército Rojo, las tropas nacionales han alcanzado sus últimos objetivos. La guerra ha terminado".

# AGRADECIMIENTOS

Un libro siempre es un trabajo duro y solitario. Parece casi una paradoja que lo que escribes en la soledad de un estudio, tenga la función de verterse en miles de almas de los lugares más dispares del mundo. Por eso, como todo proyecto que merezca la pena, siempre se debe al apoyo y cariño de mucha gente.

Quería agradecer a Emeterio Payá Valera, por su libro *Los niños españoles de Morelia*, su sinceridad y lucidez a la hora de contar su dura vida, me ha servido de inspiración en muchos momentos.

Quería dar las gracias a Pedro Montoliú, que lleva toda la vida investigando sobre el Madrid de la Guerra Civil y las duras condiciones que tuvo que soportar su población.

También quisiera agradecerle a Alicia González Sterlig, por su apoyo como agente y sobre todo por su amistad.

Mi más profunda admiración a los libreros de América y España, que siguen luchando por los libros y sin saberlo están cambiando el mundo.

Me gustaría dar las gracias a Harper Collins Español y Harper

Collins Ibérica por transmitir por medio de la literatura un poco de esperanza a este mundo confuso y perdido.

Sobre todo, quiero agradecer a los lectores de todo el mundo que leen en más de diez idiomas mis libros, y lloran junto a mí en sus horas de vigilia por el destino de los personajes.

Niños del Auxilio Social Falangista.

Orfanato de la Falange Española.

Prisioneros de un campo de concentración en España.

Bombardeo sobre Madrid.

Cuartel de la Montaña.

Alto Mando republicano en Madrid.

Gente refugiada en el metro de Madrid.

Ataque al Cuartel de la Montaña.

Plaza de Cibeles protegida contra bombardeos.

Niños de Morelia en México con sus maletas.

Niños republicanos enviados a Morelia con el puño en alto.

Presidente Cárdenas recibiendo a los niños de Morelia en Veracruz.

Presidente Cárdenas.

Bombardeo sobre Madrid.

Niños en el tren camino a Morelia.

Escuela España-México de Morelia.

Niños con Lázaro Cárdenas,
presidente de México.

Niños de Morelia cargando maletas.

Foto de unos niños en la Escuela España-México de Morelia.

Tren de los niños de Morelia.

Niños en un orfanato católico en la postguerra española.

Niños y maestros.